CONTENTS

序　章
001

第一章　香莲的忧郁
011

第二章　莲和Pitohui
037

第三章　Squad Jam
051

第四章　名为M的男人
071

第五章　大赛开始
087

第六章　战斗开始
109

第七章　和专家对战
131

第八章　陷阱
151

第九章　M的战斗
173

第十章　莲和M
199

第十一章　死亡游戏
221

第十二章　最后一战交给我
241

第十三章　死斗
267

第十四章　之后的事
293

后　记
307

DESIGN/BEE-PEE

Sword Art Online Alternative
GUN GALE ONLINE
I
SQUAD JAM

[日] 时雨泽惠一 / 著

[日] 黑星红白 / 绘　[日] 川原砾 / 监修

清和月 / 译

THE 1st SQUAD JAM
FIELD MAP

第一届 Squad Jam 场地地图

AREA 1：草　原	AREA 5：都　市
AREA 2：森　林	AREA 6：湖　泊
AREA 3：沼泽、坠落宇宙船	AREA 7：荒　野
AREA 4：住宅区	AREA 8：沙　漠

序 章

序章

"对了，小莲。"

"什么事，Pito？"

"你看准备举办Squad Jam大赛的那条通知了吗？今早发的。"

"鱿鱼……酱（注：小莲把"Squad Jam"听成了"Squid Jam"，翻译过来就是鱿鱼酱的意思)？"

"哇！别说了，会让我想到奇怪的东西！"

"不过，腌鱿鱼……换一种角度考虑的话，不也是鱿鱼做成的酱吗？"

"这个嘛……算是吧，也可以这么说。"

"我很喜欢呢！喜欢和热乎乎的米饭一起吃！"

"我是当下酒小菜吃。不过，我还是更喜欢酒盗（注：酒盗，腌海鲜内脏，日料中非常有特色的一道下酒小菜）。"

"酒盗也很棒！菜如其名，好吃得让人想把这道小菜偷走！"

"你……如果我没记错，你在现实世界里还未成年吧？"

"我当然是不会喝酒的，但我喜欢吃下酒小菜啊！在我爸和哥哥们喝酒的时候，家里肯定会摆上几道。"

"原来如此……有好几个哥哥。你又不经意地透露了现实里的信息啊，小莲。"

"啊……"

"我对你没什么企图，但和别人说话时还是要当心一点啊，特别是我们女孩子。有些人会一直收集各种小情报，还时不时套你的话，然后通过网络搜索去推导你的现实信息，这种家伙还不少。"

"我会注意的……谢谢您。"

"你又用敬语！不要用！在'这个世界'里人人平等！改口！现在就改！快改口！"

"知道了！Pito！"

"很好，很好。啊，说回游戏大赛的事！我们两个女的为什么要讨论腌鱿鱼这种话题，太可悲了吧？还是在虚拟网络游戏里！"

"嗯，的确。"

"还是在沙漠里抱着枪讨论。"

"真是不可思议。"

两个女人站在只有岩石和沙砾的沙漠里。

这个世界的天空被阴暗的黄色云层覆盖着，连太阳都看不到。没有风，云也不流动，远处闪动着微弱的雷光，传来可怕的低鸣。

大地上满是黄褐色的沙砾。除此之外，还有大大小小由沙砾形成的石头，以及由这些石头积聚而成的岩石。远处隐约能看到成排的倾斜高楼，这些高楼都已经成了废墟。

在这个只能用"充满杀机"一词来形容的地方，有两个人双腿前伸着并排坐在汽车人小的岩石后方。

"那么……那个'Squ'是怎么一回事？"

"你问了个好问题！"

"欸，这是Pito你说过的啊！"

"是吗？我不记得了。"

"哎呀，原来你在现实里是个老婆婆。"

"糟糕！被发现了！"

两人仿佛在周末的家庭餐馆里，叽叽喳喳地继续谈笑着。只不过，不管她们说得多大声，这里都不会有人来指责她们。

其中一人说：

"我倒不是有意隐瞒，就是……虽说不能透露真实年龄，但我并没那么老。当然，我也不是小莲你这种朝气蓬勃的年轻人！"

"Pito……现在很少听到'朝气蓬勃'这词了，至少我在大学里很少听到。"

"噢，原来小莲是大学生！之前我就这么猜了，果然没错！又弄清楚了一条信息！"

"糟了……"

从刚才起就一直被叫"小莲"的人，从外表上看，称其为女人或许有些失准，因为她就是个少女。

一个全身粉红色的少女。

那种粉红色并不是可爱的桃红，而是混合了棕色、降低了亮度的暗粉。

少女身高不到一米五，体格纤细。圆圆的脸上有一双大大的眼睛，进一步拉低了她的外表年龄。

她有一头略深的棕色短发，看上去有些男孩子气，头上还戴着一顶针织帽。

粉红色指的是她服装的颜色。女孩穿着常见的战斗服，也就是长款的工装裤及长袖作战服。大腿两侧是细长的弹药袋，脚上穿着系带短靴。

"你真的要好好注意啊，来历都快被我打听清楚了。"

"是你太会套话了！你这个大骗子！"

"承蒙夸奖。"

"咦？我可不是在夸你啊！"

"噢，是从现在开始夸吗？"

"也不是噢。"

"什么嘛……我可是那种越夸越厉害的人噢。"

"Pito，这话不该是你自己说的吧？"

从刚才起一直被称呼为"Pito"的，是个浑身漆黑的女人。

从外表上看，她的年龄要比粉红色少女大得多，在二十五岁到三十岁之间。

女人有着褐色的肌肤，小小的脸蛋和立体的五官。虽然是个美女，但从脸颊两边延伸到脖子的砖红色刺青令她散发出一种生人勿近的气场。

她很高，身高估计超过一米七五，一头黑发随意地扎成高马尾。

身上穿的连体衣虽然是深蓝色，但看上去和黑色差不多。

衣服很合身，清晰地勾勒出她的身体曲线。不过，她的身材没有女性的柔和之美，线条分明的轮廓就像肌肉标本一样。即便说她是改造人，人们也会相信吧。

她脚上穿着黑色长靴，腰间扎着军用皮带，侧腹到后背系着细长的弹药袋。

她们两人都拿着同样的东西。

那就是枪。

粉红色少女抱着的是比利时FN赫斯塔尔公司生产的P90。长约五十厘米，就如同将一个长方形盒子挖掉一部分再装上握把似的，是一把几乎看不出是枪的怪异武器。

枪上安装的弹匣仿佛是从上方钻进内部似的，透过透明塑料制的弹匣能看到排列在内的子弹，数量是五十发。除去机关枪，这是枪械里容量最大的弹匣之一。

这把P90也被涂成了和服装一样的暗粉色，加上它的怪异模样，乍看之下就像一个玩具。被体形娇小的少女那样抱着，看上去就像是一个孩子收到了包着华丽包装纸的圣诞礼物。

黑色美女的旁边，一把突击步枪，或者说是军用自动步枪靠着石头竖直摆放。

俄制的AK-47，是世界上最有名的枪之一，装着弯曲的弹匣，能够发射三十发7.62×39毫米弹。

"这不重要。总之，称赞别人是让自己受欢迎的基本功，小莲。"

"我、我不想受欢迎！"

"咦，你不想交女朋友吗？"

"不需要，我是女的。"

"用不着在意对方是男是女这种小事啊！"

"我倒觉得这是最重要的一点。"

黑色美女和粉红色少女似乎会无休止地大声交谈下去。

就在这时——

这个世界里响起了沉闷的爆炸声。

"上钩了！"

"上钩了！"

在感觉到大地摇晃的同时，两人停下闲谈，异口同声，并飞快地站起身。黑色美女抓过AK-47，粉红色少女端起原本抱在怀中的P90。

"去干掉它！"

"去干掉它！"

她们愉快地喊出这句危险的话，从藏身的岩石后一左一右地飞奔出去。

在约五十米外的沙地上，由于埋在地下的炸弹爆炸而扬起的沙尘正在静静地回落。没有风，天空渐渐变得晴朗。

沙尘当中，中了陷阱的东西——一只粗约四十厘米、全长五米的蚯蚓怪正满地翻滚着，身上有几处地方还闪着红光。

"我掩护你！把子弹全打完！"

跑出十米后，黑色美女给出指示并停下脚步，将AK-47举起来抵在右肩上。

"明白！"

粉红色少女一口气提升跑速。

AK-47发出咆哮，枪声震颤着空气。

在有节奏的半自动射击下，7.62×39毫米弹全击中了正在发疯的蚯蚓怪。

从枪右侧弹出的暗绿色空弹壳落在沙地上又轻轻弹跳起来，然后炸裂成小小的光粒，从这个世界上消失了。

粉红色少女在喷射出的子弹旁边跑过，速度甚至不输给子弹。

"嘿！"

少女将P90抵在右肩，身体前倾。娇小的身体冲了上去，用全自动模式开枪。

如鼓声般连续的枪声加入了AK-47打出的节奏里。

5.7×28毫米弹从P90的枪口中飞出，不断在蚯蚓怪的身体上击出小洞。枪的下方，小巧的金色空弹壳如瀑布般飞速弹出。

身体中弹的蚯蚓怪张开嘴，发出叫怕的咆哮声，那模样就像是头部对半裂开一样。

"尾巴要攻过来了！"

黑色美女停止了AK-47的射击，这样喊道。

"明白！"

粉红色少女大声回答，然后继续往前冲。她左手松开P90，伸向左腿的弹药袋，从里面抓出新的弹匣。

蚯蚓怪大幅度弯曲身体，将鞭子一样的尾巴挥向接近过来的粉红色少女。

"哈！"

粉红色少女跳跃起来，双脚卷起沙砾。这一跳就跳到了足有两米的高度。

蚯蚓怪的尾巴在空中划过，粉红色少女则在它的上空更换弹匣。她干脆利落地扔掉还剩八发子弹的弹匣，以机械般飞快的速度用力插入新弹匣。

"嘿！"

轻松降落的过程中，粉红色少女向着自己脚下的蚯蚓怪举起P90，枪口左右振动着，在全自动模式下毫不留情地连射出子弹。

三秒钟后，身体被打得满是弹孔的蚯蚓怪喷射出红光，继而化为细碎的光片，消失得无影无踪了。

"对了，我们在埋伏的时候……聊了什么来着？"黑色美女这么问。

粉红色少女一脸无奈地回答：

"那个什么鱿鱼大赛吧？Pito你真是的，自己刚说过的话就给忘了。"

在传出骇人轰隆声的天空下，两人各自用枪带将枪挂在肩膀上，悠然自得地行走在沙漠中。若是无视周围充满杀机的环境和她们所拿的危险物品，这一幕就像是母女两人在散步一样。

"对对。不过，我还记得小莲你有哥哥，是个女大学生。"

"忘掉这些吧。那个鱿鱼到底是什么？"两人在沙漠中漫步时，粉红色少女问道。

"鱿鱼是Squid，之前我说的是Squad，能明白吗？小莲你是理科的？哪个系？"

"咦？我是……啊，这个不重要。"

"哎呀，没上当。你进步了呢，姐真是高兴。"

"别说这个了嘛。Squad是什么？"

"英语里是班、分队的意思。军队里不是有中队、小队的划分吗？班就是最小单位，大概十个人吧。"

"噢……那Jam呢？"

"J、A、M，也有涂在面包上的果酱之意，但原意是指拥挤。Traffic Jam就是交通堵塞的意思，这么说你能理解吗？"

"嗯，我知道，就是枪出问题时造成空弹壳或子弹卡住了的那个Jam吧？"

"对对。原来我该用这个来解释啊！"

"那就是……班，拥挤在一起？"

"就是这样。换言之……"

"换言之？"

"Squad Jam，就是这个*Gun Gale Online*里的小队大混战。"

第一章 香莲的忧虑 SECT.1

第一章 香莲的忧虑

小比类卷香莲回到了现实世界。

此时,挂在墙上的轻薄电子数码钟上显示:

2026年1月18日,星期日,17点49分。

这里是某栋公寓里的一套房,香莲一个人住。整套房子很宽敞,六张榻榻米(注:一张榻榻米的面积一般为一点六五平方米)大小的寝室连接着十张榻榻米大小的起居室,中间由拉门分隔开。太阳已经西沉,窗外一片漆黑,天花板上垂吊下来的LED灯正发出暗淡的光。

墙纸都是沉稳的白色。起居室的地面上铺着奶白色的长毛地毯,中央摆着一张稍大的矮桌和坐垫,房间一角还有一块大大的穿衣镜。

墙上的书架中摆放着按科目分类的课本和参考书,整个空间收拾得干净整洁,由此可以窥见屋主的性格。

现在拉门被拉开,和起居室合为一体的寝室里摆着木制的矮床,一个大衣柜占据了窗对面的墙壁。

香莲从床上坐起身,取下戴在头上罩住眼睛的AmuSphere——将五感接入游戏的机器,小心地放在枕头右侧。

她穿着浅黄色睡衣,双脚落在床的左侧,并将左手伸向墙边。墙上的感应器感应到之后,房间里的灯光一点点亮了起来。

香莲花了五秒钟来让眼睛适应光亮,然后缓缓站起身,光着脚走了两步,从寝室走到起居室里。穿衣镜旁边摆着衣架,那里挂着一样非服装类的物品。

香莲伸手取下，转向穿衣镜。

她看着镜子里一脸不高兴的自己。那个留着黑色长发，身高一米八三的高个子女人。以及自己手里的黑色塑料气枪——直到刚才还抱在胸前的P90，现在显得很小巧。

香莲的嘴缓缓动了动。

"Squad Jam……怎么办呢？小队PVP（注：玩家对战玩家）……提不起劲啊……"

＊　＊　＊

小比类卷香莲在富裕宽松的家庭中长大。

她的父母出身于青森县，移居北海道之后，成为经商成功的富一代。他们的孩子缘很好，当时已育有二子二女。2006年4月20日，最小的孩子香莲诞生了。

在这个北方大地的富裕家庭里，在父母和四个年长许多的哥哥姐姐的娇生惯养下，香莲的身高一不小心就长得太高了。

香莲从小学三年级开始长高，小学毕业时已经超过了一米七。她希望自己不要再长高了，但神并没有听到她的心愿。

结果，她在初中时身高依然在长，现在，十九岁的她已经长到了一米八三。若是在外国，应该也有很多女性长这么高吧，可这里是日本。

父母兄姐和亲近的朋友都明白香莲的心情，因此在她面前从来不提身高。然而，社会上的其他人并没有那么通情达理。

不管是在初中还是在高中，那些她没兴趣的运动部总是不断地来劝说她加入。只以合适这一个理由来劝说，根本不尊重她本人的意愿，这让香莲感到为难。

走在街上时，她总是会被嘲笑是女巨人，很多人甚至在说坏话时故意让她听见。

而不管她如何叹息、如何悲伤。她都对此无可奈何。

从青春期开始产生的身高自卑还改变了香莲的性格。她小时候是个天真烂漫的开朗女孩，偶尔还会被误认为是男孩。现在的她却几乎不和亲人朋友以外的人说话，只沉浸于书本和音乐鉴赏中，变得非常内向。

为了多一些女人味，香莲开始留长黑发，却什么也改变不了。她还错过剪头发的时机，留下一个每天早上都要扎头发的大麻烦。

由于身高太高，香莲连衣服都很难挑选。

香莲放弃了柔美风格的时装，只穿宽松随意的休闲装。

一年前，香莲高中毕业后来到东京。原本她应该在老家读当地的大学，但她抱着失败也无妨的心情报考了日本屈指可数的贵族千金学校，最后居然被录取了。她的父母大喜过望，就为她租了一套房，地址选了她长姐一家居住的都内高级公寓楼。

2025年4月起，香莲带着或许会有些许改变的想法，开始了在东京的独居生活。

进入东京的名牌女子大学后，等待香莲的依然是令人不愉快的现实。

到了这个年纪，自然不会再有人明着拿身高来嘲笑她。但香莲并不适合过那种围绕着时装啊兴趣小组啊约会啊来讴歌青春的普通女大学生生活。

而且，这所大学里的绝大多数学生都是从小学或初中起就一路保送上来的。结果，香莲没能交到期待中的知心朋友。当然，她内向的性格也是个阻碍，从不积极主动地找人说话也是她交不到朋友的原因。

香莲过起了一成不变的生活，每天认真上课，独自吃午饭，休息时间里一直戴着耳机，回到公寓后便在房间里待着。

和他人的交流只限于家人与老家的朋友，能够与之谈笑的对象就只有时常叫她一起吃晚饭的姐姐、姐夫和外甥女。父母还禁止她出去打工，并给了她用不完的生活费。

再不增加社交的话，说不定自己会连和人相处的方法都忘了。带着这样的担忧，暑假回了家的香莲心不在焉地在网上浏览着新闻。这时，一则报道吸引了她的注意。

标题是这样的：VR（虚拟现实）网络游戏从复活走向兴盛，人们享受另一种人生的渴求不会停止。

在头上戴上特殊用具，使得大脑能够通过电子信号的传输来获得感受，能够通过五感达到身临其境的效果，这就是VR技术。

使用这种潜行技术，能通过网络让多人同时参与的游戏，就是VR游戏。

香莲知道VR游戏的存在。

大概没有人不知道那件事。三年前的2022年，香莲高一那年的11月，发生了一件轰动日本乃至全世界的大事。

Sword Art Online，简称SAO。

被这样命名的全球首款VRMMO-RPG（大型多人在线角色扮演游戏），因为一名天才开发者的恶意，变成了恐怖的牢狱。

正式开服当天登录的一万名玩家被关在了那个VR世界里。

他们无法主动退出游戏。

不仅如此，若是游戏内的角色死亡，或是现实世界里有人强行取下玩家头上戴的机器，玩家都会因为大脑被灼烧而真正死亡。他们都在被迫参加那个名副其实的"死亡游戏"。

事情发生后，接连几天都有新闻在报道，但在寻找不到救援方法的情况下，时间也在不断流逝。渐渐地，情况就变成了只有出现新的死者时，才会有类似报告的新闻出现。

最终，除了有重要之人被囚禁其中的那些人，其他人都慢慢遗忘了这件事。

两年后的2024年11月，当香莲在为考大学而拼命学习时，SAO再次传出了新闻。这次是个好消息，被关在游戏里的人终于得到了解放。

不过，共有四千名玩家殒命，SAO成了"世界上杀人最多的游戏"，就此留下令人唏嘘的一笔。

不要再开发这么危险的游戏了——会这么想的只有不喜欢VR游戏的人而已。在众多玩家被囚禁游戏期间，就已经有号称"这次绝对安全"的新机器上市发售，新游戏也在发布。

当时的新闻是这么写的：

"如今是2025年夏天，VR游戏的数量还在继续增加。当然，玩家数量也在快速增长。兴盛之势就像大家已经忘记了在并不遥远的过去发生过那样一次恐怖的事件。

"通过五感来享受游戏，给大家带来了前所未有的幻想现实，人们很轻易就能创造'另一个自己'。但是，这真的能给我们带来身为人的成长和真正的幸福吗？如果想用五感来感受，只要扔下电脑动身外出就好，就像过去的孩子们在山野间活蹦乱跳地游玩那样。

"当年轻人不再去体验真正的疼痛，习惯于虚拟世界之后，是否会犯下大人们想象不到的罪行？这还有待大家冷静讨论。"

总之，其中充满了记者的偏见和厌恶，是一篇正面批判VR游戏的报道。不过……

"'另一个自己'……"

这给香莲带来了相反的冲击。

她思考起来。

若能在游戏里成为另一个自己，说不定她就能比较积极地和他人交流了。这或许能带来如同现实世界里康复训练那样的效果。

香莲以前从未对VR游戏有过兴趣，现在却开始从头调查起来。当她得知老家的寥寥几个朋友中有一人在玩，就去找了对方。

那个朋友叫美优。

"你有兴趣啊！能多一个游戏同伴，我太高兴了！"

对方惊喜地说着，然后告诉了香莲许多游戏相关的事。

现在的VR游戏至少不会再有SAO那样的危险，香莲弄明白这一点后，就决定去玩一玩。

既然做了决定，就事不宜迟。考虑到老家这边年迈的父母不会同意自己玩这种游戏，香莲就提前回了东京。

她从羽田机场直奔家电大卖场，去买必不可少的物品。

先是如同巨大银色护目镜的机器——AmuSphere。

这款机器能阻断人体从外界获得的感觉，将虚拟的感觉送入大脑中。

也就是说，在它运转期间，戴上的人会像昏迷了一样。不过，AmuSphere上也配备了许多安全装置。

虽说阻断了实际感觉，但这款机器上还配备了监控装置。若是感知到使用者心跳极快，呼吸暂停时间过长，或是出现头痛腹痛等异常症状时，就会激活自动关机功能，而且这个设定是无法解除的。

另外，这款机器能接入入侵警报、火灾警报等家用安全系统里，并与紧急地震速报、海啸警报等灾害预防情报联动，具有在危险时把人拉回现实世界的功能。

香莲还买了游戏。

在众多VR游戏里,她选了美优在玩的 *ALfheim Online*,简称ALO。

在这款游戏中,玩家会变成长着翅膀的妖精,去奇幻世界里冒险。

"小比你肯定会喜欢的!虽说和异种族间的战斗逼真得有点可怕,但也不是非要战斗。光是在美丽的世界里飞一飞,和大家说说话,就会很开心了!"

正如美优所说,参考画面上描绘着绿色的森林和蓝天碧水,是一个美丽而耀眼的世界,香莲非常期待。

光是画面就这么美丽,若是身居其中,心情会有多好啊!还能在天空中飞,更是让人心动不已。

香莲听美优在电话里解说,同时连接并设置好笔记本电脑和AmuSphere。她终于要开始挑战人生中的第一次深潜了。

听说最好是能在舒适的环境里深潜,所以香莲特地穿上了睡衣,拉上窗帘让房间变暗,再打开空调。

随后,她将连上电脑的AmuSphere戴在头上,在床上躺了下来,闭上眼睛。

"开始连线!"

最后是用声音发出的指令。

紧接着,香莲的意识就接入了另一个世界里。

她感到身体像睡着似的失去了感觉,发现自己已经在不知不觉中站在了一个黑暗空间里,倾听着引导的声音。

明明知道这不是现实,自己的意识却非常清晰,就像是在做一个能随意行动的清醒之梦,能感觉到"这是梦"的梦。

香莲让因为期待而加速的心跳平复下来,并在声音引导下敲打起浮在空中的键盘,输入必要的项目。

角色名字她决定取真名中的"莲"字,为了拼法不会和其他角色重复,她全部用了大写字母,再叠用辅音,最后就是"LLENN"。

精灵种族有九种可选,香莲决定和美优一样,选了风精灵。在ALO的设定上,玩家是在各种族领地开始游戏的,这样她应该马上就能见到美优了。

全部输入完后,香莲以莲的身份来到了ALO世界——

"为……为什么?"

随即,她产生了强烈的绝望。

"对不起!我忘记小比你会为身高烦恼这件事了……"

美优在电话那头诚恳道歉。不过,刚才那个随机生成的虚拟形象,也就是玩家在游戏内的角色,是比同种族的其他角色要高的美女,这事不是美优的责任。

莲在镜子里看见自己的样子后大受打击,心跳加快,触发了AmuSphere的安全装置。游戏开始大约二十秒后,她被强制弹下线了。这就更不是美优的责任了。

"嗯……虽然说得迟了,不过,游戏里也有小个子形象多的种族……比如猫妖族什么的……你要不要重新生成一个角色?就是要花点钱……"

香莲拒绝了美优的提议。

不是钱的问题。

虽说是随机生成的,但高个子形象带来的打击已经让香莲对ALO这个游戏感到失望了。

她虽然想试试VR游戏,但并不打算再玩ALO。香莲将这一点告诉了美优，并对提供了很多帮助的美优道了歉。

"这样啊……虽然遗憾，但也没办法。不过，小比你的这种固执，我觉得也是一个优点。"

相识已久的美优说完，又提出了替代的方案。

"对了，小比，你知道'角色转移'吗？"

角色转移指的就是将刚才创建的那个叫莲的角色"搬"到其他VR游戏里。

现在大多数VR游戏的系统框架都是一样的，被称为"The seed"。因此，可以转移同一ID下的角色。

转移之后，新游戏里的角色会继承玩家在原角色身上打造好的数值。

比如说，玩家在某个游戏里给角色增加了力量值，那在转移之后，就能用初始力量值高的角色在新游戏中展开冒险。

虽然原本的角色会消失，角色所有的道具和金钱也无法转移，但那些都和现在的香莲无关。而这么做的优点，是不会浪费掉刚才创建的ID。

这样一来，香莲也能寻找自己所期望的虚拟形象了。

"虽说换了别的游戏,但有什么不懂的地方，你都可以来问我！还有，下次要是买到了神崎艾莎的演唱会门票，我就去东京。到时你要让我住你那里噢！"

美优这么说，最后还机灵地约好了报酬，便结束了通话。

接下来，香莲需要将这个ID连接到各个VR游戏里，不断地转移角色。

话虽如此，但她还要先买游戏软件。所以，她选择了开始时有一段试玩时间，也就是可以免费进行体验的游戏。

香莲对游戏种类不在意。

VR游戏现在是千帆竞发。

有驾驶车辆的赛车类,有操作飞机进行空中战斗的飞行模拟类,有在宇宙中旅行的SF冒险类,有能在虚假世界中体验许多运动的,有能享受和美女恋爱的,甚至还有很普通的"体验日常生活"这一类。

香莲叩开众多VR游戏的大门,只要对生成的虚拟形象有一点不满意,就立刻转到另一个游戏去创建账号。

她的这份执着,连提出这个建议的美优都被吓到了,不过美优并没有多说什么。

几天后。

"找到了!"

莲在某个VR游戏的起始地点发出了尖叫。

这里是个诡异的世界,天空是异常黄昏的颜色,让人毛骨悚然,有着金属外墙的超高大楼杂乱无章地耸立在大地上。

"啊……找到了!找到了!"

镜子里映出的人穿着绿色的战斗服,身高看上去不足一米五。

"终于找到了!"

是个娇小玲珑的少女。

就这样,莲决定扎根这个游戏。而这个游戏的名字就是——
Gun Gale Online。

正如"铳"与"暴风"所表述的一样,这里是一个枪械世界,玩家们的角色能够在荒芜的世界中肆无忌惮地相互击杀。

＊　＊　＊

2025年11月。

距离香莲开始玩游戏已经过了三个多月,东京迎来了冬天。

她的爱好很少,在东京也没有朋友,又不参加社团活动,还被禁止打工。就算每天都认真上学,认真预习和复习,她也有很多时间玩游戏。

上学日玩几小时,休息日玩几小时,考试前就减少玩游戏的时间。香莲是那种做事一丝不苟的性格,她严格划定了深潜的时间,就将 *Gun Gale Online*——GGO继续玩了下去。

正如美优所说,VR游戏是制作得很逼真的幻想空间。

能通过五感来进行全方面体验,从这点上说,VR游戏和现实没有区别。但幻想空间就是幻想空间。在接收情报的数量方面,现实绝对高于游戏,因此玩家总是能知道现在自己在哪儿。

反过来说,就是没必要去烦恼哪里是现实。

从某种意义上说,这或许是VR游戏的精妙之处。

GGO的舞台是因最终战争而变得荒芜的地球,一点也不好看。

天空呈现出异常黄昏的颜色,仿佛洗过黄色画笔和红色画笔的洗笔筒,分不清晴天还是阴天,早晨还是傍晚。

大地上的绿色非常少,到处是沙漠、荒野和废墟。这是个和ALO相反的世界。

玩家们扮演的是搭乘宇宙飞船回到这个荒芜地球的人们。

在这个充满杀机的世界里,玩家们可以狩猎四处横行的奇异怪物和袭击人类的疯狂机器,玩家之间也可以肆无忌弹地相互击杀。这就是GGO。

要不是生成了自己满意的虚拟形象，香莲是绝对不会来玩GGO的。

游戏使用的武器，正如游戏的名字所表述的那样，是枪。

GGO里的枪分为两种。

一种是"光学枪"。

能量爆破枪、激光枪、电子束枪、光线枪——称呼五花八门，但构造都是一样的。这种武器有着科幻世界风格的架空外观和名称，发射出的不是子弹而是能量光束。

就算加上能量盒，枪身整体都非常轻，优点是射程远，命中率高。缺点是单次射击造成的伤害小，且在PVP战斗中会被对手玩家用"对光弹防护罩"这一道具挡掉大部分伤害。

光学枪的设计也很有未来感，形状由直线组合而成。在设定上，这些枪械是在宇宙飞船里使用的东西。

另一种是"实弹枪"。

这种枪的设定是有实物或设计图遗留在荒芜地球上的武器。这些实弹枪是在获得枪械厂商的许可之后，将现实存在的真正枪械在游戏里还原出来的。

实弹枪开枪时打出的是有质量的子弹，还会伴随嘈杂的枪声。当然，这只是在游戏里模拟出的效果而已。

优点是单次射击的威力很强，防护罩也挡不住伤害。缺点是子弹会受到风向、风速等外力因素的影响，以及弹匣很重。

因此，玩家当中就出现了一个"对战怪物用光学枪，对战玩家用实弹枪"的理论。

话虽如此，但在吸引来众多枪械迷的GGO里，也有人并不在意效率，就连打怪物也只用实弹枪。Pitohui就是这样。

莲幸运地创建了小个子虚拟形象，不过，身高不足一米五的角色在这个世界里相当罕见。

不管是玩家角色，还是NPC（系统控制的非玩家角色），在这个角色普遍孔武有力的世界里，莲显得非常抢眼。

当她走在高楼大厦耸立，到处是花花绿绿的霓虹灯光的都市里时……

"哇！快看那边！"

"那是……女孩子？男孩子？"

"看到了吗？刚才那人好像小孩……"

"好可爱。"

"个子真小，还有这样的虚拟形象啊！"

"是NPC吗？"

所有人对着莲议论纷纷。

这种时候，莲就难以自控地翘起嘴角，但被人看到又很不好意思，她就用印花围巾遮住鼻子下方。

仅仅是变成小个子虚拟形象，莲就已经很开心了，但莲的性格太过一本正经，既然玩游戏，她就想好好战斗。个子小却很强大，那不是很帅气吗？

游戏里都会有面对新手的指导教程。

在GGO的指导教程中有一位魔鬼教官NPC，会教导玩家各种知识。如枪的使用方法、战斗中的藏身技巧、各种怪物的外观、弱点及寻找方法等。

美优说过："根本用不着什么指导教程！都是在浪费时间！只要问一下朋友，自然而然就能记住了！这就叫现场主义！到战场去做训练！"

但香莲更适合独自默默地接受指导。再说，她也没什么朋友。

就这样,那些估计自己一辈子都摸不到的枪,莲却在虚拟世界里学会了它们的使用方法。

她也认真学习了GGO特有的"Bullet Circle"辅助功能。

"Bullet Circle"翻译过来就是"着弹预测圆",能告知玩家子弹会打中何处,是攻击方的系统小助手。

当玩家的手指碰到枪的扳机时,这个功能就会开启,玩家眼前会出现一个绿色的圆圈,子弹会随机命中那个忽大忽小的圆圈当中的任何一处。

这个圆圈会根据目标距离、枪械性能、玩家自身的能力来改变大小,并与玩家的心跳同步变化。

也就是说,当玩家紧张得心跳加速时,圆圈会忽大忽小,难以瞄准。在近距离战斗中,因为目标很大就可以无视它,但在远距离狙击时,着弹预测圆就非常重要。

指导教程中有一科是"学习远距离射击",但莲总是没办法做到冷静瞄准,成绩非常糟糕,经常惹得教官NPC发火。

"嗯,我还是别用狙击枪了。"

人总有擅长的事和不擅长的事。乐观的莲干脆地放弃了狙击。

相反,在快速瞄准近距离对手并射击,也就是快速射击的训练中,她却得了出乎意料的高分。

"嗯!你最适合用冲锋枪!"

教官给了莲这样的建议。

就这样,莲非常认真地学习完所有的指导教程,然后开始独自狩猎怪物。

她的第一次狩猎是在距离都市不远的丘陵地带。她射穿了走起路来慢吞吞,像是猪和鸵鸟合体的怪物。

大部分人在看到目标怪物时,会觉得要被打死的它们很可怜,莲却没有产生抗拒心理，干脆地扣下了光学枪的扳机。

怪物被击中的地方只会出现表示中弹特效的红光，之后会化为光粒子消失，因此伤害了它、杀死了它的感觉很弱，这应该是莲没感到不适的主要原因。

莲认真地享受着游戏的乐趣，逐一实践自己学会的东西。她不会对自己战胜不了的怪物轻易出手，倘若这样还被杀，她也会认真反省自己是哪里做得不对。

碰到怎么都打不倒的怪物时，她会到网上寻找攻略，学习能够打倒怪物的方法。

这种朴实的努力给她带来了切实的进步。莲不断地打倒怪物，老老实实地积累经验值和点数，就是能在游戏里使用的金钱。

当经验值增加到某种程度后，就能提升自己的能力值。

角色的能力分为力量、敏捷、耐力（体力）、灵巧、智力、运气六种，能让玩家打造自己喜欢的自己。

难得变成了小个子，就应该提升敏捷度，让自己跑得更快吧。如果想制造一些东西，就需要提升灵巧度。运气好或许也是一大助力。力量若是达不到某种程度，有些枪会没法用，也得有所提升。被击中后变得虚弱倒是无所谓，耐力还可以应付。智力？这个用不着管。

莲这么想着，分配数值时就以提升敏捷度和灵巧度为主，力量和运气为辅。在现实世界中，她那笨重的大个子体型简直是灾难，导致她在赛跑中总是倒数第一，这种心理阴影也给她造成了很大影响。

手中的点数增加后，就能购买装备了。莲将光学枪换成了连射性能高的冲锋枪类型。

在考虑怎么用剩下的点数时，莲最终决定用来换服装。难得身形变可爱了，她也希望能穿上女孩子那种可爱的服装。

对于GGO这个杀机四伏的SF世界，这一选择不管怎么想都是错误的，但她本人并不在乎。

莲去了城市里的裁缝店，或者说是服装店，兴奋地寻找可爱的服装。

这里是GGO，当然不会有带着花边的衣服。她上初中时曾在杂志上见过洛丽塔服装，非常憧憬，但一想到长得像桉树一样的自己穿这样的衣服绝对不合适，最终只得放弃。遗憾的是，这里面没有那种服装。

相对地，她发现了一个系统功能，能将现在身上所穿的初级装备——战斗服的布料变换成自己喜欢的颜色。毕竟这里是是游戏世界。

既然这样，莲就想换成粉红色。

可爱动人的粉红色服装，不管她如何渴望都无法在现实世界中穿上身。不过，就算粉红色绝对不适合香莲，也肯定会适合莲吧。

可惜的是，色卡中唯一的粉红色并不是她向往的那种鲜亮的粉红，而是现实中不怎么常见的暗粉红色，有些土气。

但好歹也是粉红色。莲先把上身和下身的战斗服换了颜色，随后又把短靴、围巾、手套、腰带以及用来在战斗中压住头发的针织帽都换成了同样的粉红色。

从头到脚都变成粉红色后，莲高兴地走出店铺，看着映在橱窗上的自己。

随后，她沉默地皱起眉头。没错，自己身上还有不是粉红色的部分。

莲冲进定制武器的店里寻找涂料。

她要将背在肩膀上的光学枪——这把深灰色的武器涂成和衣

服一样的粉红色。

就这样,莲全身都变成了粉红色,连手里拿的冷酷武器也是粉红色的,这身打扮就和那对有名的喜欢拍照的明星夫妻一样(**注:这里指的是林家平、林家波,一对身穿粉红色服装的艺人夫妻,拍照就是他们其中的一个段子**)。

当这样的莲出现在城里后,有人觉得奇怪而嘲笑她,也有人因为她娇小而说她可爱。

大概是她留了短发不好分辨性别吧,还有认不出她是男是女的人觉得她不可思议。

当然,莲是自己高兴才这样做的。反正在游戏当中也没有人认识真正的自己。一想到这一点,她也就不在意了。

这是她第一次也是最后一次在城里穿粉红色衣服。

莲第一次杀死其他玩家,就是在那之后没多久。

对于十分享受猎杀怪物的莲而言,她并没有和其他玩家打枪战并杀死对方的想法。她只会把枪对准怪物。就算这是游戏,她也不想毫无理由地"杀人"。

这一天,莲和往常一样,独自在红褐色的荒野中狩猎怪物。

太阳高挂于半阴半晴的天空中,天空还是和平常一般,像清晨又像黄昏,将世界染成红色。在设定上,最终战争破坏了地球的大气层。

破烂的战车零散地分布在满是岩石的大地上,莲在这处"狩猎场"里等待着怪物出现。

有种长着鳄鱼头、牛身的怪物会在这里的战车下挖洞,并栖息在里面。

莲在一辆战车的前后方挂上了手榴弹,又在低处拉了细钢丝。提升了灵巧度后,她就能制作这样的陷阱了。

只要巨型鳄鱼怪钻出来触动陷阱,她就能通过爆炸声得知。

随后只要一口气拉近距离,快速避开对方的攻击,在必中的极近距离下用光学枪射击就好。这是莲平时常用的狩猎方法。

等待期间一直闲着,莲在稍远处靠着岩石坐下来,像平常那样听着音乐。音乐播放器和耳机是游戏里的道具,可以听到自己AmuSphere里的音乐。

莲手里拿着枪,全身上下都是粉红色,独自待在黄昏中的荒野里。

她做着在现实中绝对不会去做的事,时不时操作一下菜单界面,从仓库——存放道具的地方拿出装有热茶的保温杯,悠闲地喝起来。

仓库就像是透明的背包,将道具放在里面后,就不需要拿着移动了。

不过,仓库也有根据角色力量值设置的限重,不能无限制地往里面放东西。仓库能存放的最大重量,就是角色实际上能背负的最大重量。

要从仓库里取东西,就需要挥动手,在空中的游戏窗口画面里进行操作。即使动作再迅速,也需要花上几秒钟,因此不能把马上要用的武器和弹药放在里面。

通常仓库里应该装满武器和治疗药剂。

"啊,这茶真好喝。"

就算减少武器和弹药,莲也要把保温杯和点心放进去。

VR游戏里连味觉都能够模拟出来,她当然不会错过,而且不管吃多少,都绝不会发胖。

听完莫扎特的乐曲后,莲切换了神崎艾莎的专辑。

这是一名人气正疾速上升的创作型女歌手。

在带着古典音乐感的旋律中,她用清透的声音唱出温柔的歌词,是名治愈系歌手。在朋友的影响下,香莲也非常喜欢神崎艾莎。

莲在一片荒芜的世界里享受着女歌手那轻柔又清透的歌声。

直到这张专辑播放结束,莲都没有听到爆炸声,今天的埋伏估计要落空了。不过,她好好享受了一次郊游,也差不多该返回现实世界了吧。

就在莲这么想时,有人出现在了她的眼前。

在她所坐之处的正前方,有三个男人从大约两百米外的岩石背后出现,正笔直地向她走来。对方刚刚登上斜坡,因此她之前一直没有察觉。

那些人都是彪形大汉,穿着带有铠甲般护具的衣服,每个人都背着大型光学枪。

在这个游戏里,当在野外遇到其他玩家时,若不是非常熟悉的好朋友,那双方之间展开的就不会是对话,而是枪战。甚至还有人说"用射击来交流才是GGO"。

那三人还在不断接近。

对面有三个人,而且看上去都很强。自己却是单枪匹马,还是没有PVP经验的外行。

比初次对战大型怪物时还要强烈的恐惧感包裹了莲,与此同时,她的头脑中出现了好几个问号。

应该逃走吗?

还是该切断连接,逃回现实世界?

不,最重要的是——

他们为什么会笔直地向这边走来?还背着枪!

动弹不得的莲一直盯着那边看。终于,她和男人们的距离只剩三十米,风中甚至传来了他们愉快的谈话声,他们正在谈论枪的性能。

莲察觉到了,对方没有发现自己。他们没有发现自己的存在。

男人们逐渐逼近,距离约十米。

就在这时,他们极其不幸的时刻,也是莲在GGO里改变游戏风格的瞬间到来了。

莲的背后,也就是男人们前进的前方,发生了小规模爆炸。

莲盯上的鳄鱼怪,终于在这个时候引爆了她的手榴弹。当然,男人们并不知道这件事,他们为突然发生的爆炸惊慌起来,也被岩石对面扬起的沙尘吸引了注意力,根本没有发现眼前的莲有了行动。

爆炸让莲甩开了恐惧。她干脆破罐子破摔了。

莲抓起膝盖上的粉红色光学枪,向最近的男人连续射击并冲了过去。对方的防护罩抵消掉了一部分射击威力,她依然不管不顾地射击,最后几发还在极近距离下击中了对方的脸。这时,莲已经冲到了另外两人的半径两米之内。她抬头看着高个子的男人们,不断地射击。

等莲仅仅维持了十秒的疯狂状态结束之后,这里已经没有了那三个男人的身影。他们所有人的生命值都在极近距离的射击下被清零,也就是死亡了。

沙漠上只剩下激动得心脏狂跳的莲和被陷阱伤到之后在战车旁痛苦挣扎的鳄鱼怪。

——那三个人为什么没有发现我呢?

莲给痛苦的鳄鱼怪一个痛快之后,烦恼了一会儿。

"难道……"

她有了一个猜想。

莲将粉红色的光学枪放在自己刚才所在的岩石阴影里，再走开了一些。随后，她一眼就明白了自己的猜想是正确的。

她看不见自己刚才放在那里的枪。

在GGO世界里，空气中总是呈现如同黄昏时分那般的暗红色，使得莲身上的暗粉色完美的融入了充满棕色岩石、沙砾的环境里，很难分辨出来。再加上正好碰到现在这样的光线，就彻底看不见了。

"这真有意思……说不定会有用……"

莲低声说着。

之后，莲就不再在城中穿粉红色的服装，以防被人寻仇。

她会换上新买的那种常见的绿色战斗服，再披上深棕色的连帽长袍，将脸和全身都遮住，看上去就像小孩子披上毛毯扮演幽灵一样。自然没有全身粉红色那么醒目。

而到了荒野和沙漠地带之后，她会在没有人看到的地方换上自己最喜欢的粉红色装备，开始埋伏。基本上都是和以前一样狩猎怪物，可一旦发现其他玩家，莲就会毫不犹豫地更换猎物。

若是对方向自己走来，她会隐藏起来一动不动地等待。

如果是自己有把握打倒的人数（通常是一个人，最多也只是两人），她会从极近距离冲出去，毫不留情地打倒对方。

到了现在，莲已经忘记自己在游戏开始后有过尽量不对人以及人形物射击这种想法了。

即使埋伏成功，可当对方人数过多，或是不会立刻来到自己面前，又或是武器远远强于自己时，只要情况稍有不利，她都绝对不会出手，只会继续隐藏，渐渐退后，静待对方走过。

就这样，莲沉浸在了PVP的乐趣之中。

她想起了小时候和哥哥姐姐及朋友们一起玩捉鬼游戏、捉迷藏、警察抓小偷，那种躲藏时的紧张感，找到人时的兴奋感。而现在，可以再加上一个击杀对手时的优越感。

原来如此，这就是在游戏里认真战斗的感觉吗？这就是享受一决胜负的感觉吗？

对此加深了理解后的莲，在心里对全世界的游戏玩家道歉："以前一直嘲笑你们，真对不起，是我错了。"

通过PVE（注：玩家对战怪物）和PVP赚取的经验值，莲进一步提升了自己的敏捷度，动作反应、奔跑速度也越来越快。

她没有注意到，提升敏捷度，即Agility，简称AGI，这种模式被称为"AGI万能论"。在此时的GGO里，被认为是PVP中最有效的打法。

莲又用赚来的点数购买了适合PVP的实弹枪。

她用上了所有的预算和知识，选择了捷克斯洛伐克制造的冲锋枪——VZ-61蝎式冲锋枪。

它在折起枪托的状态下全长二十七厘米，是世界小型冲锋枪之一。虽说用的是手枪用小型子弹，但只要扣下扳机，就能在不到两秒的时间内打完弹匣里的三十发子弹。尽管有着威力不大的缺点，但也有反作用力小且命中精度高的优点。

莲买了两把蝎式冲锋枪，都去掉了枪托，并涂装成了粉红色。

她的战斗方法就像蝎子蜇人般，是"一击必杀"型。

当其他玩家进入自己潜伏的方圆十米内，她就会双手紧握蝎式冲锋枪，凭借练就出来的高敏捷度向对手冲去。

随后，她仿佛从下往上突刺一般将枪口指向对方的头，同时用全自动模式进行射击。若对方只有一人，她就使用右手的蝎式冲锋枪，若是两人，她就会把左手的蝎式冲锋枪也用上。

GGO里有着名为"Bullet Line"的系统，翻译过来就是"弹道预测线"。

在埋伏和狙击中，除了攻击者在未被对方发现时发出的第一发子弹外，被枪口指着的玩家都能看到一条红线，也就是能预先看到子弹飞来的轨迹，借此进行躲避。

现实中当然没有这种东西，这是为了增加游戏可玩性而设计的防御性系统辅助功能。

仔细观察弹道预测线，以最小幅度的行动进行躲避——这是GGO里PVP的基本功。

只是，相距约三米的攻击者在将枪口指过来的同时立即开枪，在这种情况下，那种躲避方法并没有用。在被攻击者眼前亮起弹道预测线的瞬间，攻击者就已经在用全自动模式扫射对方的脸了。

这是莲创造出来的，能够发挥枪支特性的"杀人法"，就像战争时的暗杀者那样残忍又狠毒。

就这样，莲只要一有机会就会踏踏实实地积累战果。有时打怪物，有时又不由分说地攻击那些可怜的玩家。

"听说野外沙漠里有身份不明的恐怖玩家杀手在埋伏，不少独行的玩家连对方的样子都没看到就被干掉了。"

当莲披着长袍走在城里时，听到了这样的流言。

甚至有人放出消息招集讨伐队，要找个人去当诱饵，揪出那个浑蛋看看究竟是谁。再这样发展下去，莲说不定会被挂上悬赏金。

莲不得不有所收敛，停止了被人认为是卑鄙行径的沙漠伏击。

之后，她就只穿着普通的绿色迷彩服在森林里狩猎怪物，或是在遗迹和废墟里悠闲地冒险。

这个游戏莲已经玩了三个多月。

在2025年进入最后一个月时,埋头认真玩游戏的莲已经强大到可以被称为主力玩家的程度。只不过,她本人根本没有察觉到。

就是在这时,她和名为"Pitohui"的女玩家相遇了。

第二章 莲和Pitohui

第二章 莲和Pitohui

"喂！那边的小不点，你是女孩子吧？从你走路的样子就看得出来。"

这时，莲正走在GGO中央都市"SBC格洛肯"的豪华购物中心里，看着橱窗思考接下来该买哪些实弹枪。

"去喝茶吗？姐请客。"

一个女声在莲的身后响起。她被搭讪了。

姐？

将脸藏在长袍帽子里的莲转过身，看到一名褐色肌肤的高挑美女——虽说身高比不上现实中的自己。对方将一头黑发扎成高马尾，脸上有砖红色的刺青。

她的服装像是带毛的比基尼，多处肌肤裸露，向周围展示着改造人一般细致紧绷的身体，怎么看都不适合战斗。

莲对她只在脸上有刺青感到奇怪，想着如果这是自己的虚拟形象，自己应该会立刻离开GGO吧。

对方明显是女性，莲稍微放松了警惕。

几乎所有的VR游戏里，除了个别脑电波判定出错的情况外，基本不会出现虚拟形象和实际性别不符的情况。

虽然曾有对莲感兴趣的男玩家和她搭话，但这还是莲第一次和女玩家说话。

GGO本来就是一个女玩家极其稀少的游戏。尽管莲远远见到过外表明显是女性的玩家，却没有特意上前搭话。

美女微微一笑。

"我叫Pitohui。不过大家都说这个名字太难念了，你可以简称我为Pito。小不点，你的名字呢？"

"您好……我叫……莲。"

"小莲啊！好可爱的名字！还有，在游戏里用不着讲敬语！既然进来享受一个新世界了，还要和日本社会那种上下级扯上关系，可就没意思了哟！"

这就是莲在GGO里和其他人的第一次对话。

莲和Pitohui一起进了一家游戏内的餐厅，在包间里叫了茶和蛋糕，然后开始聊天，也就是VR女生聚会。

最近香莲只和教授、家人直接说过话，不过，以莲的身份和人交流，还不用说敬语，这让她产生了奇异的兴致。Pitohui的性格开朗又直率，有些地方会让她想起朋友美优。

两人先是热烈讨论了彼此的辛苦，感慨GGO内女玩家太少，随后又笑着说起由此带来的一些麻烦。

虚拟形象很性感的Pitohui告诉莲，自己在脸上弄了刺青之后，来搭讪的人就急剧减少了。她还劝莲也这么做。

莲赶紧摇了摇头。

"我在现实中也没有刺青，那样会没法泡温泉！"

Pitohui这么说着，露出了温柔的笑容。

而且，在GGO里加上和取消刺青都只是一瞬间的事，只要有点数，就能随意挑战。

Pitohui玩VR游戏的经历比莲丰富，就算是在SAO闹出那个死亡游戏的骚动期间，她也在玩。

Pito是在八个月前GGO开服时进来玩的。她很喜欢这里和其他VR游戏不同的充满杀机的世界，现在就只玩这个游戏了。不过，她最近在现实生活中很忙，玩游戏的时间也大幅减少。

在玩游戏上，Pitohui是前辈，玩家实力远高于莲。

两人聊得很投机，莲就加了Pitohui为好友。这样一来，不管在不在游戏当中，她们都能发消息交流。

玩了GGO三个多月，莲终于在游戏里找到了一个同伴。她这时才回想起来，自己原本是为了消除因为身高自卑而产生的社交恐惧症，才开始玩VR游戏的。

当然，莲对现实世界中的Pitohui一无所知。

美优曾说过：

"在VR游戏里控制游戏角色的是现实中的人，言行举止中都会显示出原本的性格。真正能扮演其他性格的人并不多。"

Pitohui很大方，没有丝毫粗鲁的感觉。

因此莲擅自猜测她的情况是：脾气好的大姐姐，二十出头，已参加工作，单身。当然她也不知道自己猜得对不对。

喝了茶吃了蛋糕后，Pitohui问莲今天是不是该"下线"了，也就是回到现实世界。莲回答说要去买新的实弹枪。

"哎呀！这个就交给我吧！我给你介绍一家好店！"

Pitohui将莲带去了自己知道的一家小店。

那家店的位置十分偏僻，位于某一条狭窄道路的前方。店里很窄，还乱七八糟的，像酒馆一样。

不过，这里排列着稀有又威力强劲的枪，是其他玩家在遗迹里搜寻出来的，或是打倒强大怪物时得到的。

"好厉害……竟然有这种店……竟然有这种枪……"

莲看得眼花缭乱。

"小莲小莲！我推荐这把枪！据说是昨天才到的货！你快过来看看！"

Pitohui如同推荐新的化妆品一样向莲招手。

那是一把小型、高性能，还挺稀有的枪——P90。

价格标签上排列的数字极具冲击性，远远超过了莲的初期预算。

"我买了！"

看了一眼后，莲当即下了决定。

"这是啥……这真的是枪吗……好可爱……贼可爱了……"

莲不小心把心声说出了口。

"咦？小莲，你是北海道人吗？"

店家还送了莲备用弹匣和弹药袋。兴高采烈地买完东西后，莲在深棕色长袍下抱着P90，走在城市中。

其实只要挥挥手打开游戏窗口操作一下，就能将它收进仓库里，用不着抱着这份重量。

"我能理解。刚买的枪，总会想摸一摸，确认触感。"

正如走在旁边的Pitohui所言，现在的莲就像刚买了布娃娃的小孩子，正抱着它拿回家，还一直放在身边时不时要摸一摸。

"准备取什么名字？你会取名字吧？"

"名、名字？给枪取吗？"

莲抬头看向Pitohui。

"当然啊！"

"这、这个……我当然会取！"

"是吧！那么，它叫什么？"

沉默了几秒后，莲坚定地回答：

"小P。"

"嗯，好名字。你要让小P多喝一点敌人的血。枪是不会背叛人的，杀敌越多，就会成长得越好。"

"嗯！我会努力的！"

若是在现实世界里说这话，肯定会被人报警抓起来吧。

差不多到要返回现实世界的时间了，莲对Pitohui鞠了一躬。

"非常感谢您,Pito，真是受您照顾了。"

"啊，你又说敬语。我也很高兴能找到一个女同伴，今后还请多多关照啊！下次若是时间合适，我们就一起去狩猎吧。我还没见过沙漠地区的大鳄鱼。"

"嗯。"

她真是个好人。

莲这么想着，准备打开游戏窗口下线。就在这时——

"对了对了，忘了说。"

"嗯？"

"下次狩猎前，你要记得把P90涂成粉红色哟！"

"……"

对这个人真是不能麻痹大意。

莲这么想着，打开游戏窗口下线了。

就这样，莲和Pitohui组成"中队"了。

"中队"就是意气相投的同伴组成的队伍，若是在奇幻系游戏里，就称为"公会"。成员之间可以协同作战，交换道具，佩戴成套的徽章。

在游戏中，组团战斗当然会有许多优势。

莲是为了增加和他人的交流往来才开始玩游戏的，却从没和人组过队，这还是第一次加入中队。不过，实际上这也只是莲和Pitohui的双人组合。

往后的一个月里，只要时间对得上，莲就一定会和Pitohui一

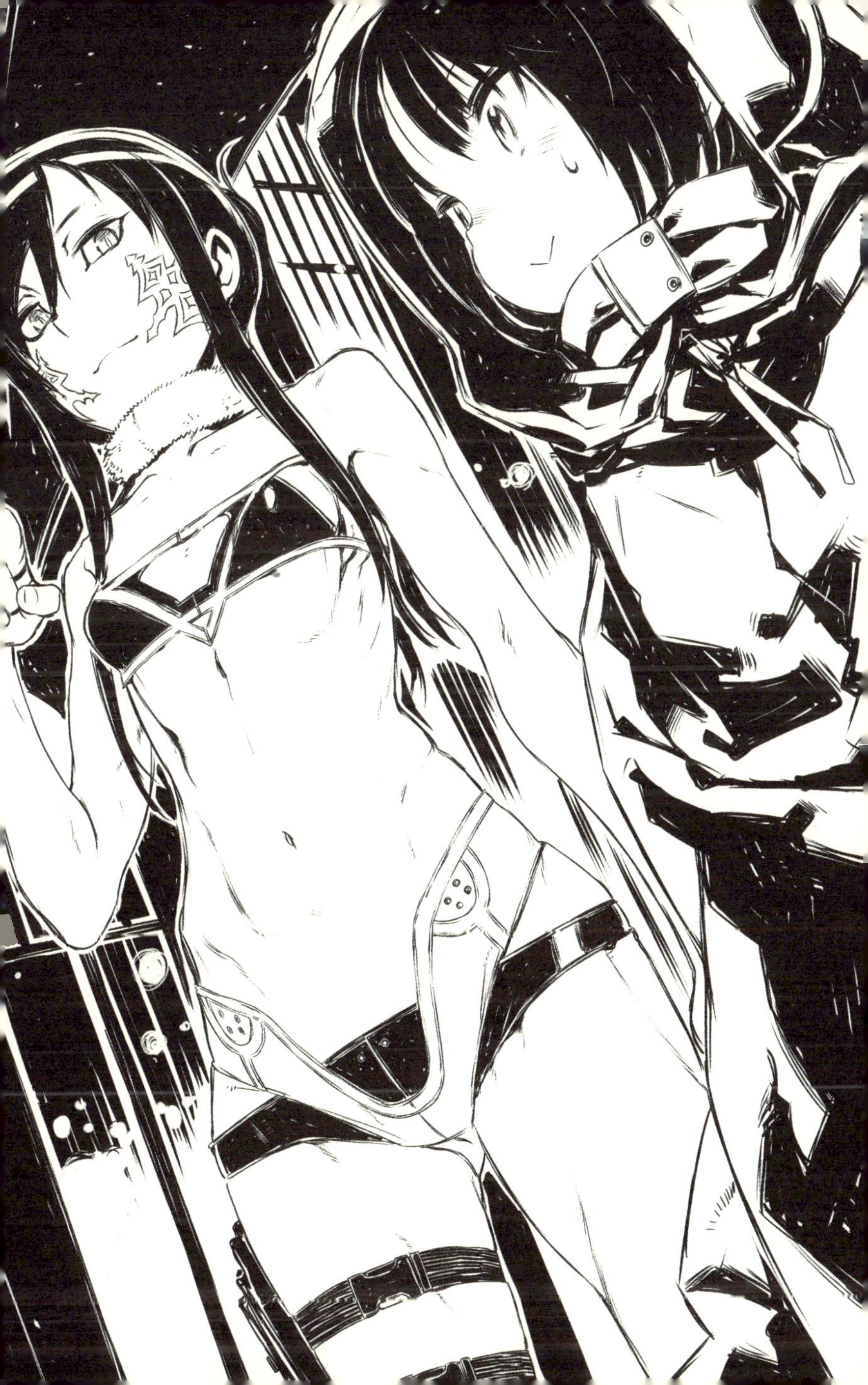

起狩猎。

与几乎都在同一个时间段里玩游戏的莲不同，Pitohui的游戏时间非常零碎。有时她会在工作日一早上线，也有过周末一次都没出现的时候。

她在现实里到底过着什么样的生活呢？尽管莲觉得奇怪，但问这个问题是非常没礼貌的行为，她自觉地没有询问。

莲只粗略地知道，Pitohui是非常有钱的玩家。

之所以会发现这一点，是因为Pitohui拥有的枪械数量。她们每次在一起玩时，Pitohui用的枪都不一样。

"Pito，今天的……是什么？"

"这把啊，是L86A2，是对英军的突击步枪L85的枪身进行了强化和加长的分队支援武器版。这把枪想让人吐槽的地方非常多，比如说，它只能用普通的弹匣，那和普通步枪有什么区别嘛！不过，它的命中率倒是不差，虽然有点重，但我挺喜欢的。"

"噢、噢……"

"随身的配枪是柯尔特双鹰，是柯尔特公司以M1911为基础出的双动式手枪，外观和性能都不错，却不怎么受欢迎！我听说GGO里有，下了好一番功夫去找！最后在一个收藏家手里发现了它，花了好大一笔点数才买了过来！"

虽说Pitohui玩游戏的时间很长，也是个实力强大的玩家，但她拥有的各种高价、稀有、奇特枪支也实在太多了。

在某一天的狩猎等待时间中，莲终于按捺不住好奇，问了Pitohui她是怎么赚到那么多点数的。

"啊，当然是通过现金交易了。"

Pitohui爽快地告诉了莲。

现金交易（Real-Money Trading），简称RMT，是指用现实世界的电子货币来兑换游戏中的点或道具的行为。

GGO是目前唯一一个能通过官方渠道进行游戏币与实际货币兑换的VR游戏。因此，GGO里也存在长时间玩游戏的职业玩家，他们在游戏中获取能贩卖的道具来卖钱，并以此为生。

而Pitohui的做法则是使用实际货币来玩游戏的氪金玩法。有些玩家会认为自己努力去达成目标才算是玩游戏，对于那些人而言，氪金是让人诟病的游戏方式。可要怎么玩是每个人的自由，毕竟系统并没有禁止。若因诟病别人，反过来被嘲笑"那不过是穷人的偏见"，可就太可悲了。

Pitohui在现实世界里是个有钱人，至少她能随心所欲地往游戏里投钱。有关Pitohui的现实情况，莲就只知道这一点。而托Pitohui的福——

"今天的枪是雷明登M870！提到泵动霰弹枪，最先想到的就是它了！你要试吗？来试试吧！"

"我终于弄到手了！M16！你快看，不是M16A1哟！是初期型的M16！"

"今天我拿了五把使用9毫米帕拉姆弹的自动手枪。我来说明一下，先是这把……"

莲得以详细了解了许多枪型。

她试射了自己的力量值能拿得动的枪。

"怎么样？怎么样？"

"嗯。用起来是挺有趣的……"

"但还是一心一意想用小P？"

"嗯。"

"你真专情啊，小莲！我想把GGO里的所有实弹枪都用一遍！"Pitohui喊道，之后又说："小莲，你知道'反器材步枪'吗？"

"只听过名字。"

"那我来说明一下！反器材步枪，英文是Anti-material rifle。简单来说就是使用超级大子弹的枪。"

"超级大？"

"通常的狙击步枪是5.56毫米或7.62毫米口径，而12.7毫米以上的，就能被称为'反器材步枪'。那使用的已经是重型机关枪的子弹了，是大得能被第二次世界大战中的战斗机装备上的机枪弹。"

"有点难以想象。不过，子弹大的话，威力也会大吧？"

"当然了。5.56毫米弹能击中四百米左右的目标，7.62毫米弹能击中八百米左右的目标，而12.7毫米，就能很轻松地击中千米以外的目标。"

"一千米？一公里？"

"射程超级远对吧？当然，枪也会相应地变得又大又重！需要的力量值肯定很吓人。"

"我应该用不了吧……"

"嗯，枪身长度都快赶上你身高了。"

"嘿嘿。"

"你在高兴什么？那样的大型步枪在第二次世界大战前一直被称为'反坦克步枪'，但后来坦克越来越坚固，无法用枪击破，就改名了。现在是用于长距离狙击，或是攻击敌人的军用物资。枪虽然大，但一个人就能搬运，使用很方便。"

"嚯，体积大、射程远的枪啊！那么，拿到的人会成为游戏里最强的人吗？"

"不，不是那样的。"

"咦？"

"毕竟那种枪重得要命，需要的力量值似乎非常高。而且，超远距离狙击需要一定的技术。除非特别喜欢，否则不会用在实战中吧。这是能在名字前缀上三个超字的稀有枪，若是哪天死亡时随机掉落出它，估计我会大受打击而睡不着觉的。"

"就算这样，你也想拥有它……"

"对！我想放进房间的枪械柜里自己欣赏！那种级别的枪，据说全服务器只有十把，价格贵得要死，还没人卖。其实啊，我知道有个人有一把，还是个女玩家。"

"嚯！枪姑且不提，女玩家，这可真让人吃惊。"

"名字叫诗乃，你知道吗？头发是水蓝色的。"

"很遗憾，我没听过。"

"没事。那个诗乃在某处的地下遗迹迷宫里打倒了怪物，就掉落了一把叫黑卡蒂Ⅱ的反器材步枪。听说她非常珍视那把枪，我就找到她说'你好！把黑卡蒂Ⅱ卖给我吧！'"

"Pito，你真以为那样就能买到吗……"

"没买着！那女孩很把持得住啊！"

"……"

对于Pitohui是超级富有的枪械迷这一点（及一些性格问题），莲已经非常清楚了。除此之外，Pitohui整个人都很神秘。

有一天，在去荒野狩猎的途中——

"Pito，你有什么爱好？"

莲无意中问出了像是在相亲席上会问的问题。

"嗯？嗯……这个游戏之外的吗？没有噢。"Pitohui这么回答。

既然问了，那也要说一说自己。

莲说了自己的爱好是音乐鉴赏，经常听古典音乐和电影原声集，现在最喜欢的歌手是神崎艾莎。不过，Pitohui听了这么多，却没多大反应。

"音乐啊……我几乎不听。"

"是这样吗？真让人意外……"

莲老实地说。

"是吗？"Pitohui露出诧异的表情，回答道。

"我也不知道为什么，就觉得你是喜欢音乐的。"

"扑哧。你要是见到我在现实中连乐谱都不会看的样子，估计得吓死。"

"抱歉，现实的话题就先说到这里吧。"

莲连忙道歉，并想结束这个话题。出乎意料的是，Pitohui说道："其实，我和你玩得这么好了，也想过和你在现实中见见面，让你看看我真正的模样，也就是线下聚会。小莲你呢？有这胆量吗？"

莲想到现实中太过高大的自己，考虑了几秒钟后，用敬语回答："您……大概……会大吃一惊吧……"

若是平常，Pitohui肯定会说不要用敬语，但在这时她没那么说，而是微笑地看着将身体缩成一团的莲。

"那这样吧！等什么时候你和我正面一战，能赢过我，我们就在现实中见面！不管你住在日本什么地方，我都会去见你！"

虽然不知道为什么话题会说到这里，但莲没有吐槽，而是说："我在GGO里打倒你？那、那不知要等到什么时候了！"

"我们来做个约定吧！你就在GGO里好好锻炼自己，总有一天，可以拿着那把小P来干掉我！"

"明、明白！不对，该说'我知道了'！总有一天，我一定会打倒你！"

"嗯，回答得好。那么，我们来个发誓的金打！"

"金打？"

"撞击金属作为发誓的证明。江户时代很流行的,你居然不知道吗?"

"Pito……你的真实年龄在一百七十岁以上吗?"

"这还是秘密。话说回来,武士是用刀或刀柄碰撞,女子是用镜子。不过现在没有镜子,我们就用枪吧!来!我们总有一天会认真地一决胜负,如果我输了,就在现实世界里去见小莲!这是女人的约定!"

随后,两人在荒野里举起自己的枪。P90的枪口和Pitohui那把SKS半自动卡宾枪的枪身相撞,发出一阵金属撞击声。

莲不知道此时带着笑容的Pitohui在想什么,她自己则是想:

不可能吧,那一天绝对不会到来。

做下这个约定之后,大约过了一个月。2026年1月18日,在狩猎的归途中,莲听说了Squad Jam的事情。

第三章 Squad Jam

第三章 Squad Jam

"Squad Jam,就是这个*Gun Gale Online*里的小队大混战。"

"大混战?大家一起战斗的那种?"

狩猎完蚯蚓怪后,莲和Pitohui漫步在无人的荒野中,继续着亲密的交谈。

当然,她们并没有放松戒备,若是被其他玩家攻击,她们立刻就能反击。莲平常都是看着对方的脸说话,现在却警戒着前方和身侧和Pitohui对话。

"对。你知道'Bullet of Bullets'吗?大家都称其为BoB。"

莲点点头。

"不过我只知道名字和大概内容。"

BoB是决出GGO内最强玩家的多人混战大赛。先通过一对一的预选淘汰赛选拔出最能打的三十人,然后让这三十名玩家在一片宽阔区域内混战,相互厮杀至最后一人。

毫无疑问,那是GGO内的最大活动,每次举办气氛都比上一次热烈,很多玩家都是赌上游戏生涯去参加的。

最近才刚刚结束了第三次大赛。

莲没有想到要去参加,也就不知道那是什么样的战斗。那天她刚好和姐姐一家人出去吃饭,没有深潜,也没看转播。

"其实我参加了之前的第三届BoB。不过,有可能因为现实中的事而出不了场,所以我没有告诉其他人。"

"噢!结果怎样?"

"没通过预选赛,还只是第二战就败了。"

"哎呀……真可惜。"

"被人狙击,一枪毙命,也算是运气不好吧。然后,在决赛混战时出现了有些奇怪的情况,有两名玩家差不多到比赛结束都一直在组队作战。"

"还有这种事啊!"

"你之后可能会看到录像,我就不剧透了。不过,真的超级有趣,直到最后我都很紧张、激动!陶醉其中!"

Pitohui竟然会这么激动地夸奖枪械之外的事情,莲很意外,就想着自己是不是该去看一下录像。

"接下来才是正题。有一个看了BoB转播的日本人激动得心潮澎湃,心想'我好想看这种感觉的小队混战''小队之间的对战肯定也很激动人心'。"

"噢噢。"

"那个人就用英文,在线给GGO运营团队ZASKAR发送了消息,说'各位,我非常想看BoB版的小队混战赛,请务必举办此类型的大赛'。"

"不会吧,这种个人请求竟然得到了许可?"

"是的。那个人和ZASKAR说,他会负责大赛所需的费用,也就是成为大赛的赞助人。无法想象他到底给了多少钱。他的现实身份已经暴露了,是个五十多岁的病态枪械迷,还是个只写枪械相关作品的小说家。"

"哇……还有这么奇怪的人啊……"

"是的。光是枪械迷就很不普通了,他竟然还是小说家,这是集怪异于一身了吧?他要是走在城市里,得赶紧抓起来。"

"Pito……你是对全世界的作家怀有强烈的恨意吗?"

"嗯?没有。也不知道是被那位作家的热情所感动,还是单纯为了赚钱，ZASKAR决定'那就只在日服举办个人赞助的迷你大赛吧'。大赛名字叫Squad Jam，简称SJ。好像是那个人取的名，不知道这英文到底正不正确。"

"原来如此，和腌鱿鱼没有任何关系。"

"你又说这个。SJ现在正在征集参加者，不对，是征集参加的小队，截止日期是28号，也就是下星期三。然后在2月1日举办。"

"好赶啊……能招到人吗？"

"目前为止，有一些小队立刻报了名，应该不会出现因为参加者不足而无法召开的情况。第一次召开还带有试验性质，如果报名的队伍不是很多，就不会举办预赛了。对很多玩家来说，他们参加不了全是单打独斗高手的BoB，如果小队战没有预赛，他们会很高兴。相反，能进入BoB决赛的强者估计都不会来吧。那帮家伙之间的关系很不好，与其将背后交给对方来一起作战，还不如去睡午觉。"

"嚯。"

"你好像没什么兴趣啊，小莲。"

"因为……BoB也是一样，我就不适合PVP。"

"你明明做过像暗杀者那样残忍的PVP，现在却说这种话。"

"那、那是……那个……嗯……"

"嗯，那些PVP干得漂亮！好了，接下来才是正题。"

"噢……"

"小莲，参加SJ吧！"

"啊？我吗？和你组队？"

"不不，真的是非常非常遗憾，我不行。2月1日那天……我有个从初中开始就在一起玩的好朋友要结婚。即使我拼命获胜了，可若是有一天，被她发现我逃了她的婚礼，是因为要来参加游戏大赛……"

"嗯，你会在现实中被干掉。"

"对吧？"

"也就是说，找找那天全日本婚礼上的女性参加者，就能发现现实中的Pito……"

"哎呀，要被你发现了！先不说那个，我希望小莲你一定要参加！那天你有空吧？没有什么朋友的或是自己的婚礼要去吧？"

"我得看看记事本才行，不过，大概是有空的吧……"

"那就参加！我帮你办手续！登记小队，有个名字就OK。"

"等、等一下！我为什么一定要去？"

"什么事都该体验一下嘛！"

"可是，那是小队战吧？我要和谁一起战斗？"

"啊，你有干劲了。这是好事。"

"我只是问一问！"

"我认识的玩家里有个厉害的家伙，是个男的，性格有点古怪，满脑子危险的想法，不过不是个坏人，虽然也不是好人吧。拜托了，你去和他组队吧！"

"咦，就两个人？"

"嗯，就两个人。其他人都碰巧没空。"

"Pito，你觉得我听了之后就会说'好的！我知道了'这样吗？"

"什么事都该体验一下嘛！"

"不，那个……"

"小莲，我常常觉得，你在现实中是不是背负着许多东西？"

"咦？"

莲吃惊地看向Pitohui。

若是平常，Pitohui一定会说"注意周围，不要看我"，但她现在没有那么说。

虽然她脸上有刺青,却露出了仿佛心理咨询医生那样的温柔表情。

"在现实中,你出于某种原因一直很郁闷吧?所以,说好听点,你是来GGO里发泄郁闷,说难听点,就是来逃避的。"

"……"

"你脸上写着'你怎么会知道',其实原因很简单——因为我也是这样啊!"

"……"

"现实当中让我生气和无奈的事实在太多了,我才会来这里发泄。在这里我可以尽情开枪,尽情射杀怪物和人。"

"Pito……"

"所以,既然要做一些现实中做不了的事,那就尽情去做。我想说的就是这个!小队枪击混战,你在现实中能做这种事吗?应该说,你想做吗?"

莲飞快地摇了摇头。Pitohui却对她露出了如同安慰孩子般的温柔笑容,虽然脸上依然满是刺青。

随后,Pitohui说:

"所以,去大闹一场吧!我等到星期三早上,要是你还不回复,我就当你同意参加了!"

* * *

"Squad Jam……怎么办呢?小队PVP……提不起劲啊……"

回到现实世界的香莲小声说道,话语里还夹杂着叹息。随后,她将手中的P90挂回了衣架上。

这把空气枪是她上上周的某一天在逛大型购物网站时偶然见到的。发现能在现实中把可爱的P90，也就是小P放在手边后，香莲迫不及待地下了单。

她买了气枪版的P90，和在"向您推荐这些东西"的网站里出现的挂着小巧P90的钥匙圈。

第二天，看到送来的空气枪后，香莲吃了一惊。

咦，这么小的吗？

对了，因为是气枪，会比实弹枪小得多啊……

这个想法只持续了很短的时间。莲和香莲的体型相差太大，就算拿着同样的东西，感觉也不同。察觉到这一点时，香莲感到一阵头晕。

尽管如此，香莲还是很喜欢这把枪，就算是黑色的，她也常常像这样把它挂在房间里。当然，在姐姐和外甥女来的时候，她会把枪藏在衣柜深处。

一起买回来的钥匙圈则用油性笔涂成了粉红色——这样就和小P一模一样了，涂得很漂亮。

香莲原本想将它挂在上学常背的包上。

可她转念一想，似乎没有哪个女大学生会挂带枪的钥匙圈，最后还是把它挂在了房间的墙上。

GGO很好玩，非常好玩。

因此，就算每个月要花三千日元充点卡——在这类游戏中算是高价，香莲也继续玩了下去。经历了许多事之后，现在又交到了Pitohui这个朋友。

正是因为玩得开心——

在回到现实世界时，香莲的心情就变得沉重。

VR游戏是一个开心的梦幻世界，但人不能一直沉醉在梦中。正因为有现实的对比，才会有梦幻世界的存在。若是两边交换，恐怕就是个噩梦了吧。

真是讽刺——香莲不由得这么想。正是因为生活艰难，才想逃离现实去玩VR游戏，却因为游戏很有趣而更进一步体会到游戏与现实的背离，真是太痛苦了。

若是要选择其中一方，当然只能选择现实。

往后若是学业繁忙，开始找工作，进入社会，结婚生子——在这些情况下，就无法再逃进VR游戏里了。

世上也有那种扔开现实不管，只顾着玩VR游戏的人，被称为"网络废人"。好孩子一定不能学他们。

所以，在离开梦幻世界还不会那么痛苦时，又或者说，在发展到无法离开这种最坏事态之前，要不要就此停下来，不玩VR游戏了。最近，这个选项一直在香莲的头脑里飞来飞去。她也知道，从长远来看这是最好的选择。

老实说，她没有参加SJ的兴趣。

香莲已经登录GGO并体验过成为一个小个子的乐趣，和怪物战斗也非常有趣。

当然，她并不否认自己曾经短暂地沉醉于PVP的愉悦中，和强大的对手对战时心中也会有些雀跃，但她不会因此就积极主动地去参加SJ。

而且还是和陌生的男玩家组队参加大赛，就算那人是Pitohui介绍的，香莲也提不起劲来。她根本不觉得这样的组合能顺利行动。既然参加了，目标就是夺冠，但自己明显就是拖后腿的。

当然，Pitohui说的"挑战新的自己"，香莲也能理解。

毕竟，她就是为此才开始玩VR游戏的，这个时候怎么能逃走。

不过，这或许是个契机，在拒绝SJ的同时干脆不再玩游戏了。

不不，还可以再玩一段时间，至少在上学的时候……在开始找工作之前，不都可以玩吗？哥哥姐姐们也说过让自己多找点爱好，这不就是吗？

香莲在玩与不玩之间纠结，苦恼的思考给她带来了疲惫。几分钟后——

"唉……"她叹了口气。

有困难时就该找朋友。

香莲给VR游戏的前辈——还在玩ALO的朋友美优打了电话。

"你好啊！小比！"

幸好，美优此时也没有深潜。

她是自己唯一一个能够商量这件事的朋友，香莲淡淡地对她吐露了自己的烦恼。

"你怎么看？作为VR游戏的前辈，不要顾虑，给我个建议吧。"

"这种事，觉得高兴就继续玩下去啊！"美优很干脆地给出了回答。

"在烦恼着该选哪边的时候，不管选哪边都会后悔。人总是会过于在意自己没选的那边。既然这样，不管选哪边都无所谓，干脆抛硬币来决定好了。"

"原来如此……那么，如果对抛出来的结果……觉得不满意呢？如果不想遵从硬币之神的判断呢？"

"那就说明你心底深处希望选择的是没有出现的那一边吧？就选那边好了。很简单。"

"嗯……原来如此……"

"我说一下我个人的看法，我希望之后也能像现在这样和小比一起讨论游戏。抱歉，虽然有点自私。"

即使不参加SJ，GGO也可以继续玩下去。

就在香莲这么想时——

"咦？不过啊，2月1日是神崎艾莎开演唱会的日子吧？之前我们不是说好了，如果能买到票就去看吗？"

"啊！"

听到美优的话，香莲慌忙翻开记事本，发现上面的确写着这个行程，她给忘了。

她们从未成功买到过票。神崎艾莎的演唱会举办地点总是不大，每次的票都很抢手。香莲忍不住想：即使不是巨蛋（**注：大型室内体育场或外观为穹顶式的大型建筑，如东京巨蛋，有许多艺人曾在巨蛋开演唱会**），也希望是大一点的音乐厅。

美优现在正在网上找拍卖，看看能不能用可以接受的价格买下早就售罄的票。

"我都给忘了，对不起……要是买得到票，我当然会拒绝那边。到时我们俩一起去看，你来我家住。"

"嗯。不过，如果买不到呢？老实说，根据以前的经验，能买到的概率也就百分之五十。"

"什么时候能有确定的消息？"

"星期二16点。"

这时间也太巧了。

香莲决定用这枚硬币来赌自己参不参加SJ。至于要不要继续玩游戏这个问题，就暂时搁置了。

"那么……到时你告诉我一声。如果买到了票，我就去拒绝游戏大赛的邀请！"

一月的东京，晴朗的日子一直持续着。

对于在北海道出生、长大的香莲而言，没有湿度的干燥冬天比不寒冷的冬天还要新奇。喉咙会痛，肌肤会变干，为了预防这些，每天都要给加湿器加水。老实说，香莲不太喜欢干这种麻烦的事情。

公寓到大学的路程不到两千米，只需搭乘一站地铁，且地铁站就在附近。除了天气很恶劣的时候，香莲总是步行来回。与其在电车里看着自己映在窗户上的样子，自己走路要好得多，也更健康。

1月27日，星期二，16点前。

课程已经结束，在冬季早早来临的黄昏中，香莲在大学校园内走着。

当然，她是独自一人。

周围的人接下来要么去喝酒聚会，要么参加社团活动，四处洋溢着欢声笑语。但那些都和香莲无关，是另一个世界的事。

香莲在只剩下树枝的行道树下走着，穿着牛仔裤、运动鞋和薄外套的她只想快点回到房间。

这时，六名女高中生从香莲前方走来。她们穿着一样的校服，又出现在了校园里。很明显，这是在同一校园内的附属高中的学生。

和那六人擦肩而过已经不是什么稀奇的事了。从去年夏天开始，这种情况每周都会出现两三次。香莲已经记住了她们的长相。

从她们手中的大运动包来看，她们应该是某个运动社团的成员。大学的体育馆很大，那些运动社团有时会和高中部的成员一同练习。

六人中有一名是有着美丽金发、亮白肌肤、蓝色眼睛的外国人，不知是留学生还是在日外国人的子女。不管是哪种，在这所学校里都不算少见。

她们都是小个子——不对，从年龄来说应该是普通身高。但对香莲而言，她们都很娇小，很纤细，很惹人怜爱。她们总是嘻嘻哈哈地说着话，很开心地走着路，洋溢着和学校社团的伙伴们一起享受青春的清爽气息。

自己如果不是那么高，也能拥有那样的青春吧？

这么一想，香莲的心情就不可避免地变得忧郁。当然，她们并没有任何错。

香莲看着带着欢声笑语渐渐走近的六人，就想着早点回到房间，于是加快了速度。不知道美优有没有买到神崎艾莎演唱会的票，她应该快联系自己了。

安静的一人和热闹的六人在毫无交集的情况下擦身而过，就在这时——

"看，那个人……"

六人中有一人的声音传进香莲耳中。

"个子好高……"

下面的话她不想再听下去了。

香莲低下头加快脚步，逃离了那里。

同时，一个欲望在她心中升腾起来。

好想深潜，好想尽情地射击。

她伸出右手去摸平常挂在胸前的小P，却摸了个空。

香莲逃跑似的回到屋里，在门关上自动上锁的瞬间，手机振动起来。

是美优发来的消息。

"没买到票！"

只有这一句。

香莲走到起居室的笔记本电脑前，一开机就点开了GGO。

她给Pitohui发送消息。

"我要大闹一场！"

只有这一句。

* * *

1月30日，星期五，21点前。

香莲和长姐一家愉快地吃完饭后，离开了那个房间。

四岁的外甥女想和她一起看动画片，可是——

"对不起噢，我还有作业要做。"

香莲说了谎，随后从楼层高的姐姐家回到了楼下自己的房间。

接着，她跨越次元，从现实世界进入了VR世界。

"嗨！小莲！我果然没看错你这女人！"

碰头地点是中央都市SBC格洛肯的酒馆，Pitohui啪啪地拍着莲的双肩。被高个子的Pitohui这样拍打，莲那娇小的身体更是缩成了一团。

"好痛好痛,Pito！总之，我来了……"

莲打量着这个昏暗的狭小包间，这里并没有其他人。

"啊，你在找你的搭档吗？抱歉，他马上就过来，再等一下。和平常一样，我请你喝一杯。"

"谢谢。他是去哪里买东西了吗？"莲在Pitohui对面落座，并随意地问道。

莲所说的"哪里"指的是GGO中的场所。

"不是，还在现实世界中，我有事拜托他去做。"

Pitohui同样随意地回答。听到这话，莲相当吃惊。

在现实里拜托对方做事，所以知道他会晚到。这意味着，那个人是在现实里也来往亲密的男人吗？这么说……是男朋友？情人？丈夫？有没有可能是儿子或父亲？

莲尽量不露出惊讶的表情，也没有说出自己的想法，只是将摆在桌子中央的冰红茶挪到自己面前，再将吸管放进嘴里。

和现实相比，游戏中的味觉比较弱，但嘴里还是能尝到冰凉美味的红茶味。而且，不管喝多少都不会胖，也不需要上厕所。

Pitohui则是大口地喝着颜色像热带鱼一样五彩缤纷的汽水。

"你看过SJ的规则了吗？以你的性格，应该会从头到尾仔仔细细地看完，但我还是得确认一下，以防万一。"

自己的性格被看穿了——莲这么想着，并给出了肯定的回答。

Pitohui已经帮莲报了名，运营方ZASKAR也发来了写有规则的消息。莲并不是浏览，而是认认真真地看完了。

SJ的规则基本上是以单人混战BoB的规则为依据来制定的，但也有几个重要的不同点。

相同点大致有以下几项：

大赛开始时，参加者（小队）会被分别传送到距离他人（其他小队）一千米以外的地方，生存到最后的人（小队）获胜。

舞台是特殊地图，大赛开始后才能知道具体模样，是各种地形混合的地图。有利地形和不利地形都有，传送点随机，要看运气。

大赛中允许使用角色所拥有的所有武器。换言之，不仅能用枪，也能用炸弹和匕首，还可以使用散布在地图中的交通工具。

一般情况下，尸体会粉碎消失，但在大赛中会带着"Dead"的标签保留下来。

角色死亡后会随机掉落道具，若同伴不帮忙拾取，再贵的枪也会永远消失。但在大赛中不会出现这种情况。

为了避免出现逃避作战的隐藏者(小队),大赛中会进行卫星扫描。在设定上,这是人工卫星的探查,会定期且短暂地将对手位置显示在当日参加者所持有的便携终端上。

"到这里,有什么疑问吗?"

Pitohui指着显示在空中的规则问。莲回答:

"没有。就是不太清楚卫星扫描终端的使用方法。"

"那个没什么难的,会用智能手机就不用担心。好了,接下来是重要的SJ专有规则。"

关于不同点,不得不提的就是参加人数的规定。

不允许单人参赛,接受二至六人的小队报名。

对同伴的攻击,即误射、误炸都会造成正常伤害。

BoB里禁止使用的通信器可在小队内使用,当然,无法联系外部或死去的玩家。

Pitohui指了下自己的左耳。

"我会给你准备双向对讲机,就是之前和我用过的那个。"

"明白。"

莲点点头。

双向对讲机是能同时说和听的通信器,就和普通的电话一样。而普通的对讲机需要在说话时按按钮,只能单向通话。

只是,双向对讲机能实时听到所有终端的声音,在连入人数增加后会非常吵闹。选择哪种通信器由个人喜好而定,不过莲的队伍只有两个人,当然是使用双向对讲机更加轻松。

下一个重要的不同点——在SJ里,尸体会在十分钟后消失,玩家将返回酒馆。

"这是因为这个大赛不像BoB那么严格吧。BoB伴随着高额赌注,为了防止情报泄露,直到决出冠军为止,参赛者的意识和尸体都要跟着一起等。"

"噢,SJ的话,就算开始不久就死了,也不需要等到大赛结束。"

"你要是很快就死了,我可不会饶过你哟!"

"是!我会拼命战斗的!"

"很好。"

卫星扫描的时间也有改变——在BoB里每隔十五分钟进行的卫星扫描将改为每隔十分钟进行一次。

"这是为了缩减大赛时间吧。BoB一般是两小时左右决出胜负,SJ的时间肯定比那边短。星期日的下午两点开始……说不定一小时内就能结束。"

"这么快?"

"用我的慧眼来判断,是的。"

"有这样自夸的吗?"

"有什么关系。所以说,只要能在这次大赛里存活一小时以上,就算是了不起的了。"

"这样。因为是小队战,估计很快就会发生激烈的厮杀……"

"对。虽说游戏开始时至少距离敌人一千米,但全力冲刺的话,距离很快就会缩短,所以丝毫不能大意。若是视野好,相距八百米时会有狙击枪的子弹飞来,相距六百米时会有冲锋枪的子弹飞来。不过,那些可以交给一起战斗的那家伙处理。"

提了一句莲不认识的那个还没来的搭档后,Pitohui又说:"好了,接下来该是SJ最重要的一条规则!我要考考你!"她指向空中的画面,简要概括上面的内容就是:

卫星扫描只显示出Squad Leader(队长)的位置。在BoB中点击光点时会出现玩家的名字,但在SJ大赛中只显示小队名。

"这是什么意思？"

"小队最多有六人，若是所有人都显示出来，那画面就乱得看不清了吧。"

"原来如此……"

"所以只显示队长的位置。这有什么意义？小莲你来回答。"

被Pitohui老师点名，莲思考了几秒钟后，回答道：

"在眼睛捕捉到其他队员的潜伏之处之前都无法获知队长的位置……反而能吸引对手进入陷阱……"

"对！小莲你真不愧是能做出那种像蚂蚁地狱陷阱的专家！一下就解读到了重点！"

"欸，忘了那个吧……"

"我是想称赞你啊！那种不把人当人的毫不留情的攻击，太让人沉醉了！"

"言归正传吧。这么说来，卫星扫描的意义就和个人战BoB不一样了。"

"是的。不过，若是小队太过分散，也会有相应的不利之处。"

"我知道了……老师，我要提问！"

"小莲同学请说。"

"要是队长死了……会怎么样？一瞬间整个小队就输了吗？"

"不会，那样还有什么乐趣？暴露出位置的队长也有可能一下子就被狙击致死。所以，在这种情况下，会比照实际战争来处理。"

"意思是？"

"在军队里，当队长战死时，会由军衔次一级的人接过指挥权，若有多人军衔相同，则以最早晋升者为先。也就是说，在SJ里，队长的权限会自动以申请加入小队的顺序往下顺延。"

"原来如此。那么，对于我们只有两人的小队来说就不需要烦恼那个了。话说回来，真的要两个人去参赛吗……"

"对，加油啊！两个人就能获胜的话，不是超级厉害了吗？"

"唉。"

"其他还有'只有队长能投降，此时视为全小队投降'等规则，不过这个和你们没多少关系。意思就是，当人数减少又毫无胜算时，可以尽早退场。"

"嗯嗯。"

莲咬着吸管用力吸，想将剩下的一点冰红茶喝完。

"规则就是这些了，莲队长。"

听到这话，莲差点把冰红茶喷出来。艰难地咽下去后，她瞪圆了眼睛。

"咦？啊？哈？"

"你在做发音练习吗？"

"并不是！我是队长吗？为什么？和我组队的那位玩家莫非比我还弱？"

"不不，他当然是个很强的玩家。"

"那为什么……"

莲小小的脸上浮出了疑问，而脸上有刺青的Pitohui回答："先保密！总之，这是作战策略。"

"……"

莲没再多说什么，包间里安静了下来。

"抱歉，我来晚了。"

随着粗犷的男声响起，一个相当高壮的男人走了进来。

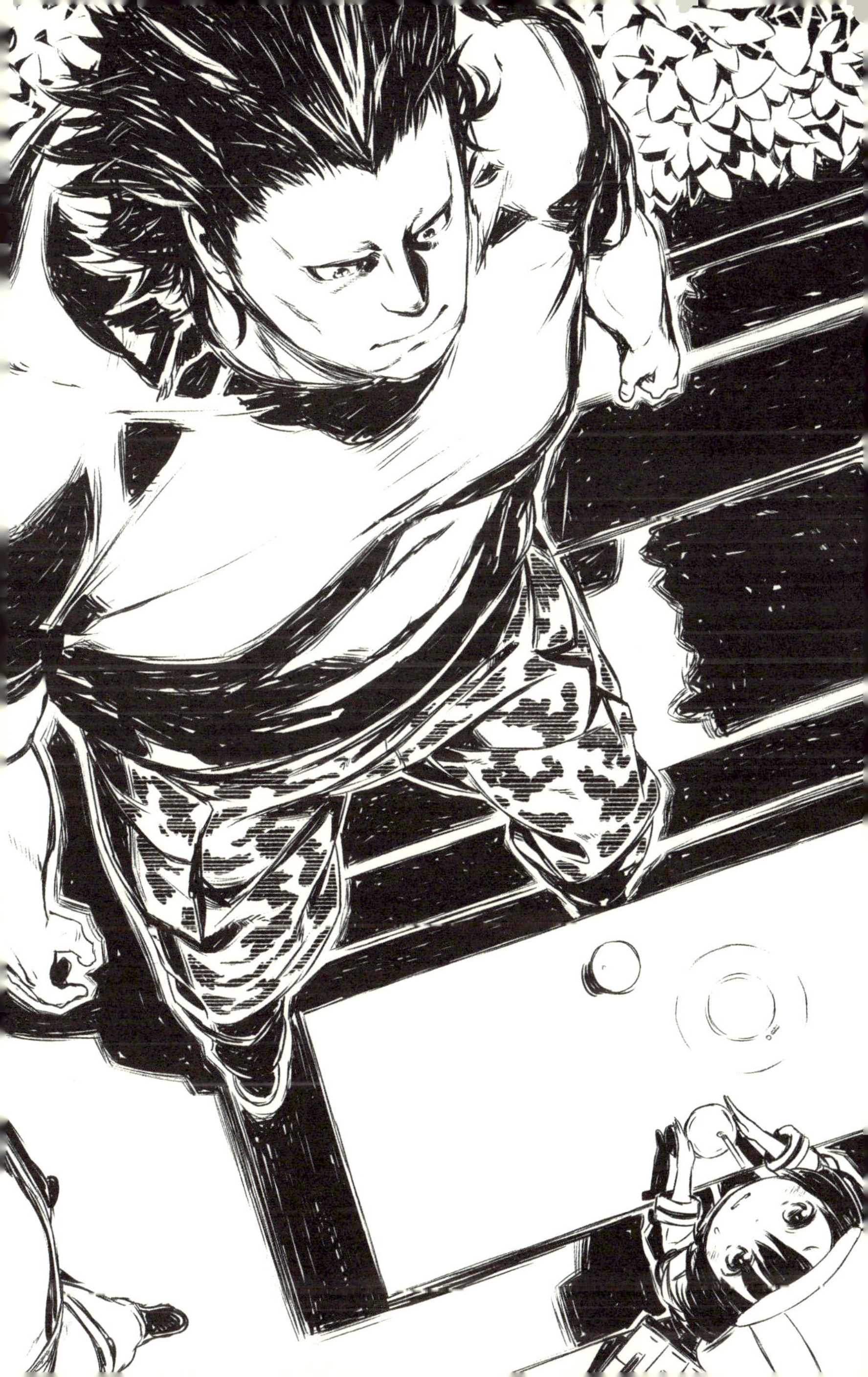

第四章 名为M的男人 SECT.4

第四章 名为M的男人

看到这个男人走进有帘子遮挡的这个包间时,莲还以为是熊来了。

他是个身高超过一米九的巨汉。

穿着由绿色、棕色和黑色块组成的刺眼迷彩长裤,以及棕色的T恤。

他身上没有任何装备,更加凸显出身上的壮硕肌肉。除了个子很高,他的身材也很魁梧,胸膛厚实,甚至让人怀疑他胸前的皮肤下是不是植入了防弹板。从T恤袖子中露出的双臂就像木桩,可能比莲的腰还粗。

他那头深棕色的鬈发一直长到肩膀,浓密地覆盖住头部,令他看起来更像熊了。没有胡须的脸就像是一块大岩石,棱角分明,两只眼睛很圆,但不带温情。

他年龄很大,看上去有四十多岁。当然,虚拟形象的年龄和现实中的实际年龄没有关系,他在现实中有可能是男高中生,也有可能是八十岁的老爷爷。

在游戏GGO里,这种如同健美爱好者一样身材壮硕的虚拟形象并不罕见,莲在城里就经常见到。但像这样近在眼前,她还是会很害怕。

不过,虽然外表强壮,但假如他才刚开始玩游戏,力量值还很低,那就会出现莲能装备的枪他却拿不动这么有趣的一幕。只是,Pitohui说过他很强,应该不会出现那种情况吧。正常来讲,至少玩游戏的时间能和Pitohui匹敌。

"喂，你来得太晚了。"

"抱歉，Pito。不过，我把事情全部做完了。"

男人用粗犷的声音冷淡地回答。他这模样依然让莲感到非常害怕。在至今为止的人生里，莲还没有面对过如此高大的人类，这让她回想起了年幼时在动物园隔着玻璃看到的熊。

莲觉得自己无法和这么恐怖的人搭档，又冒出了退出SJ的念头。但这样对Pitohui和他都很不礼貌，而且那是自己决定好的事，最终还是打消了这个念头。他不是敌人，而是同伴。

"我知道了。行了，你到这边来坐。"

Pitohui这么说着，站起身，给他让出了自己的座位。站在包间入口的大个子和她交换位置，走过狭窄的座位边缘，在莲面前坐下来。

"小莲，我来给你介绍一下！这个白长这么大个子的笨重家伙……"

听到这话的瞬间，莲有些心痛。在现实当中，别人也是这样看待自己的吧。当然，这不是Pitohui的错。VR游戏就是给人隐藏现实情况来玩的。

"就是这次要和你一起战斗的人。喂，自我介绍一下。"

Pitohui对那个男人摆出高压姿态。尽管莲不清楚他们两人间的关系，但她觉得，在现实当中Pitohui的地位应该比男人高得多。

大个子男人微微低头俯身，自我介绍道："初次见面，我是M，请多关照。"

他的模样让人害怕，说话却很有礼貌。

莲也跟着低头说："初次见面，我是莲。"

之后两人就沉默了。看来，这个叫M的男人并不像Pitohui那么会社交。

很难交谈。不过,有Pito调和,应该没问题吧——就在莲这么想时,站在包间入口的Pitohui突然说了这么一句像是相亲场合时会说的话:"我还有事,接下来就你们两个年轻人自己谈吧!"

"咦?啊……"

她甚至没给莲叫住自己的时间,就迅速地离开了。

包间里气氛非常尴尬。

倒不是因为和男性独处会有危险。在VR游戏里,和异性有肢体接触时会弹出骚扰警告,若不听从警告的指示就会受罚,最终有可能会被封停账号。

自青春期以来,香莲几乎没有过和异性单独说话的经验。之所以不是零经验,是因为她还有两个年长许多的哥哥,及和长姐结婚的姐夫。因此,她还不至于患上绝对说不出话来的男性恐惧症。

"……"

在这种情况下,莲没法主动说些什么。毕竟对方是个仿佛能把自己从头吞下去的壮汉。

同时,她也有些明白现实中别人见到自己时的心情了,这更加让她郁闷。

真的好想下线遁逃啊——就在莲这么想时,她的耳朵里传进了因紧张而有些结巴的声音,是M的声音。

"那个……总之,请您……不对,该说'你'……不要这么紧张……用了敬语,之后又会被Pito那家伙……狠狠揍一顿了。"

啊,原来紧张的不只有自己,莲放松了一些。她想象着这个大个子被Pitohui狠揍的情形——虽然暴力行为是不好的,但她还是有些想笑。

"好……好的。不对,是'嗯'。"

在和人说话时要看着对方的眼睛——这是小比类卷家的家规，身为生意人的父母也这样严格要求莲。所以，莲看着M那棱角分明的脸说："既然决定参加比赛，我们就要拼尽全力。总之，请多指教，M。"

"彼此彼此，为了获胜一起努力吧，莲……可以这样称呼你吗？我实在……不习惯叫昵称。"

莲点点头。看来，M的性格没有他的外表这么可怕。

操作这个壮硕角色的人，在现实中是什么样的呢？莲再次涌出了兴趣，但她努力将这种想法扔出了脑子。再继续想下去的话，她可能会一不留神就问出来。

"Pito是怎么和你说的？在我来之前，你们谈了什么？"

看来，M似乎不再紧张了，他单手拿起下单之后就马上从洞里出现的冰咖啡，很自然地说道。

莲则是带着类似于"这个人是我叔叔，是可以放松交谈的长辈"的感觉，说道："我们再次确认了SJ的规则，和无线通信器的使用。另外，不知道为什么，她让我当队长。"

"这样。那么，她今天让我们见面的理由呢？"

"她还没说。"莲摇着头回答。

这么说来，这是为什么？

Pitohui没说理由，只是问莲星期五21点后能不能空出三个小时。大赛当天Pitohui要忙于参加朋友的婚礼，所以就在今晚把M介绍给莲，但这也不需要三个小时吧。就算为了加深彼此的了解而要三人一起去狩猎怪物，可Pitohui又很快就走了。

"真是的。"

听到莲的回答，M漏出一声轻笑。他那严肃的脸稍微放松了一些，让莲有种不可思议的感觉——原来这个角色也会笑，也有建立微笑时的模型。

"我们都还不知道彼此的能力。虽然听Pito说过,但我还是想去演习场确认一下。"

演习场,正如文字表述的那样,是用于演习的地方。

可以选择各种地形或建筑物组成地图,和室内射击场不同,这里能够和实战一样,利用地形来进行移动或远距离射击的练习,只要设定好不对彼此造成伤害,也能进行战斗演习,而且在此期间不用担心会被怪物或其他玩家袭击。只是,使用演习场需要预约并付费,价格很高。

"原来如此。不过,有件事让我很在意。"

"什么事?"

"为什么让我当队长?这都不需要确认,我可没有那种能力。"

莲用娇小的身体拼命抱怨,M则再次轻笑了下。

"别担心,是有作战策略才这样安排的,实际的作战指挥是我。"

在时间从星期五变为星期六的前一刻,香莲回到了现实世界。

她伸展着高挑的身体,缓缓确认着现实的触感,然后站起身打开房间的灯。

"那是……入队测试吗?"

香莲呆呆地看着挂在衣架上的黑色P90,说道。

在大约两个半小时的时间内,M指使莲做了许多事。

两人进入预约好的演习场。这是一片有着大块岩石和废弃车辆的荒野,天空呈现出异常的颜色,远处可以看到倾斜的大厦和带有爆炸大坑的山峦。看起来就和普通的野外地图一样,但移动距离限制在两千米左右,外围应该会有"无法再前进"的透明墙。

"把装备全部换到身上,通信器我给你。"

M先说了这一句。莲操作着游戏窗口,将保管在仓库里的装备实体化,就是她平常穿的粉红色战斗服和P90。换衣服时要先让身上穿的衣服消失,变成只穿内衣的样子,不过她还披着斗篷,就没关系。

接下来,M提出了许多要求。

"四十米外有个铁桶,你站着向它中央射击。先用半自动射击慢慢打十发,再尽量快地打十发,剩下三十发用全自动模式。"

"从这里到那边那辆废弃卡车有两百米,脚下是坚硬的石头。你拿着P90全速奔跑,摸到卡车后再全力跑回来。"

"这次是边跑边射击。向着铁桶全力奔跑,在我的指示下边跑边用全自动模式,把子弹都打出去,当弹匣余弹不足八发时就立刻更换。"

"你目测一下,从这里到那边那块尖尖的岩石有多少米?到它对面的洞又有多少米?"

莲明白,这些都是为了要测试自己的战斗力。

"前方什么都没有,你闭着眼睛往前走,尽量自然地保持一定速度,然后照着我的指示改变角度。"

"慢走,正常步行,小跑,全力奔跑——按我的指示在这四种速度中任意切换。"

"趴下来,一分多钟之后我会突然给出信号,到时你就站起身向着我指示的方向跑,在我给出下一个信号时再次趴下。"

"倒退着走,速度尽量快些。地上有石头,如果摔倒了就翻过身匍匐前进。"

"蹲下蜷起身,尽量蜷紧,然后从坡道上滚下去。"

M提出这些要求时,莲不知道是为了什么。

在VR世界里,不管怎么动身体都不会疲劳。只要在脑内下达全力奔跑的命令，如同按下游戏机手柄上的按钮一样，身体就会一直跑下去。

不知道做这些练习的目的是什么，这让莲在精神上有些疲劳，但她还是一丝不苟地完成了。

"嗯，我了解了。谢谢。"

就在莲以为终于要结束了的时候，M打开自己仓库的操作界面，拿出了自己的枪。

出现在他面前的是一把形状怪异的大步枪。

那是一把又大又长且枪身上有许多处凸起的步枪，还装有坚固的两脚架和瞄准镜，仿佛工地上的机器，给莲留下了深刻的印象。

外观是棕色和绿色的迷彩涂装，各处都有涂装剥落或摩擦掉色的痕迹，可以看出这把枪使用了很久。

"这是你的主武器吗？我还是第一次见到这种枪，它叫什么？"

看上去很强也很重，自己应该装备不了吧——莲这么想，问道。

"M14·EBR。"M检查完枪支后，先回答了名字。

他将M14·EBR放在脚下，继续实体化装备并说明道："EBR是Enhanced Battle Rifle的缩写，正如其名，是M14这把旧突击步枪的强化版，子弹口径7.62毫米。"

听到这里，莲回想着过去Pitohui教过的东西，试探性地问："这么说来，你的战斗方式是……半自动模式的中距离射击？"

在开始玩GGO之前，莲对枪械知识一无所知，现在却知道了不少。

根据新手指导教程所学，以及Pitohui帮忙补习的知识——

"枪根据口径不同，同一口径的枪又根据枪支类型不同，有效射程都会有变化，要留意自己和对手的枪的口径与类型。"

所谓有效射程，简单来说就是能击中并能造成伤害的最大距离，和单纯指子弹能在物理上飞出的最远距离这个最大射程不是同一个意思。

口径7.62毫米级别的子弹威力很强，最适合中距离狙击。

"是的，基本上我都希望能在开阔的地方和对手保持距离作战。当然，近距离战斗中也能使用EBR，不过在室内我会用这个。"

这么说着，M的右腿上出现了强化塑料制的枪套。

里面插着一把大型黑色自动式手枪。M用枪带将M14·EBR背好，又用右手从枪套中拔出手枪。

从仓库里拿出来的枪并不会填装上子弹，M用左手拉动枪机，将第一颗子弹送进枪膛。

将拇指位置的小杠杆拨上去，锁枪之后，M给莲看了手枪侧面。

"是德国Heckler & Koch公司出的HK45，45口径自动式，弹匣容量是十发。把右侧这个小杠杆拨上去就能锁住枪，水平射击。紧急时刻说不定你会用到，希望你能记下来。"

M做出了比M14·EBR更仔细的说明，不过莲觉得应该用不上。

尽管如此，她还是记住了操作方法——把那个小杠杆拨上去就是锁枪。

GGO的玩家不怎么锁枪，在现实世界中这样做太过危险，不得不锁，但这里是游戏。比起走火的危险，玩家们都选择了能够立刻开枪反击这一操作。

莲也一直是那样，一到野外就立刻给P90上膛，将旋钮兼保险调到"全自动模式"的位置。

走路的时候她会伸直手指，避免压到扳机，而在攻击的时候则通过控制微妙的按压力度，打出三到五发子弹。

M将HK45装回枪套里，接着实体化其他装备。他结实的身体上出现了装有防弹板的背心，和让人以为他要去登山的大型背包，这使得他的体积又增加了。此外，头上还戴了同样迷彩图案的宽檐丛林帽。

他的背心上还有许多M14·EBR用的弹匣袋，因为他块头大，就一共缀了八个以上的袋子，预备弹匣的数量相当多。

背包也鼓鼓囊囊的，连不知道里面装着什么。当然不会是便当，应该都是战斗所需的东西吧。

准备结束后，M说："接下来，你照我的指示依次到距离我二十米、五十米、一百米的地方去。"

"嗯。然后呢？"

"我会用EBR向各个方向射击，开枪之前会告诉你射击方向。"

"啊？那……我、我要干什么？全力逃跑吗？"

莲误以为自己是射击练习的目标，有些焦躁地问道。

M的回答却出乎她的意料。

"你注意听，我希望你能把声音记下来。"

"声音？枪声吗？"

"对。你或许也知道，在GGO里，极近距离下的枪声比现实世界中要小得多。"

莲点点头，这事她之前听Pitohui说过。

真实还原枪支是GGO的特点，但只有音量是运营方特意没有还原的。

若非如此，就没人能在开枪时说话了，也肯定会不断出现听力下降的人。

"不过，音量降低到某种程度后，也就是不会对耳朵造成伤害的枪声，在环境和距离上的变化还是得到了真实还原。所以，只要听习惯了，就能大概知道对手是在多远距离下开的枪。"

"原来是这样。"

"你要记住不同距离下的不同枪声,先来练习听我在不同距离向各个方向射击时的枪声变化,掌握住那种感觉。达到某种程度之后,接着你闭上眼睛,我进行移动,不再告诉你射击情况,你要尽量正确地判断出我是在多远距离向哪个方向射击的。"

感觉好难啊——莲这么想着,但也只能去做。这总比被人射击要好。如果说刚才是体育测试,那现在就是音乐测试了吧。

"我明白了……"

"这个训练结束后,再隔着岩石、废弃车辆、废弃房屋等来做同样的训练。我希望你能牢牢记住各种枪声的不同点。"

哇,这可太费劲了——莲在心中叫苦。

* * *

"入队测试"结束后的第二天,也就是星期六,香莲要做的事只是去大学上课,而且课程在上午就结束了。

非常空闲的她瞟了一眼挂在床边的AmuSphere。

"嗯……今天就算了吧。"

她决定今天不玩GGO。

虽然她可以独自去狩猎怪物,但万一被别的玩家袭击,她有可能逃不掉而被杀。尽管莲对自己的逃跑速度有自信,可说不定会碰上跑得比自己快的敌人。

角色若是死亡,会受到死亡惩罚,也就是损失一些经验值并回到城里,但偶尔也会随机掉落身上的枪或其他装备。

那样一来,如果同伴没有去捡,掉落的东西就会永远消失。莲没有同伴,在那种情况下会有什么结果根本用不着猜。明天就是重要的大赛,如果她今天失去了重要的主武器P90,就实在太对不起Pitohui和M了。

结果，这天下午莲什么都没做。

反正到了明天，就算自己不愿意，也要大闹一场。

"啊，神崎艾莎果然很不错……"

莲明天不能去听这个歌手的演唱会，今天就在她清透歌声的包围下悠闲地度过了下午。

神崎艾莎是创作型歌手，会自己作词作曲，而她的歌多是改编自古典名曲。这是喜欢古典乐的香莲会喜欢上她的原因之一。

香莲边听边想，为什么神崎艾莎不在更大的地方开演唱会呢？

她突然决定要提笔给对方写封粉丝信。

"神崎艾莎小姐敬启……"

信纸和信封她用了外甥女来玩时留下的可爱款式。

这还是她第一次写粉丝信，却写得很顺畅，真是不可思议。

等她回过神时，才发现自己把因为身高而自卑，为了消除自卑感而沉迷于某个拥有了小个子虚拟形象的VR游戏都写了进去。

随后她又接着写道："在现实世界里，我非常喜欢您的歌声，很想亲耳聆听一次。所以，希望您能在更宽敞的场馆举办演唱会。"

写完之后，香莲先吃了晚餐，然后将信重新看了一遍。

发现信里吐露了太多情感，她觉得非常不好意思。不过……

反正对方不会看——香莲这么想着，还是把信寄出去了。

收信地址写了神崎艾莎的事务所。

抱着万一对方会回信的想法，她在信封背面工整地写下了自己的姓名和地址。

* * *

在香莲用可爱的信封装好写给神崎艾莎的粉丝信时，日本各处，有许多等待着第二天大赛的男男女女……

某处，五个男人正在进行语音通话。
"我们的光辉一刻终于要来了！就在明天！"
"噢！什么都不用顾虑地大战一场，然后牺牲！"
"对！我们不能同生，但可同死！"
"不要，你先死吧。我虽然不会给你捡骨头，但可以捡装备。"
"真过分！"
"嘿嘿！抱歉在你们情绪高涨的时候说这个，不过SJ和BoB一样，死亡不会有掉落。"
"什么啊，啧。"
"你不知道啊！你真的很过分！"
"只是缓和气氛的玩笑而已。"
"总有一天我要在你身后开枪打你。"
"总之，保持状态，轻松地上吧！难得官方举办这种奇怪的大赛。我们连续三次在BoB的预选中落败，这次终于迎来光明了！"
"噢！打小队战我们说不定能有个好名次！"
"好！加油！活过十五分钟！"
"噢！"
"噢！"
"噢！"
"嘿！"

另一处，一个男人在对六个男人说话。

"就是明天了。不过，这次只是实验，即使不顺利，也用不着在意。你们只要发挥出平时的水平，应该就能取得好成绩。若是获胜的可能性很大，就照预定计划那样投降退出。就是这些了，期待你们的奋战。"

地点又转到另一处，是一群女孩在进行语音通话。

"明天终于要来了。大家别忘了上线啊，特别是……"

"我知道了我知道了！我让老大明天给我打电话！"

"谁让你总迟到。不过，终于可以尽情地大打一场了！"

"既然都走到了这里，就要冲着第一去！要获胜！要拿到奖品！除此之外，没有别的目的！"

"当然了！"

"明白！"

"交给我吧！我们肯定能做到！"

地点再次转换，一对男女抱在一起说话。

"就是明天了，你要加油啊，亲爱的！"

"……"

"别担心。就算失败了，也只是会从这个世界消失而已。"

"……"

"只要你保持这样的紧张感，就什么事都会顺顺利利的。"

"我……"

"好了！都说了别担心！还有时间，再来一次吧！"

"会妨碍到明天的工作……"

"对我可没影响。还是说,你已经是老爷爷了,亲爱的?"

就这样,星期六结束了。
时钟的指针跳过零点,SJ开赛日到来。
战斗开始。

第五章 大赛开始 SECT.5

第五章 大赛开始

2026年2月1日，星期日。

从正午起，*Gun Gale Online*的中心都市——SBC格洛肯的一角就非常热闹。

宽敞的主街道上有一家大酒馆。

这里可以说是酒馆，也可以说是餐馆或咖啡厅。它和购物中心相邻，里面设有游戏区和赌场，深处还有室内射击场。

即使是平常的星期日，也会有不少喜欢这家店的玩家聚集在这里，今天就更不用说了。

这里是举办Squad Jam大赛的总部。

和BoB那种全GGO的盛会不同，本次大赛使用的不是被称为"总督府"的中心设施，而是这家酒馆。

参加者要先聚集在这里，到时间后，整支小队会被传送进狭窄的准备区进行赛前准备。

所有人要在十分钟的准备时间内从仓库中取出装备，并进行作战会议。随后，在14点整，所有人将被传送进未知地形的战场。

战斗画面会由众多摄像头进行转播。

若是BoB那种级别的大赛，会有网络电视台《MMO动向》直播实况，只要连上网络就可以看到。但SJ还没有那种待遇。

想看的人只能在这家酒馆里和其他人一起吵闹又愉快地观看墙壁上或天花板上垂下的大屏幕，或是在GGO内看直播，又或是以后看录像。

第五章 大赛开始

披着长袍的莲走进店里，她左手腕戴着的小巧电子表上显示的时间是12点45分。这只表连接着游戏系统，时间不可能出现错误。

SJ参赛玩家的集合时间是13点40分，莲和M的约定时间是13点30分，所以她的时间非常充裕。

莲一进到热闹的店里就开始寻找空着的包间，并快速钻进去，避免给接下来要交战的敌人泄露情报。

虽然酒馆里有好些玩家在展示着爱枪，但M说过，那就是在告诉敌人要怎么打倒自己的愚蠢行为。当然，也可能是故意展示出性能低的枪，在真正参赛时才拿出性能高又稀有的枪。

莲走进一间包间，拉上门帘后，照约定好的那样将包间号发给了M。

没过几分钟，在她还没喝完第一杯冰红茶前，M就来了。他魁梧的身躯形似一座大山，但莲已经不怕他了。

"嗨，今天一起加油。"

"彼此彼此。"

两人悠闲地等待着大赛开始，店里吵吵嚷嚷的声音传了进来。

屏幕上播放着这次大赛赞助人的中年小说家的采访，而且出现的不是虚拟形象，是他的真实模样。

那是一个胡子拉碴的邋遢男人，正在高兴地说着"太让人期待了""请大家尽情地相互厮杀吧"之类的话。

"喂，提出要办大赛的人自己却不参加啊！"

酒馆里有客人这样吐槽，但很快就有人回答道："不是，他暴露了真实模样，却没有暴露虚拟形象，是会在采访结束后偷偷参加吧？"

"原来如此！和一般情况相反！"

"这种做法可真少见……"

"那么,打倒那家伙会有奖金吗?"

"是他赞助了这次大赛,不知道掏了多少钱。"

种种对话传进房间里来。

莲和M正看着浮在眼前的窗口里的出战队伍名单。

共有二十三支小队。考虑到BoB的预选是从几百人中比出三十人来进行决赛,这种没有预选的大赛只能说是小规模了。

话虽如此,但若是以每支小队上限六人来考虑,总参加人数就是一百三十八人。而这次使用的是和BoB同样宽阔的地图,战场会变得非常"拥挤",这也是事实。

"希望开赛后酒馆里不会变得空空荡荡的。"M这么说。

莲想象了一下那种场景,扑哧一声笑了起来。

不过,在莲他们进了包间后,还不断地有玩家拥进酒馆,因此应该用不着担心酒馆会变空。第一届Squad Jam大赛比预想中的要引人注目。

莲他们在出场名单上的小队名是"LM"。

就是莲和M,莲排在前面,也不知道是单纯以字母顺序来排,还是对她这个队长表示敬意。

其他的小队名有"DDL""ZEMAL""SYOJI""CHBYS""DanG""SHINC"等等,都是简洁的名字。

看上去大多是简称,是用成员线上的名字缩略而成的吧。这么看来,LM这个简单的名字也不错——莲这么想。

重要的是,名单上并没有写每支小队的人数。

这样一来,只能将所有的小队都设想为六人战斗了。反过来说,只有两人的莲他们能利用这一点引诱敌人松懈大意。

BoB里会举办竞猜冠军的体育博彩。在SJ里,则推出了"猜一猜在决出胜负前一共会打出多少发子弹！五百点猜一次"的竞猜游戏，同样参加者众多。

这是游戏世界，因此系统能够正确统计出参赛选手的开枪数。

若是连个位数都能猜对，就能获得自己想要的同样数量的子弹。不过，子弹口径上限是7.62毫米。

在GGO里，弹药需要自己购买或是买材料来制作。若是能获得大量子弹，往后的一段时间里就不需要在意子弹钱了。当然，也能将其转交给同一中队的伙伴，或是卖给商店。

若是没有人猜中，则竞猜数字最接近的五人得到奖品。不过，会依照猜中的数字精确程度来调整奖品等级。

获奖者能得到冲锋枪、以打为单位的手榴弹等奖品，都是些好东西，难怪会有这么多人参加。

话虽如此，但要猜中一共打了多少枪不是简单的事。参加者只需要在竞猜终端上随意输入几千到几万的数字，然后将手按在窗口上，就能参与竞猜了。

莲没再理会外面的热闹。

"Pito现在应该穿着礼服裙吧。"

想到在参加结婚典礼的Pitohui，她这么说道。

"是的。没能参加SJ，她一定会不甘心得咬牙切齿。希望不会让周围的人产生奇怪的误解才好，别让人觉得'为什么那个新娘的朋友这么不甘心？难道说……'"

M淡淡地说完，莲扑哧一声笑了出来。

笑完后，她并拢膝盖挺起脊背，郑重其事地说："M，今天请您多多关照。虽然我烦恼了很久要不要参赛，但我现在已经决定要更认真地去玩GGO了。"

"知道了。不过，用不着说敬语。"

"啊……好的。"

表情严肃、身形高壮的M语气温柔地说:"Pito那家伙对我说'一定要获胜'。"

"的确像是Pito会说的话。"

"我回答她,会尽力加油。毕竟我们只有两个人,一开始就不利。若是莲战死,敌人又很多,我也只能投降。我这样说后,Pito说'那也是没办法的事'。"

"嗯,就该这样吧。虽然刚才说要认真去努力,但游戏毕竟是游戏。而且,就算是真正的战争,在无法获胜时也只能投降。如果只剩我一人,我也会想赶快投降。"

"就算这样,我们也要尽量争取高名次,就来看看我们两人能走到哪里吧。"

M像是说给自己听一般。

"明白!"

莲积极地回答后,酒馆里响起了女播音员的声音。

"参加Squad Jam的选手们,让你们久等了!一分钟之后,各位将被传送进准备区。你们的队员都到齐了吗?"

13点50分,莲和M被传送进一间昏暗狭小的房间。

眼前有个"准备时间9分59秒"的倒数计时,正在一秒一秒地减少。当它变成0分0秒后,两人就会被传送进未知地图的某一处开始战斗。

"好!"

莲兴奋起来了。

哭也好笑也好,现在她已经无法从比赛中逃走。为了一扫平日在现实中的郁闷,肆无忌惮地大闹一场吧。

为此，先要做好准备。

她眼前先出现了派发卫星扫描终端的显示画面。

莲用手轻触画面后，眼前就出现了一台如同大型智能手机一样的终端。

使用方法也显示了出来。按下两个主按钮后，手中的终端屏幕和自己眼前就会出现大地图，可以随意选择，要悄悄看的时候就看终端画面，在情况安全时或是想和同伴一起看时就选择眼前的大地图。地图的缩放操作就和手机一样，用手指来控制。

真正的战场地图现在还不能显示，因此眼前出现的是写有巨大的"样本"字样的地图。

卫星每十分钟进行一次扫描，会在地图上显示出白色光点，那就是参赛小队队长的位置，暗灰色的点则表示已经被全灭或投降的小队的最终位置。使用方法很简单，莲松了口气。

将终端暂时放到脚下后，莲在长袍下换上了粉红色的战斗服，头上还是戴着粉红色的针织帽，脖子上也卷着粉红色的围巾。之后，她将用不着的长袍收进了仓库里。

接着是装备。自己的爱枪小P——涂装成粉红色的P90出现在手边，两腿腿侧分别挂上了装有三个预备弹匣的弹药袋。

只需要在游戏窗口画面上操作，就能瞬间改变自己的样子，这就和她以前看过的魔法美少女动画里的变身场景一样，莲非常喜欢。只是，她变身后的样子特别危险。

参加SJ这种PVP大赛的人应该都不会用光学枪，但怪人哪里都有。以防万一，莲还是佩戴了大型胸针式的道具——发出对光弹防护罩的装置。

腰带上还有空余的位置，她就将装有急救医疗针的袋子绑在弹药袋旁边。

急救医疗针是治疗道具，打在皮肤上就能恢复所失生命值的百分之三十，非常好用。不过，治疗完成需耗时一百八十秒，在战斗中无法使用。

刚才放在脚下的卫星扫描终端，则被莲放进了战斗服胸前的大口袋里。

"好。"

如此，莲的准备就完成了。

"给你这个。"

M将实体化的M14·EBR放下，递了一样东西给莲。

"嗯？"

莲不解地接过来，发现是一把收在鞘中的特战匕首。

绿色的塑料制刀鞘，黑色的尼龙制刀套，一把黑色刀柄的匕首。全长大约三十厘米，刀刃将近二十厘米长。

莲战战兢兢地打开袋盖，将匕首从鞘里拔出来。这是一把不反光的黑色匕首，看上去邪恶又危险。

她虽然在做饭时用过菜刀，但还是第一次拿这种大型匕首。在她小巧的手里，这匕首就像一把柴刀。

虽说它和菜刀一样都是刀，也是比枪更常见的武器，但莲还是感到非常害怕。

"……"

她快速将匕首收回鞘中，盖上袋盖，转向了M。

"M，这个……是要干什么？"

"你的力量值应该还有富余，带上一把副武器。否则，当P90的子弹打光时，你就没有任何战斗力了。"

"可是，我带了七个弹匣，有三百五十发子弹。"莲反驳道。

她两腿的弹药袋里各有三个弹匣，P90上装着一个。对于单人携带的子弹数量来说，已经是非常多了，只有P90这种多弹数弹匣才能达到这个数量。

P90这种特殊的设计，令使用者在换弹匣时要比其他枪多费些工夫，但莲在敏捷度和灵巧度上积累的数值让她可以在跃起时快速换弹匣。

另外，莲的仓库里还有三个弹匣，在战斗期间若有时间，她还能装备上新的弹匣。

可M并没有让步。

"GGO虽说是枪战游戏，但在狭小的室内经常会发生近身战，偶尔也需要进行白刃战。在人数众多的SJ里就更不用说了。我也有可能指示你不要出声，使用匕首。"

的确，这些情况都有可能出现。

即使是在狩猎怪物时，也经常会出现因为太过接近目标要向脚下开枪的情况。这种时候若是有匕首，的确可以用来攻击，也不会发出多大的声响。

"近身战中，匕首往往比枪好用，和你的高敏捷度十分匹配。将它横绑在腰后，使用时就用右手反手拔出……"

M一边说，一边挥动着自己的右手辅助讲解。

"对方应该比你高大……"

这个嘛，GGO里应该不会有比莲更娇小的人了。

"若是正面对峙，你就冲过去，钻过敌人胯下，用刀去划左右大腿的内侧。那里有大腿动脉，能够造成很大的伤害，有时比一发子弹的效果还好。"

这讲解太过真实，让人生厌。

GGO还真实还原了人类的要害。

若是脑袋中心或延髓被击中，就算只是一颗小子弹，角色也会立刻死亡。若是伤到其他会大量出血的地方，或是受伤之后出现无法动弹的情况，也会造成生命值大量减少。

莲并不抗拒用枪，却对使用匕首有些排斥。不管有多沉迷于GGO，自己在现实中是绝对不可能动刀耍枪的——想到这里，她就没那么担心了。

说起来，莲最开始想和美优一起玩的ALO，也是除了魔法攻击之外还会用剑去砍杀的肉搏游戏。

M还在继续讲解他的近战之术。

"另外，如果对方用枪指着你，你就以上勾拳的要领去砍对方的上臂内侧。那里也能造成很大伤害，而且对方在疼痛和麻痹下或许会松开枪。"

在VR游戏里，不管是被打被砍，还是被魔法或子弹击中，甚至是被怪物啃咬，总之在受到伤害时玩家会感觉到疼痛。

会有多痛，又或者说要让玩家感受到哪种程度的模拟痛觉，每个游戏各不相同，而GGO属于痛觉相当强烈的那一类。

据说，被子弹击中时的痛觉近似于被按压穴位。就是被手指按压穴位时，穴位周围会出现的那种麻痹感和无力感。手指松开后，疼痛感会立刻缓解，皮肤上也没有伤痕，这一点也和游戏里中枪很相似。

在手臂或手被子弹打中时，尤其容易感受到那种疼痛，手中的东西也经常会掉落。

"如果对方掉了枪，你不需要去捡，一直瞄准对方的大腿内侧或手臂攻击就好。用枪战斗的人，一旦碰上白刃战，通常都出乎意料的弱。"

M的讲解还在继续。他说得很平淡，内容却十分吓人。

"如果你要从后方偷袭敌人，就压低身体，向着鞋子上方的跟腱横砍。此时就算对方跌倒，匕首也扎不透有防护板的胸腹部。在这种时候，你应该先攻击脖子。在脖子上尽量划出一道长伤口，就是用刀刃在脖子上转半圈。"

"噢……"

莲含糊地应着，心想——M到底是何方神圣。

他也知道得太详细了吧，莲只得一个劲地祈祷这些都只是游戏内的知识。

"如果要攻击脸，就瞄准眼睛。人类的头骨格外坚固，就算用匕首也不是那么容易能刺穿的。只有眼窝是例外，刺中就能对大脑造成伤害。在GGO里，能用匕首一击必杀的地方，大概就只有脖子和这里了。"

莲虽然心里犯恶心，但还是把M老师的话记入了脑子里。这就是她性格一本正经的坏处，现在她已经学到了许多普通女大学生不需要知道的知识。

"就是这些了。"

最终莲也没能让M收回匕首，只得无奈地将其装备在后腰处。这是在游戏当中，因此只需要操作游戏窗口画面，就能将它稳稳地固定在腰带上。

莲用枪带将P90挂上左肩，然后向匕首伸出右手。

大拇指一按，制作精良的皮带就无声地解开，匕首被顺利地拔了出来。莲反手抓着匕首，在眼前轻轻一挥，并没觉得有多重。

她这个角色的敏捷度很高，若是认真挥舞匕首，应该能迅速地砍中敌人。

"很好。"M满意又简短地说道。

肯定用不上这个的吧——莲这么想着，便将匕首插回鞘中。

剩下的时间还有三分钟，M动作豪迈地整理完自己。

和前几天一样，他全身上下都穿了刺眼的绿色迷彩服，头上戴着宽檐丛林帽，不过今天的帽子上垂下了许多长条纸状的迷彩布，这个伪装是为了遮挡住他最为显眼的头部轮廓。

他上半身依然穿了那件装有厚厚防弹板和挂着许多弹药袋的背心，另外，今天他还在侧腹，或者该说几乎是背后的位置，挂上了等离子手榴弹。

比起引爆火药来发射碎片的普通手榴弹，这种等离子手榴弹的威力要强得多。

一旦爆炸，蓝白色的球状能量会扩散到直径四米的地方，在其范围之内，除了相当重的物体外，其他东西都会被炸飞。

如果有人在此范围内，虽然防御力能起一定效果，但若是身体有六到八成进入爆炸范围，就会立刻死亡，少于六成的也会依照进入程度受到相应的伤害。

这种等离子手榴弹威力大、重量轻且价格便宜，在GGO世界里是很受欢迎的攻击武器。在隔着掩体的近距离PVP中，甚至有可能出现双方都在全力投掷这种手榴弹的情况，就像是在非常激烈地打雪仗。

M依然背着那个鼓鼓囊囊的大背包，莲还是不知道里面装了什么东西。

他的右腿套着装有HK45的枪套，左腿上是装有M14·EBR和HK45弹匣的弹药袋。

魁梧的他穿戴好所有装备后体积变得更大了，再加上手里拿着的大枪M14·EBR，看上去就像SF电影里的机器人一样。

好想干脆坐到他肩膀上去，移动起来一定会很轻松吧——莲虽然这么想，却没有说出口。

准备时间的分钟数字已经变成了0。

只有秒数还在毫不留情地变小，43、42、41、40、39……

"好……上吧。"

M那沉稳的声音在空间里响起，同时也通过通信器传进莲的左耳。接下来一直到游戏结束，莲都不会关上它。

"明白！"

莲拉动P90的枪栓，随着一道冰冷的金属碰撞声，第一颗子弹被送进枪膛。

M也拉动M14·EBR的枪栓，发出比P90要厚重得多的声音。

再没有比这种上膛声更能激起莲战斗欲的声音了。

时间在莲激动的同时继续倒数……

当计时变为0的瞬间，两人被光笼罩住了。

白色的视野里渐渐出现了色彩和形状。

这是哪里？

需要先确认的，是自己目前所在的地形。

莲通过对周围的观察，确认了自己的所在地。

"是森林，不太好。"

她听到了M的声音。

"是森林啊……"莲有些懊恼地说。

他们正处在森林地带。

正前方就是大树林立的森林，而且并不是日本那种郁郁葱葱的森林，会令人想起以前在电视上看到过的北美大陆。

一棵棵直径足有三米的树干层层叠叠地遮挡着视野，前方一百米外就已经看不清了。地面是潮湿的土壤，生长着高度及膝且都朝着一个方向微微倾斜的蕨类植物。

莲抬头看去,树枝层叠交错,像是一片黑色的屋顶,只能从间隙里隐约看到常见的红色天空。

她立刻理解了M所说的"不太好"的原因。

"两个原因,对吧,M?一个是你的狙击在这里毫无用武之地,还有一个是我会很显眼。"

这么多粗壮的树木排列着,和敌人的交战距离最多也只有几十米。这距离对莲的P90有利,但对身为狙击手的M来说,却是个很难受的距离。

而莲的粉红色迷彩只在赤色阳光照耀下的沙漠或荒野才有效果,这里的昏暗环境对她非常不利。

倒是M的绿色系迷彩能惊人地融入环境,只要一动不动,就能和森林融为一体。

"对,这里很不利。"M回答道,并将左手绕到后方,伸进背包的边袋里。

就在莲猜测他会拿出什么时,两人之间出现了一块大斗篷,上面有着和M一样刺眼的迷彩图案。

M左手抓着斗篷扔向莲。

"离开森林之前先披着它。紧急关头扔掉也无妨,P90可以透过斗篷直接射击。"

原来如此,这确实没有粉红色那么显眼。知道了M的其中一件秘密道具——莲这么想着。看样子,M似乎带了适合各种地形的迷彩斗篷。

莲将斗篷罩过头顶。

斗篷把双手和武器都罩住了,不过在遭遇敌人的时候可以透过斗篷直接开枪。若是现实中的战斗,这应该是件挺困难的事,但GGO里有显示子弹飞行方向的着弹预测圆。

就算不盯着瞄准镜,只要手指按上扳机,眼前就会出现圆圈,在近距离下可以直接射击。当然,在需要精密射击的情况下,若是不摆出正确的射击姿势,圆圈就会随着枪口的晃动而晃动。

这种在近距离射击时,只要直接将着弹预测圆快速对上敌人就可以开枪的打法,是只能在GGO里用的射击技巧,也是莲最擅长的战斗方式。

这也是红点瞄准镜(在同倍数镜片上显示红色中弹点的瞄准器)和激光瞄准镜(发射激光光束来瞄准)都流行不起来的理由之一。因为红点和激光光束会和着弹预测圆重合,反而让玩家难以瞄准。

"看完地图后就移动。"

M的作战方针———既然这里地形不利,就要立刻转移。

"我知道了!往哪儿走?"

莲全身都罩着过长的斗篷,变成了一个绿色怪物。M操作着卫星扫描终端,在两人眼前的空间里投影出地图。这样更加方便两人同时观看。

投影出的是上方为北的地图。

地图是彩色的,用立体影像还原出地形,很容易看懂。当然,也能像智能手机和平板电脑那样,自如地放大缩小和回转。

莲第一次看到了自己接下来要在其中战斗的战场地形。

地图的左右两边——也就是东西两端有两道深谷,上方是山,下方是崖,战场就被围在其中。

东西两端的深谷是用来划分地图的可移动区域,在其他地图上也经常出现,那是深度超过一百米的悬崖峭壁,掉进去就会死。

考虑到会有玩家吐槽"这也太凑巧了吧",官方就煞有介事地弄了个设定，表示"这是在巨型宇宙飞船紧急降落时，被船体下方坚固的机翼划出的痕迹"。

地图北侧是突然变得陡峭的山，南侧则是让人觉得地壳错位了似的高崖。当然，那两边都是不管使用任何技巧如何努力都无法通行的区域。

可移动区域的上下宽幅和BoB一样，大约是一万米，地图上，横竖各画有十一条等间距的线，可知其中一个正方形的宽幅为一千米。

将可移动区域进行大致划分，就是——南侧（下方三千米宽）是分布着岩山、荒野和沙漠的开阔区域，到处可见用于藏身的岩山和遗迹。

东侧中央是大片的都市废墟，有宽阔的道路和还在建造的高楼大厦。这时，"既然面对东侧山谷，那宇宙飞船紧急迫降时高楼不会受损吗"这种疑问就被无视了。

地图中心部分是并排着低矮房屋的原住宅区，上面细致地描绘出道路和建筑物，就像迷宫一样。地图有一大片蓝色区域，表示那里已经被水淹没了。

附近有一条从右上流向左下的河，水应该是从河里漫出来的吧。水浅的地方当然可以走过去，但水深的地方就需要做出"游泳"这个动作。

在游泳时，除了特别擅长游泳的人，若是不将枪械等重型装备收进仓库里，就很容易溺水。另外，当角色处于水中时，生命值还会一点点下降，因此莲不太想经过那里。

东北方是一片广阔的绿色森林地带，显示自己所在地的标志正在放出微小的光芒。SJ的规则里有提到，只有在最初的一分钟里能够知道自己所在的位置，这算是一种救济措施，之后就只能等待卫星扫描才能得知了。

从光点所在的位置看，莲他们几乎是被投放在了地图的右上角。根据游戏开始时至少距敌一千米的规则，他们的北方以及东方都不会有敌人。

森林的西侧，也就是西北区域，是一片平坦的草原。那片区域视野很好，也意味着没有藏身之处。

草原下方，地图西侧，是一片难以行走的圆形沼泽地。一架像是宇宙飞船的巨物几乎垂直地刺进地面，和高楼一样，那里应该能够攀爬和进入，而那片沼泽地应该就是在宇宙飞船的冲击下造成的吧。

莲大约看了十秒钟地图，然后抬起头，M则继续瞪着地图看了十五秒左右。他一动不动，还露出了前所未有的严肃表情，莲就一直安静地等待着。不过，她其实也不是太了解M。

"好。"

M按下卫星扫描终端的按钮关掉地图，小声发出命令："总之，先离开对我们不利的森林。虽说应该赶不及在第一次扫描前跑出去，但我还是想尽量去利用都市那部分地形。往正南方走，你拉开十米距离后跟着我。"

他说话的声音非常小，但通过能够自动调节音量的通信器，莲听得很清楚。这样看来，即使附近有敌人，应该也是听不到内容的，没必要用手语这种身体动作来沟通。

"明白，我跟着你。"

莲回答后，M立刻在森林里跑了起来，向着位于南方的都市部分跑下斜坡，行动不带一点犹豫。

附近应该还没有敌人，但M丝毫没有大意，他将EBR抱在身前，奔跑的同时以一看到敌人就能立刻发起攻击的姿势警戒着周围。

莲裹紧身上的迷彩斗篷，照M所说，拉开十米距离后，也跟着奔跑起来。若是两人太过接近，万一被敌人伏击，就有可能因为全自动模式的连射或等离子手榴弹爆炸而全灭。

因为敏捷度不同，若是跑太快就会追上M，所以莲奔跑时一直给自己暗示"跑慢一些"。

当她目测自己在黑暗的森林中前进了大约两百米时——

远方突然传来像是在敲打小太鼓似的声音。

"停下，蹲下身。"M用命令的口吻说道，随即停下脚步，猛地压低身体。

在这种时候，他的反应真的非常迅速。莲也模仿着他，在十米后的位置慌忙蹲下身。

嗒嗒嗒嗒，声音不大的几声枪响重叠在一起，节奏很凌乱，就像笨拙的人在胡乱地敲打着小太鼓。毋庸置疑，是不知何处的两支小队在相互射击。

声音时长时短地持续着，中间没有出现两秒以上的间隔，应该消耗了大量的子弹。

"是口径5.56毫米级别的突击步枪，还有冲锋枪。"

M的冷静分析传入莲的耳中。

"你能听得出来吗，M？"

"嗯。"

GGO尽量采用了真实的枪声，因此还原度很高。

话虽如此，但他竟然连子弹类型都能听出来，莲也不知道这到底是角色的本领还是玩家的知识。

"噢……"

他的耳朵可真灵——莲感到震惊。随后，又一个疑问在莲心中浮出。

"已经开始战斗了？这也太快了吧。"

"双方都想抢占有利位置，就胡乱地全力奔跑，结果运气不好，撞到一起了吧。地点是西边的森林，不算太远。"

"原来如此……"

正如M所说，距离第一次卫星扫描还有七分多钟，那边应该真的是偶遇。

对那两队人来说，这是很不走运的事，在占据自己所希望的有利位置前，突然就陷入了激烈的混战。可能要出现SJ刚开始三分钟就死亡退出的角色了。

枪声还在持续。

"接下来慢慢走。莲，你先走，往那个方向前进。出现偏差时我会给你指示。"

M缓缓动起左手，指出要前进的方向。

"万一在森林里遇到敌人，就先当场蹲下，之后我会根据情况作出指示。"

"明、明白……"

老实说，在目前这种不知道何时就会遇敌的情况下，而且是在视野糟糕的森林中打头阵，莲很害怕。可这是比自己更优秀的玩家下达的命令，她只能听从。

莲尽量笔直地快步向前跑，在避开粗壮树木的同时，睁大眼睛观察前方的情况。

她不断前进，森林里的景色却没有变化。自己真的在前进吗？这里就是个会让人产生这种危险想法的地方。

千万不要遇到敌人，千万不要遇到敌人——莲在心中祈祷着，忍住不用右手食指去勾P90的扳机。若是勾着扳机移动，在跌倒时就会有走火的危险，因此绝对不能这么做。

远处的枪声终于平息了。也不知是其中一队获得了胜利,还是双方都分别逃走了。

不要遇到敌人不要遇到敌人不要遇到敌人不要遇到敌人不要遇到敌人……

因为恐惧而神经紧绷的莲沿着森林的斜坡往下跑。她总是想着那棵树后面说不定有人藏着,会在自己经过时突然从旁边袭击。

一旦开始胡思乱想就会没完没了。

"啊!要来就来吧!就算同归于尽,我也要用他来祭小P!"

她开始带着这样的想法前进。

不过,幸运女神似乎在对莲微笑。游戏开始后过了九分钟,她都没有碰到敌人。

"好,停,蹲下身,原地警戒待命。"

为了确认卫星扫描结果,M发出了停止前进的指示。

"呼……"

莲在森林当中原地蹲下。

若是M说得再晚一点,即使没有命令,莲也决定要停止前进了。

因为再往前十米左右,就不再是森林区域,而是只有草地的山坡,坡下是都市的废墟。

一条六车道的宽阔大道出现在莲的眼前,应该是高速公路。那里不是高架,和周围的地面是同一高度。从位置来考虑,河水应该变成了高速公路下的暗渠吧。

这条大道看起来是方便移动的柏油路,路上到处是翻倒和烧焦的车子。和她现在所在的森林相比,视野非常开阔,但同时,掩体,也就是藏身的地方减少了。

公路前方是几座不高的瓦砾堆,再往前耸立着几栋高度十几层到三十层不等的废楼。

莲谨慎地观察着前方，目前能看到的范围内并没有人影。她确实向南移动了一千米以上，这说明被投放在南边的敌人也向南或是向西移动了。

"呼……"

莲长长地吁了口气，然后想转身确认M在哪里。

就在这时——

"我在你身后三百米处。"

耳朵里响起了M的声音。

"咦？这么远？"吃惊的莲不由得发出了声音。

M冷静地回答道："马上要扫描了。你的位置会暴露，所以我拉开了距离。"

"……"

"若是运气不好附近就有敌人，扫描之后对方肯定会攻击你。"

莲也清楚这一点。可那样一来，她有可能要对付六个敌人，完全没有胜算。

"然、然后呢……如果是那样，我该怎么办才好？"莲问道。

她不知道M是怎么想的，只能询问。

"如果是那样，你不用瞄准直接开枪，靠着树往后退并持续射击。我会向左侧迂回，狙击追过来的人。"

原来如此，也就是说要以自己为诱饵，M则是迂回到东侧——他们靠近地图边界，东边应该没有敌人。莲算是理解了。

尽管她理解，可……

拿队长做诱饵，这个作战计划真是过分！

莲有点生气。

14点09分30秒，莲左腕上的手表开始微微振动。她预先设置好了闹钟，在每次卫星扫描的前三十秒会提醒自己。

"你不需要看扫描终端,保持警戒就好。"

"明白。"

用不着说也知道,敌人现在随时有可能会杀过来,她可没办法悠闲地看终端。莲在迷彩斗篷下用手指再次确认了一下P90的保险已经打开。

而下一瞬间——

"咦?"

她看到了在移动的人影。

第六章 战斗开始

第六章 战斗开始

"咦?"

莲看到的明显是人。

从她所在的森林往南,跨过宽阔的高速公路就是都市。那些男人正排成一列,走在那条宽敞的道路上,似乎是想藏身于瓦砾堆之后。距离太远,莲看不清那些小小的人影,但他们手上拿着黑色的粗棒子,除了枪,不可能是其他东西。

莲躲在旁边的巨大树木后,只将右眼露在外面。

"M、M……我发现敌人了……"

"距离扫描还有三十秒,你尽量详细地说明一下。"

"咦?他们……在高速公路对面!城市里!在对面,大概两百米以外!还、还有……"

"冷静点。你见到了多少人?枪呢?"

"至少五人!枪我不知道!但都不小!他们在瓦砾后面,啊,现在所有人都停下来了!"

"是要看扫描。你会被发现的。"

"那、那那那……那要怎么办?要开枪吗?开、开开枪吗?"莲焦急地反问。

"你先冷静下来。这个距离P90没用。反正也会被发现,现在开始扫描了。你先在那里等着。"

"呀!"

莲发出小声的惨叫,然后看向左手腕的手表。14点10分,时间没错。

"难得我先发现了他们!"她不禁脱口而出。

真是太不走运了。

现在扫描应该开始了,但没有终端能操作的莲看不到。在她焦急地度过了十秒钟后——

"已确认。都市和高速公路的分界处有一支小队,距离是两百多米。"

M那极其冷静的声音传入了莲的耳朵里。

"其、其他人呢?"莲问。

"不用担心,暂且都不在立刻就会开战的距离中。"M回答。

就在莲为这个好消息松口气的瞬间,一条半透明的红线无声地延伸至她所在的森林当中。

看上去是瞄准用的激光光束,但其实是弹道预测线。

这是GGO特有的贴心提醒——接下来要有子弹飞过来了,而且是一百发以上。

不管是在夜里、雨中或是雾中,那条线都清晰可见。红线贯穿森林跃动的光景,就像是热闹的演唱会场。

"呀!M!我被瞄准了!"

莲发出惨叫将头缩回树后,同时,仿佛甩动鞭子的嗖嗖声包围了她,随后又增加了各处树干被子弹打中的开裂声。

慢了一拍后,咚咚咚的重低音和嗒嗒嗒的枪声变得比刚才更响了。

就算对方看不到莲,但扫描已经暴露了莲隐藏的位置,子弹当然也就向着这里集中。以莲为中心的三十米范围内,子弹就像一阵超级暴风雨席卷了一切。

地面被击中,土块被弹飞起来,蕨类植物的叶子也在空中飞舞,偶尔还会有和弹道预测线不同的亮橙色光线扫过,那是为了让枪手看清子弹轨迹而打出的曳光弹所发出的光。

莲的视野里满是红线,还有像爆米花一样炸裂飞弹起的地面土块和树干木块。子弹飞来的嗖嗖声,树木被击穿的噼啪声,各种枪声,都混合在一起灌进她的耳里。

"呀!M!他们全在向我开枪啊!好可怕!救命!"缩在原地动弹不得的莲在呼救。

"嗯。对方用了机关枪。"

她的左耳里只传进了M冷静分析的声音。

"啊?"

"是子弹口径7.62毫米级别的泛用机关枪。从连射声听来,应该是FN·MAG吧,有两把以上。还有连射速度快的轻响,是口径5.56毫米的。那应该是比利时FN赫斯塔尔公司的米尼米。"

"喂!你不来救我吗?"

"现在没事的话,说明躲在那里没问题。你乖乖藏好吧。"

"干掉敌人!"

"嘿!"

距离莲两百米左右,都市区域的瓦砾堆前,一群男人带着爽朗的笑容在用机关枪一个劲地扫射。

总共五人。

虽说比不上M,但所有人的虚拟形象都是壮汉体型。

手里的武器也都很吓人。

"太开心了——"

这么大喊的男人,正在用世界上有名的机关枪,FN·MAG的全自动模式扫射。

他将枪的两脚架架在瓦砾堆上,瞄准的当然是高速公路旁边

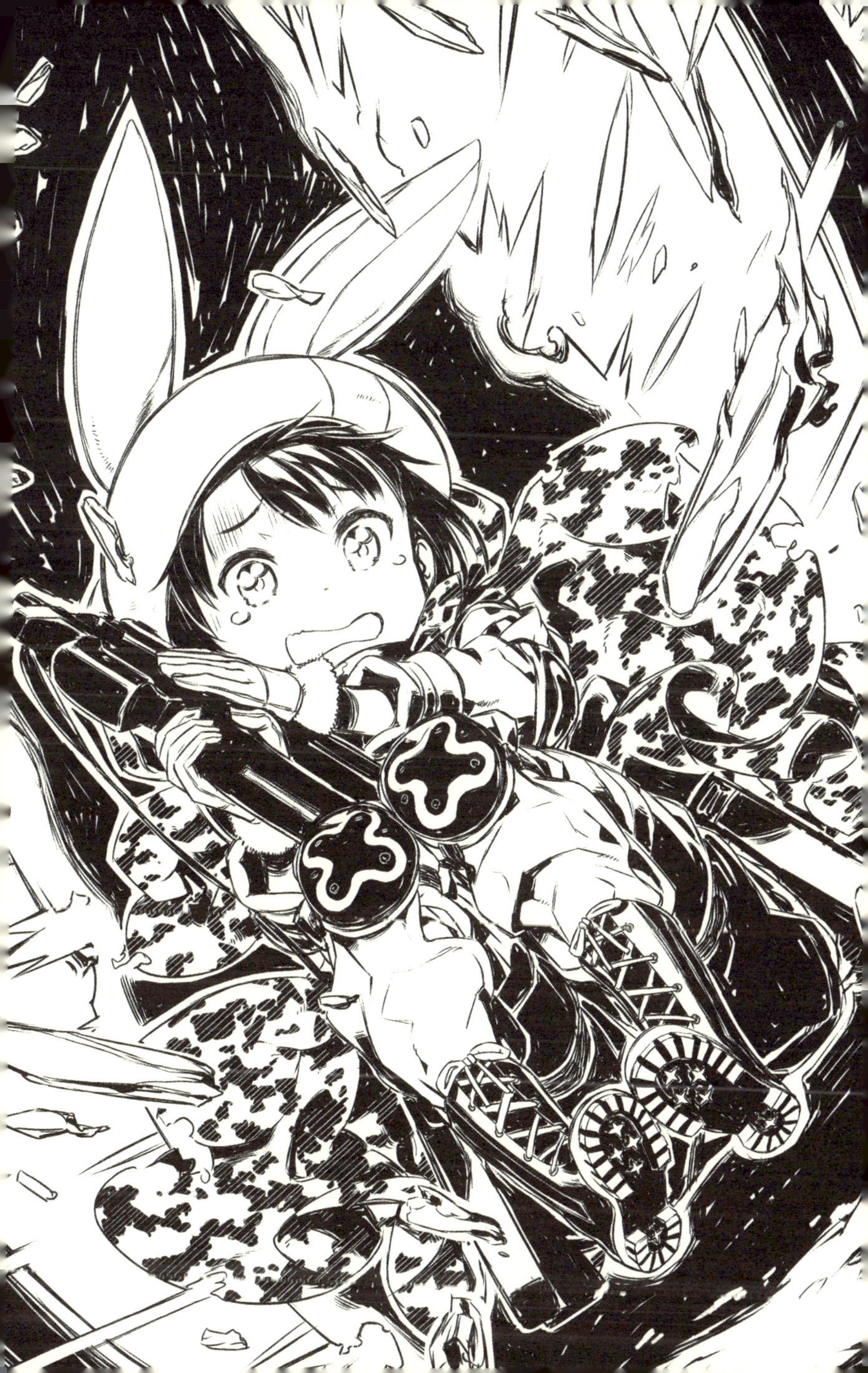

的森林。

咚咚咚的重低音响彻周围，枪口发出的冲击波使得附近扬起一片尘沙。向枪左侧延伸的7.62毫米弹的弹链以每秒十发以上的速度被吸进枪里，子弹从枪口打出去，空弹壳落在枪身下，连接弹链的金属环一个个散开着向右边排出。

枪口冒着赤红的火焰，每隔五发子弹就会有一发曳光弹画出橙色的线条。

"看枪——"旁边几米处也有人在高声叫喊。

那人手中的枪是美军常用的M240B，和FN·MAG除了外观上的差异外，可以说是同一款枪。他站着，左手握着提把，将枪托夹在腋下，正在连续射击。

其他三人用的也是机关枪。

一人用的果然是子弹口径7.62毫米的M60E3。

另一人用的是子弹口径5.56毫米的轻机关枪米尼米。

最后一人用的是以色列军事工业公司的内盖夫轻机关枪，他将枪架在瓦砾堆上，以卧姿射击。

战斗场面会被转播出去，空中表示摄像头位置的蓝色圆圈正在他们周围来回移动，寻找帅气的角度。

这一群正在被转播、令酒馆观众们看得激动的人，正是昨天夜里说出"至少要活过十五分钟"这种窝囊誓言的那五个男人。

他们在战队表上登记的名字是"ZEMAL"。不管是莲还是M，除他们五人之外的其他玩家，都没有人发现那是"全日本机关枪爱好者"的简称。

他们都对机关枪喜欢得不得了。

这五个分散于日本各地的玩家在游戏里因为意气相投而聚在

一起，五人的小队之所以加上了"全日本"之名，仅仅是因为他们当中有人住在北海道也有人住在冲绳。

他们都有着疯狂喜欢机关枪这个共同嗜好。

所以，他们用的枪一定得是机关枪。

若是用了别的枪，就会被驱逐出团体。他们连随身手枪都不配，对于光学枪更是认为：这是什么？好吃吗？

使用重型枪支需要很强的力量值，不用说，他们增加数值的主要方向就在这上面。机关枪是很贵的枪，为了买枪，他们也会老老实实赚取点数，有的人还会直接氪金，可以说是倾注了所有热情。

他们一起享受着GGO这个游戏，不过也有一个特征——在PVP中特别弱。

机关枪是能打出如同暴雨般大量子弹的强力武器，使用的基本都是用弹链连接在一起的子弹，能够毫不停歇地连续打出一百发以上。

用这样强劲的火力封锁住敌人的行动，若能在此期间带着突击步枪或冲锋枪绕到敌人身后，就会对战斗非常有利。

"噢——"

"太愉快了！"

"嘿——"

"看枪！"

"去死吧！"

但现在那五人正在随心所欲地不停射击，丝毫没有要相互合作的意思。

因为对他们来说，只要能用机关枪进行扫射就够了，只要能感受到连续不断的声音与振动，他们就很满足了。

学习战术，制定迂回敌人身后的作战计划，全小队打配合——他们并不想做这些麻烦事，就把心一横，直接说"尽情射击就是我们的战术"。

所以，他们至今为止都没有认真打过PVP，只是为了赚取经验值和点数尽情攻击怪物而已。他们也曾在狩猎的归途中被别的队伍发现过——

"拿的都是实弹机关枪，应该不是狩猎回来的。算了吧。"

对手擅自做出"那些家伙PVP很强"的判断，所以他们甚至没有被袭击过。

他们曾以个人身份报名BoB，即使运气好的时候能凭借火力压制突破第一轮选拔，也会后继无力，因此从未能参加决赛。

现在有了SJ。

他们认为能够组队参赛并尽情使用机关枪的这次大赛，就是为他们举办的，便兴高采烈地积极报名，参加比赛。

"真没想到第一次扫描就发现了这么近的敌人！"

"嗯，太幸运了！"

"感谢机关枪之神！"

他们一个劲地开着枪。

先不管那些对手真正的实力如何。

"呀！"

对被攻击的莲而言，现在的险情没有任何好转的迹象。

在五支机关枪不断地射击当中，周围的情况已经非常凄惨。

短短一分钟的时间里，莲附近的树上就被打得全是孔洞，破坏自然环境也该有个限度吧。

虽然看不见，但自己藏身的这棵大树是不是被炸掉了一半，会不会过不了多久就要倒下？莲不由得这样想。

"呜……"

她的脊背上蹿起一股寒意。

铁弹之雨还在毫不留情地砸下。

"M……M！"

莲只能向唯一的同伴求救。

卫星扫描的时间应该已经结束，他应该能来救自己了，就算来不了，也应该要想点办法吧。莲这么想着。

"待在原地，不要乱动。"

M的回答冷酷又无情。

"呜……"

莲很想从这一片枪林弹雨中逃出去，但周围都是弹道预测线的光在晃动，就算她移动，也会在到达下一棵树后方之前被击中。

"可恶！"

她发出了不像女孩子作风的怒骂声，紧紧地缩成一团。

而这个时候的M已经移动到莲身后一百米左右。他以一棵粗大的树为掩体，谨慎地探出头，就看到了瞄准莲的弹道预测线。红色的线在森林中晃动着，非常显眼。

偶尔也会有弹道预测线跳跃似的改变方向，转到自己附近，但还不需要躲避。

就算有子弹随着那条弹道预测线消失而飞来也无所谓，他主要盯着有可能出现敌人的西侧，潜藏在树后。

M看向左腕内侧的手表，距离14点10分的扫描已经过去了三分钟。

"应该差不多了……"

他的低语传进了通信器里。

"差不多……什么?"

莲期待指示的声音响起,但M还是干脆地回答:"没什么,你继续躲好。"

"交换!"

全日本机关枪爱好者中的一人——拿M240B站着射击的那个男人,这样叫喊并蹲下身。他取下背在背上的细长背包,从里面拿出预备弹链和预备枪管。

机关枪是能连射的枪,但也不可能无休止地射击下去。

大量射击会令枪管发热,性能大幅降低。因此,在进行了某种程度的射击后,一定要换枪管。这一点在GGO里也还原出来了。

GGO给枪支的各个部件都设定了耐久度,最真实地反映出损耗的就是连射后的枪管。若是不管不顾地继续射击,命中率会下降,最后甚至会无法开枪。

"明白!"

"好的!"

"交给我吧。"

"行!"

周围的同伴们纷纷回答。虽然几乎没有战术上的合作,但不愧是热爱机关枪的男人们,只有在这种时候特别可靠。

男人拉动填装手柄拆下枪栓,打开顶盖查看还有没有残弹。接着他按下枪左侧的按钮,将枪身上的提把猛地向左拧。这样一来,枪管的锁扣就解开了,他再向前滑动取下枪管。

用和拆除时一样的要领装上枪管后,他再给枪装上新的弹链,仅仅用了几秒钟就完成了这一系列的操作。

"好！又能痛快地射击一轮了！"

这个男人再次站起身，笑着将枪口指向莲所在的森林。

结果他一发子弹都没打出来，就当场倒了下去。

他趴倒在地，后脑勺的脊髓处有一个正在发出红光的中弹痕迹。同时，他身体上浮现出"Dead"的标志。

也就是说，他死亡了。

"嗯？咦？"

正在用米尼米痛快扫射的男人看到了死亡的同伴。他们自己的枪声实在太响，没有听到敌人开枪的声音。

"喂！大家先别开枪了！"

他停下射击，大声叫喊。这里毕竟是游戏，同伴们都听到了他的声音。

"怎么回事？"

"嗯？"

"怎么了？"

世界突然恢复安静，他们扭动脖子来回张望，终于看到了战死的同伴。

"这……这是怎么了？发生了什么事？"

"我也不知道……"

"难道是自爆？"

"总、总不至于傻到会那样吧？"

"不是森林那边攻击的吗？"

"在刚才那种火力网中？"

拿着FN·MAG的男人说道，而他背后也突然出现了红色的中弹特效。虽然没有一枪毙命，但他的生命值也猛地下降了一大截，直接越过绿色安全值降到了黄色值。

"呜哇!"

背上炸开的钝痛令他大幅度向后仰,这时,下一颗子弹飞来,击中了他的后脑。要害被击中就会立刻死亡,他剩下的三分之二生命值瞬间清零了。

带着"Dead"标志的尸体又增加了一具,大楼间回响着两声枪响。

这一刻,全日本机关枪爱好者的其他人才明白过来发生了什么事。

架着M60E3的男人对着剩下的同伴喊道:"是狙击!从后方开的枪!"

这成了他在SJ里的最后一句话。

他的同伴们都看得很清楚,转回身的他眉间中弹,仅一颗子弹就让他立刻死亡。

他应该看到了指向自己的鲜红的弹道预测线,遗憾的是他的反应速度并没有快到足以避开。

"快藏起来!"

"呀!"

用米尼米和内盖夫的两人向着原本所趴的瓦砾堆后跳去。

"嗯?怎么了?咦?"莲自言自语。

周围突然安静下来,抱着膝盖缩成一团的莲抬起了头。突然降临的寂静让她有一瞬间怀疑自己是不是中弹死亡了。这里难道是天堂——不对,应该是死后被传送去的准备区吗?

"都市里有一支小队,现在终于前进到他们的有效射程内了。你也听到刚才有三声不同的枪响了吧?你得救了。"

M用冷静中带着一点喜悦的声音这样回答,之后又说:"我现在过去你那边,别误向我开枪。"

终于要来了——莲在心中叫喊着,继续在原地等待。

不久后,她就看见黑色森林中,一名迷彩服壮汉正在移动。

突然安静下来的世界里,M来到距离莲十米处的左边大树后,迅速架起EBR的两脚架,毫不在意地趴在地上。

看到M以卧姿盯着M14·EBR的瞄准镜,终于松了口气的莲问:"这……到底是怎么回事?"

M到这时才说:"刚才我故意没告诉你。扫描的时候,除了那支拿机关枪的小队以外,还有一队也处在能够参加战斗的距离。那一队人在更南边,都市中心。"

"原来如此……是那队人快速跑了过来,从后方袭击正在扫射我的那群人啊!"

"对。那群拿机关枪的家伙也不知道是看了扫描后感觉离得远就大意了,还是被太过接近的你吓到,从一开始就没发现那边有人。但不管是哪种原因,都是因为他们太不谨慎所致。"

"这、这么说,你是明知道这一点,才拿我来当诱饵的?"莲有些生气地问道。

"对。"

M干脆地给出肯定回答,莲也无言以对。

M在怀里摸索了一阵,向莲扔出一样东西。

"你拿着它。"

看起来挺大,是等离子手榴弹吗?莲绷紧身体,但转念一想,M没有攻击同伴的理由。那东西笔直地向莲飞来,莲也用左手流畅地接住了它。

是小型单筒望远镜,也就是单边眼睛使用的望远镜。莲曾向Pitohui借来用过,是个带有激光测距功能的便利物品,应该卖得很贵。

"你没有吧？拿着用好了，暂时待在这里观察情况。"

"谢、谢谢。"

莲将望远镜换到右手，架在自己惯用的右眼前，悄悄地从树后探出头。

现在她附近没有弹道预测线，至少不需要担心会被那群用机关枪的家伙射击。

若是对面更远处的敌人要狙击自己——在自己不清楚敌人位置的情况下，第一颗子弹是不会触发弹道预测线的，想防也防不住。而且，莲觉得对方应该会先收拾掉近处的敌人。距离下一次卫星扫描应该还有五分多钟，别的敌人向这边靠近的可能性很低。

"用机关枪的那群家伙有五人，已经死了三个。"

M从M14·EBR的瞄准镜里掌握了情况。正如他所言，莲透过望远镜看到了三个带着闪着"Dead"标志的男人。她尝试按下按钮测量距离，显示距离为一百九十七米。

尸体附近，还活着的两个人都在瓦砾堆前。他们警戒着来自后方的敌人，现在暴露在莲两人的眼前。

"那两人，现在我们这边看得很清楚。你应该能轻松地击中他们吧？"莲这么问。

对于M的M14·EBR来说，两百米应该是必中的距离。她甚至想自己用P90射杀他们，把刚刚受到的伤害报复回去。

"不行，现在不能攻击。在我发出命令前，你一定不要射击。"

莲很想问为什么，但还是忍住了。

"来了……大路的左侧，那辆翻倒的大巴背后。"

照着M的指示，莲将望远镜转向左边。距离机枪队一百五十米左右的地方，有一辆大巴翻倒在地，它旁边有人影移动。

"噢!"

莲兴奋起来,用手指调高望远倍率,望远镜像数码相机一样顺畅地拉近了距离并自动对焦,莲清晰地看到了那些人。

新出现的敌人小队共有四人,身上都穿着以黑色和深棕色为基调的迷彩服,显示出同一小队的一致性,头上戴着同款迷彩图案的头盔。此外,他们还戴了黑色的巴拉克拉法帽,像银行抢匪那样只露出眼睛,因此看不到长相。

四人排成一列纵队在移动,领头的男人举着细长的黑色步枪平稳地前进着,枪口几乎没有摇晃。

跟在他身后的三人也拿着外表相同的枪,摆着射击姿势,分别以两米的间隔不远不近地跟着,只有最后一人时不时回头警戒后方。

大概是考虑到莲不清楚步枪的种类,M的声音响起:"是FAL,子弹口径7.62毫米,伞兵用的短枪型。"

因为半自动射击的命中率高,7.62毫米弹的杀伤力大,FAL在玩家中很受欢迎。那四个男人所拿的,就是伞兵型FAL,有着折叠式枪托和短枪管,是更方便使用的枪型。

统一的枪,统一的面罩和迷彩服,那四个人从大巴旁走向瓦砾堆旁,然后又走到下一辆废弃车辆背后,整个过程十分流畅。

在转过掩体之前,领头的男人向脚下伸出什么东西。见此,莲带着疑问放大倍率后,发现那是一根前端带着小镜子的棒子。

原来如此,在拐弯之前先用它来确认情况——莲感慨着。

四人所前进的方向,当然就是机枪队的那两人所在的位置,他们因为失去同伴而束手无策,从刚才起就不敢动弹。

"蒙面的那群家伙行动迅速,配合得也好。"

莲听到M说出的感想,用单边望远镜观察,问道:"那支小队只有那四个人吗？"

"不，不止四人。"

"为什么？你看到了？在哪里？"

"还没找到，不过，那些家伙走向那两人所在地的路径几乎就是最短距离，移动的同时还能很好地隐藏。肯定是有人在大楼上给他们做出指示，其余两人大概正在从大楼窗户看着下面，而且肯定拿着狙击枪。之前射杀机枪队那三人的肯定也是楼上的人。"

莲发出惊叹，调低望远镜的倍率。

在不清楚敌人位置的情况下，就不会触发弹道预测线。突然开枪且能一击必杀的狙击手，不管是在现实世界还是在GGO里都很令人讨厌。

瓦砾堆对面排列着大小不一的大楼，有许多合适的狙击点。莲再次仔细观察着那边，却没有看到人影或是枪管。

"我没见着。"

"他们不会待在容易被发现的地方。若是射击时探出枪身或身体，就没资格做狙击手了。"

M教导般的回答。

"仅仅六人的小队也敢分组，这是很有勇气的作战计划。能够毫不犹豫地做到这一点，这支小队很强。"

他又发表了对敌人的评价。

"那两人要不了多久就会被干掉。"

听了M的话，还在寻找狙击手的莲将视线移回机枪队的那两人身上。

蒙面队的四人走到距离机枪队两人五十米处，又穿过瓦砾堆中的缝隙继续靠近。

而机枪队的两人没有察觉到他们，还在焦急地说着什么。当然，莲听不到。

"快点逃离这里吧!"

"可是,一露头就会被射杀啊!"

应该是在说这些吧?莲想象着。

在莲的注视下,蒙面队的四人来到了最靠近莲的那堆瓦砾堆,距离目标仅二十米,并做好了准备。他们以小幅度的动作快速分散开来。

领头的那人扔出手榴弹,落点距离目标两人有些远,爆炸并不会给他们带来太大伤害,但已经足够了。

机枪队的两人慌忙站起身要逃,但剩下的三人动作迅速又标准地向他们背后开了枪,带有节奏感的枪声响了起来。

那不是会打偏的距离,机枪队的两人都没能反击,背后和脑袋上就亮起一片红色的中弹特效。他们当场倒下,步上同伴的后尘。

"唉……"

莲的叹息也不知是为那两人战死退出SJ而惋惜,还是为没能亲手杀死他们而不甘。

莲看了看时间,14点14分。

扫描之后才过了四分钟,这让她很吃惊。

距离下一次扫描还有六分钟,现在那四人的位置暴露在他们眼前,对方还不知道他们在这里。这是个好机会。

"M,动手干掉他们吧!"

莲笑着说出危险的话,得到的回答还是"不行"。

"不行。只有一个人的话还行,但我一动手,剩下的人就会藏起来。那样一来,我们就只能再逃回森林当中了。现在还是先等他们离开。他们应该也认为我们会向森林深处撤退。"

莲心想，难得都已经来到了这里，她可不想再返回对自己不利的森林当中。

"我还想再观察一下他们的情况。"

莲决定先听从M的话行事，他们还能在这里安全地观察至少五分钟。

莲将视线转回单筒望远镜上，却发现那四人已经消失了，哪里都没有他们的身影，是迅速地撤退了吧。

三十秒后——

"有了。"

M的声音响起。

"莲，看那栋外墙弯曲的大楼，在中层。"

莲照着他的指示找过去。

"啊！看见了！"

她发现了自己要找的人影，就在那栋外观设计成帆状的大楼中层，大约十层的高度。有一个人站在玻璃全部破碎的窗边，背上背着细长的步枪。

测量距离显示三百零五米，从刚才的机枪队位置算起大约是三百米。若有高精度的狙击枪和厉害的狙击手，在这个距离下可以游刃有余地击中目标要害。

他要干什么呢？仿佛在回答莲的这个疑问一般，那人向地面扔出了一条长长的绳索。

随后，他翻身跨骑在绳索上，双脚蹬着大楼外壁，飞快地向楼下降去。高度接近三十米，他却在一瞬间降到了覆盖地面的瓦砾堆后，消失了。接着第二个人降了下去，同样是片刻之间就看不见了，只剩下微微晃动的绳索。随后，绳索也消失无踪，应该是被收回了仓库里。

"那是什么？好厉害！"莲天真地称赞道。

"索降，用绳索进行垂直下降。"

"嚯。在纵向移动上很方便啊，比走楼梯快多了。原来还有那种技能，我有点想要。"

"那些家伙有些不同。"

"嗯？"

"GGO里的索降技能下降不了那么快。我用过，所以知道。"

听到M的回答，莲不解地歪过头。

"那么他们是怎么做到的？"

"那是玩家自身拥有的能力。"

"玩家的能力？什么意思？"莲没能马上理解M的话，转向他问道。

还在架着M14·EBR盯着瞄准镜的M说："意思就是，玩GGO的人在现实中也能做到那些事。"

"啊，原来如此！我想起来了，Pito曾经说过这个。"

包含GGO在内，所有VR游戏里"能做到的事"都分为两种。

一种是，游戏角色能做到的事。

也就是说，只要游戏角色用经验值换取到了技能，不管是谁，都能做到那件事。

GGO里提供了各种各样的技能，例如制作高性能的炸弹，制作枪的零件和匕首，提高狙击命中率，用惊人的视力观察远方的详情等。

技能也有等级，等级越高成功率就越高，也能以更快的速度和更高的精度完成。

而另一种是，游戏角色没有获取技能，但玩家能在现实中做到的事。

玩家原本在现实中能做到的事,即使游戏角色没有获取这一技能,在游戏里也可以做到。原理是身体会通过AmuSphere的神经传导来行动。

比如书法。GGO里并没有书法这个技能,但有一个技能叫"写字漂亮",获取到这一技能的游戏角色只要像平常那样书写,就能写出漂亮的字。

如果是现实中喜好书法的玩家,即使没有获取"写字漂亮"这个技能,也能写出漂亮的字。当然,并不会比现实中写得更好。

另外,通过技能能做到的事,当然是仅限于游戏当中。

就算玩家获取了书法技能,基本上也不可能在现实世界里写出漂亮的字。

"也就是说,用绳索快速下降的那个索……什么来着?"

"索降。"

"对对。那些人在现实中也能够正常做到啊,好厉害。是登山爱好者之类的吗?"莲由衷地感慨着,悠闲地说道。

"是那样就好了。"

M的话听起来非常严肃。

莲重新看向单筒望远镜,就见到之前的四人为了和从楼里下来的两人会合,正在毫不放松地警戒着四周,渐渐远去。

"M,听你这语气,你似乎知道那些人在现实中的身份?"

"只是猜测。"

"是什么?"

莲猜不到M的想法,干脆坦率地发问。

传进左耳里的回答是:"从他们谨慎又协调一致的行动,以及索降的熟练程度来看，那些家伙多半是战斗专家。"

"专家？什么意思？"

莲听不明白，又看不到那四人了，就取下单筒望远镜向M看去，却看到他也在看向自己。他那严肃的表情里似乎透出一点胆怯。

他张嘴说道："就是字面意思，通过战斗来赚钱的人。那六个人不是警察就是海上保安厅的特殊部队，或者是自卫队队员。"

第七章 和专家对战 SECT.7

第七章 和专家对战

14点17分。

距离第二次卫星扫描还有三分钟,莲只能在森林边缘待到那个时候再移动。

"咦?那算什么?太滑头了吧?应该禁止专家来玩游戏!"

听完M猜测那厉害的六个人是战斗专家后,莲生气了。

M像是在思考什么,隔了几秒钟后才回答:"在规则上应该没有明令禁止。虽然不知道是官方行为还是个人行为,但将GGO引入训练,为测试能力而参加SJ,也没什么好奇怪的。这种事,在潜行技术被开发出来时就设想过了。"

听了M冷静的分析,莲又想了想,觉得他说得也有道理,就将思绪拉回SJ当中。在游戏里只要思考游戏的事就行了。

"那怎么办?现在离我们最近的小队就是那些人,不打倒他们,我们就无法进入都市扎营。面对那种对手,我们能赢吗?"

M立刻回答:"赢不了。"

"这么干脆!"

"就算我们这边有六个人,也不知道能不能打赢他们。正常来说,以我们两人要战胜他们,是不可能的。就算刚才干掉一个……也一样吧。"

"那要怎么办?对了!干脆以这里为据点?看,若是有队伍横穿高速公路,我们在这里也可以发起攻击!"

"我也这么想过,但还是很不利。对方有狙击手,只要露头就会立刻被狙击。而且,在此期间还可能会出现从西边穿越森林过来的敌方小队。"

莲一次次提议又一次次被否决,但M的回答理由充分,能够理解的莲也并没有生气。

他们保持警戒,继续待在森林中。时间来到14点19分,距离下次卫星扫描只有一分钟了。

"怎么办?接下来要怎么办?"

游戏已经开始二十分钟,自己依然束手无策,莲有些慌乱。

"你运气好吗?至今为止的人生里,你交过好运吗?"M突然这么问。

"咦?这个嘛……"

虽说有关身高的幸运值接近于零,但除此之外,她诞生于宽松富裕的家庭,家人都很温柔,成长过程中也没遇到过什么艰难险阻。

"嗯。我很走运,是个幸运女孩!"

虽然有些牵强,但莲还是这么说道。

"好吧,那就来赌一赌你的好运。我们就在这里确认下次扫描的结果,若是运气好,就立刻跑到高速公路对面。你做好准备。"

"知、知道了。还有时间问理由吗?"

剩下四十秒。

"嗯。这只是我的猜测,刚才这边的战斗声音这么响,估计都市里的其他队伍大都会聚集过来。那样的话,如果那支专家小队附近有其他队伍,扫描之后就有很大可能会马上开战。我们就趁此机会一口气跑过高速公路,并且放弃潜伏于都市中的计划,先到中央的住宅区,下一次扫描后再从那里去荒野。"

"原来如此……我知道了。"

剩下二十秒。

"扫描出来的点会列举出被全灭的队伍，你要把存活队伍所在的地点刻进脑子里。当然，远处的可以无视。十分钟内有可能接触到的，也就是三千米以内的敌人都有威胁。"

M起身，取出卫星扫描终端。莲也跟着站了起来。画面亮起。

14点20分。

SJ第二次卫星扫描开始。

莲还是第一次看到扫描画面。她集中注意力盯着屏幕。掌握大致情况就好，她想知道敌人的所在之处。那种不知敌人在何方的恐惧，她再也不想经历了。

这次的人工卫星应该是从西北过来的，终端上从地图左上方起接连出现了光点，而且速度很快，应该要不了多长时间就能扫描结束吧。

"那个，被全灭的小队……"

退出SJ的小队是不显眼的灰点。莲数着，将亮起的光点位置记在脑中。

西北的草原上有一支被全灭的小队，下面的沼泽里也有一支。最初在森林中交战的那两支小队没有被全灭，并没有出现灰点。沙漠和荒野上视野开阔，似乎发生了激烈的战斗，共有四支小队被全灭。

现在卫星已经扫描到了东南端。

森林和高速公道交界处的那个光点，莲用不着点开确认名字也能知道是自己。森林里还有两个光点，幸运的是，都在三千米之外的地方。

都市北部有一个灰点，就是刚才的机枪队。也就是说，仅仅二十分钟就有七支小队在混战中被全灭，只剩下十六支小队了。

当然，莲并不知道那些小队是全队人都平安存活，还是只活下来了一个人。

而刚才那支展现出可怕实力的专家小队依然待在都市里,距离莲他们大约一千五百米。

光点和大楼相重合,大概是在高处吧。肯定是刚才索降的那两人快速奔跑过去,占据了另一栋大楼作为据点。有狙击手待在视野好的地方盯着,和地上的四名同伴配合,这个作战策略可以说是铜墙铁壁。

"啊!"莲禁不住大喊一声。

在紧贴着那支专家小队的南边方格里有一个光点,再往西一个方格里又有两个光点。

"M!这个!"

"我们运气真好。只是……那些家伙的运气就不太好了。"

莲抬起头,罕见地看到了M在微笑。

"那么!"

"嗯。专家小队就交给这三支不走运的队伍,我们冲吧。斗篷可以丢掉了。"

两人没等扫描结束就收起了终端。

莲将身上的斗篷从头上扯下来,往后一扔,现出一身粉红色的战斗服。M也猫着身子将M14·EBR的两脚架折叠起来,做好从森林里冲出去的准备。

他们必须从有树木掩护的森林里再次冲进危险的地方。

"听我指示,先别动……"

莲咕噜一声吞了口唾沫,用力握紧P90。

下一秒,都市里传来了枪声。

轻快的射击声和沉重的射击声混杂在一起,激烈的交战开始了。大概是专家小队和那三支小队接触了吧。

"好,冲!冲!冲!"

在M的指示下,莲冲了出去。她跑出森林来到草坡上,飞快地向着高速公路奔去。

"可是,也不能跑到太前面吧?"莲边跑边问M。

"到时我会让你停下。"M这样回答。

咦?这不就和刚才在森林里一样,又是让我先开道?敌人会先朝我射击吧?

莲察觉到了这一点,可现在已经无法回头了。

又让队长当诱饵,真是个黑心公司……不对,是黑心小队!

莲这么想着,她那娇小的身躯轻巧地越过了高速公路的护栏。

"M!附近没有敌人。"

"好,在那里等我跟上去。"

莲和M在高速公路上不停奔跑。

跑在前面的莲以超越短跑选手的速度飞奔。

她的敏捷度高,现在奔跑的速度就像骑着自行车一样。莲沉醉在自己渐渐加快的最高速度中。

右边是森林,左边是都市,莲警戒着视野范围内有没有敌人,在废弃车辆的后方等待M过来。

她跑出森林后才发现,这个地图上没有风在吹,这一点对狙击手非常有利。

M的速度比莲要慢得多,但他也踏着混凝土全速跑过来,滑进能隐藏他魁梧身躯的地方。

"好,上!"

他举起M14·EBR以便随时进行掩护射击,命令道。

在他们奔跑的时候，从森林上方和都市里应该都能清楚地看到他们的身影，但并没有子弹向他们两人飞来。

激烈的交战声一直在回响。

* * *

时间稍稍倒退回14点20分，在第二次扫描的前一刻，都市里发生了M预想到的情况。

听到刚才那一阵主要来自全日本机关枪爱好者的激烈交战声，附近的三支小队都生出了虽然不知道是哪些家伙，但打出那么多子弹，活下来的小队应该不会毫发无伤的想法，纷纷被吸引，向都市集中。当然，他们并不知道交战的另一方毫发无损，而且本领高强。

而在第二次扫描开始后没多久——

"咦？"

"真的假的！"

处在同一格子里，仅仅相距两百米的两支小队都震惊了。他们过来时走了不同的路，因此还没能看到对方，但敌人的确就在附近。

此时，两支小队采取了不同的行动。

其中一支小队全员穿着连体战斗服，左臂上戴着有马蜂图案的徽章。

这支小队都是些动作迅速的高敏捷度角色，主要武器有H&K MP5、瓦尔特MPL等冲锋枪。

"啊，来打一场吧！所有人全力往前冲！"

"好!"

"攻击!"

"明白!"

"上吧!"

"妈妈!"

他们仿佛在说这里就是葬身之地一样,六个人都开始愉快地攻击,在大道上向着应该在拐角前方的敌人全力奔跑。

另一支小队没有穿统一服装,只是所有人在脖子上围了条绿色方巾作为小队标志。

很遗憾,他们没能立刻做出决断。

"不好!快、快逃吧!"

"斜下方还有一队!大楼上也有!根本没地方逃!还是冲过去迎击更好……"

"笨蛋!被夹击了怎么办?应该躲进建筑物当中……"

"我不想打室内战!"

"你们别吵!听队长的。"

在他们争吵的同时,从大路对面冲过来的队伍开始向他们猛烈射击。

冲锋枪连射的威力很大,但使用的主要是小口径子弹,因此杀伤力并不算大。

在突然袭击下死亡的只有一个运气不好的家伙——他同时被两个人击中了。

其余五人中弹后没有死亡,发现无处可逃,只得做好准备开始猛烈反击。AKM、M16A3等攻击步枪在全自动模式下开始咆哮。

宽阔的大道上,双方在一百米内对峙,相互射击并相互投掷等离子手榴弹,展开激烈的战斗。

对手的位置清晰可见，因此转身逃跑的一方必定会输。与其找地方躲藏，不如拼命射击，打空弹匣就换上新弹匣后再继续射击。

最终演变成交战双方一个接一个死去的悲壮消耗战。

浮在空中的摄像头无情地记录着这一切。

这时，位于一千米外的一支小队在窃笑。

这六人都穿着红褐色的迷彩服，装备的是鲁格·斯特姆公司的AC-556F攻击步枪。

这把枪是从M14缩小规格到口径5.56毫米的"迷你14"，并加装了金属制可折叠枪托，能够进行全自动射击。虽然小巧，性能也不错，但在GGO里是没什么人气的便宜枪。

当队长听到附近开始响起枪声后，说道："好！那些家伙撞上了！我们绕到后面去！"

听到这话，有同伴问："大楼上那些家伙呢？"

"他们离得还远，这个距离没办法狙击。只要跑起来就不会被打中。"

"原来如此。"

"好，大家上吧！"

就这样，想要渔翁得利的这支小队跑了出去。

为了在宽敞的大路上全力奔跑，这支小队没有靠着瓦砾多的建筑物边移动，而是选择了大路正中央。

"南侧有一支小队，六人，武器是AC-556F，代号为Delta。"

奔跑中的小队没有发现大楼中有人在用双筒望远镜观察他们，还给他们取了代号。

在这个距离下，跑起来就不会被狙击的——Delta队长的这个判断确实没错。

距离一千米,普通的狙击枪无法打中。就算还在反器材步枪的有效射程内,狙击手也要有相当厉害的本事,才能击中目标。因此受到的威胁并不大——这个判断是正确的。

他们的不幸就在于,地面上还有一支优秀的四人机动队没有出现在卫星扫描中。

戴着巴拉克拉法帽,遮住脸的男人通过通信器,冷静地对那四人命令道:"Delta正在南山大道上向西前进,放他们通过电影院,然后再跟上去。在Bravo和Charlie的战斗结束前先待命。"

"真是混账!"拿着AKM——一款枪支外观酷似AK-47的改良版的男人大声咒骂着。

他的服装是现实世界中战乱地区里的民兵风格——牛仔裤和皮夹克,装有弹匣的胸挂,脖子上围着绿色方巾。

男人横举着枪,紧贴地面趴在大道上的一辆废弃车辆旁。他只能通过爆了胎的车子下方看见前方,但狭窄的视野里没有一个在动的身影。

"喂!有人在附近吗?"

他表情狰狞地叫喊着,然而并没有人回答他。

看来,直到刚才还一起行动的同伴们不是死了就是逃了。

他的生命值也被打掉了许多,因为敌人小队冲了过来,他在近距离下吃了五发冲锋枪子弹。他当然也反击了,对一个敌人的头打了好几发子弹并干掉了对方,应该还打中了另一个敌人的脚。

在他发问后大约过了五秒钟。

"喂!我还活着!"

不知何处传来了这么一个声音。

男人的脸上重新露出安心的笑容，又问："噢！你在哪里，没事吗？"

"死里逃生！就是生命值红了！"

第二次回答是从很近的地方传来的，声音很清晰。对方应该从藏身的建筑当中走了出来，正在往这边接近。

"好！我们会合之后就逃走。"

男人抬起AKM说。

但他得到的回答却是："啊，这可不行！"

"为什么？"

在发问之前，男人应该更冷静一些才对。

这样的话，他就会发现他的视野左上方——只要大幅度转动眼睛就能看到的位置上显示出的情报，也就是他同伴们的生命值。那里的信息已经全部变黑，而且名字处都打上了"×"记号。

"为什么啊，你看，因为我……"

和男人对话的人从车后露出脸，他们的距离只有六米。那是个身穿黑色连体战斗服的男人，正稳稳地举着一把MP5的A3型，枪口指着这边。枪口处亮着的红线射进对面那男人的眼睛里，令他的视野变得一片通红。

"是你的敌人！"

一发子弹射出。

MP5发射出的9毫米帕拉姆弹击中男人的右眼，生出一片华丽的中弹特效。男人失去力量的身体向一旁倒下，AKM也落在混凝土地面上，发出沉闷的撞击声。

"呼……"

用MP5射击的男人也瘫坐在原地。他身体上被击中的地方闪着光，生命值一栏是鲜红色，几乎没有几滴血了。

他转回身，就看见大路上四处倒着带有"Dead"闪亮标志的敌我双方的尸体。他镇定下来看向视野左侧浮现出的情报，发现除了自己以外其他人都死了。

"啊……就剩我一个人了，要怎么办？要不要干脆投降呢？"他不由得这样说。

但他很快又说道："不，死之前还是拼一把吧……"

他从胸前口袋里取出急救医疗针，打在自己脖子上。正在闪烁的生命值一栏里，血条一点点恢复。

男人看向手表，现在是14点27分，剩下的三分钟就躲起来恢复生命值吧。至于之后的事——

"就听天由命好了！"

就在他为了再次奔跑而笑着站起来时，飞来的5.56毫米弹一颗接一颗贯穿他的身体，将正在恢复的生命值一下子压到了零。

大路上又多了一具说不了话的尸体。

在大楼阴影处用AC-556全自动模式射击的男人高兴地扬起了右拳。

"太好了！坐收渔利！"

是那支一直藏在大楼阴影里等待战斗结束的小队。

他们约一分钟前就开始在旁边观看这场混战，想要袭击逃走的人，但在有人逃走之前，几乎所有人都死了。

那个拿着MP5的男人似乎就是最后一个，因此队长才缓缓地从建筑物拐角处探出身射击。

"干得漂亮！就因为能这样玩，大混战才有意思。只要包抄后方就能轻松取胜！"在建筑物里待命的小队成员当中，有个小心谨慎地警戒着后方的人愉快地说道。

"不过，我们若是松懈大意，也会落得那样的下场。"

就在队长说完这番自我告诫后，四枚威力强劲的等离子手榴弹从建筑物五楼的窗户落下。

整支小队被爆炸的蓝白光芒包裹起来，生命值瞬间清零。

他们亲身体验到了，在巷战里不仅要警戒四周，还必须警戒上方。

扔下等离子手榴弹的蒙面男人立刻和远处的男人联系。

"确认Bravo、Charlie、Delta全灭，我方无损。"

远处的蒙面男人回答道："明白。我们会在此处接受下一次扫描。你们保持警戒，等待指示。"

在他身边，另一个男人将雷明顿公司制的手动拉栓式狙击枪M24架在相机用的三脚架上，坐着摆出瞄准的姿势。他正是之前以精准的狙击射杀了机枪队的男人。

现在他抬起头问队长："刚才以飞快的速度跑过高速公路的粉红色家伙，和紧跟其后的大个子要怎么处理？"

* * *

14点29分，在第三次卫星扫描的前一刻——

"呼！跑了好远！"

"看来是成功了。"

莲和M在没有看到敌人的情况下跑过了高速公路，来到位于地图中央的住宅区。

"没人攻击我们呢！"

"嗯。"

在奔往这里的途中,都市方向和森林方向一直传出激烈的交战声,却没有一发子弹是打向他们两人的。

当然,也有可能是他们虽然被发现了,却因为在奔跑,对方判断无法打中而没有开枪。

他们大约跑了三千米,平均时速十八千米。

马拉松选手的平均时速约为二十千米,因此他们的速度算是相当快的。这速度对提升了敏捷度的莲还游刃有余,但对M来说,已经是把角色性能发挥到了极限。

跑了那么长的距离,他们呼吸没有乱,没有出汗,也不渴,这就是VR游戏的好处。

两人来到的地方,是被废弃的公寓和低层住宅所包围的区域,除了道路,其他地方的视野都很糟糕。

这些楼房不管怎么看都不像是日本的风格,感觉更像是外国的高级住宅。

当然,因为这里已经无人居住,就充满了浓烈的冷清凄凉之感。路上能看到爆了胎的生锈车辆,也有被生长的大树顶翻的车辆,庭院里的大型割草机已经锈蚀成了一片红色。

这些楼房的外观都很残破,很多都坍塌了,柏油路面也满是裂缝,生命力旺盛的小草从缝隙中长了出来。被水淹没的区域很广,但幸运的是,目前这一带并没有浸水。

两人靠近一户人家的玄关,这家庭院里的草地和树木都枯死了。为防万一,他们还检查了一下是否有人设下陷阱。

毕竟,以这里为起始地点的队伍很有可能布下大量等离子手榴弹。在入口处挂上钢丝连上诱杀装置,这种陷阱虽然简单,却也容易让人上钩。

"没问题,慢慢进去。也要注意室内有没有陷阱。"

"明白。"

两人缓缓走进屋里,再次确认有无陷阱。确保安全后,他们藏身于室内。

这一家的客厅比较杂乱,但这些物件散乱得恰到好处,没有到无处踏脚的程度。

出于对玩家的关怀,GGO的地图里都没有留下在最终战争里死亡的人类遗体,也就是人骨。如果真实还原出来,整个都市就会变成堆满人骨的地狱。

不过,屋子内的其他细节刻画得非常细致。

比如,现在莲和M进来的这栋屋子里,就布置了许多家居用品,从而得知人们在最终战争之前过着什么样的生活。

长出小草的暖炉上摆着银制相框,里面是全家人的微笑合影。流理台上有碟子,一些碎了一些还是完好的,沙发旁散落着旧杂志和旧报纸。

若是翻一翻那些报纸和杂志,就会发现上面详细记载着地球发生大战的愚蠢经过。可惜里面写的全是英文。

莲曾听Pitohui说过这么一件事。

Pitohui在一间小教会的废墟里打倒一只像狗的怪物后,得以进入更深处的房间。她在那里发现了挂在衣架上的美丽婚纱和无尾礼服,从天窗洒下的阳光照得它们闪闪发亮。

"那可真是让人感动啊,传达出了相爱的两人那种即使人类灭绝的战争就要来临,我们也要办婚礼的想法。那只小狗也像在拼命守护那里一样。"

Pitohui少见地露出了温柔的微笑。

"真是很棒的事。"莲坦率地说出了自己的感想。

"所以,我用霰弹枪把那两件衣服打烂了。"

"这也太可惜了吧!"

"哎呀,下次再被人发现的时候又会刷新的。"

先不说Pitohui那种古怪的性格,连那种细节都考虑到并真实地还原出来,GGO的平面设计师实在是太优秀了。

距离14点30分的第三次扫描还有几秒钟,莲的手表早已振动过了。

两人取出卫星终端,地图显示在眼前。上一次共有七支小队被淘汰,十六支小队存活。那么,十分钟后又会有什么变化呢?

第三次扫描是从东南偏南向西北偏北推进,用时钟来说就是从五点钟方向向十一点钟方向推进。卫星的轨道高度似乎很高,这次扫描比前两次缓慢许多。这次应该能仔细观察了——莲数了下活小队的数量。

地图南部的沙漠、荒野地带开始出现零星光点。

显示被全灭小队的灰点不断增加。虽说地带广阔,但光是那个区域就有八个灰点。十分钟前是四个,现在增加了一倍。

尤其是位于中央的遗迹周围,有三个新的灰点是靠在一起的。就算是莲都能看明白,那些小队是为了占据地形有利的遗迹蜂拥过去,最后变成混战。

那个区域里现在有两支小队存活,分别位于东西两边,相距五千多米,离死亡的小队有一定距离。

不清楚小队的剩余人数,也就无法得知那两支小队的实力。究竟是以恐怖的实力屠尽其他小队后再从容地转移,还是只剩一人在拼命逃亡。

不管是哪种情况，那两支小队离现在的自己都很远，在接下来的十分钟里应该可以无视。

扫描向北推进，开始显示都市区域的情况。

随后出现了几乎是在同一地点的三个灰点，还有在那附近的，和上次扫描时在同一地点的存活小队的光点。很明显，情况符合M的预测。

"厉害……"莲说出了对M和那支专家小队的简短感想。

扫描已经逼近地图中央的住宅区，莲绷紧身了。他们正处在东北部，也就是这个区域的右上角。若是出现其他光点，就会是他们接下来要交战的敌人。说不定只是他们没有察觉，其实已经有敌人潜伏在了隔壁……不，或许就潜伏在这栋屋子里。

"没有……太好了！"

住宅区的光点只有一个，没有死亡小队。

扫描继续北移。沼泽里没有新增的死亡小队，仅剩的一支存活小队占了坠落宇宙船为据点。

西北草原上有两支死亡小队，比上一次扫描时增加了一支。存活小队只有一支，如果是这支存活小队干掉了另外两支小队的话，实力应该挺强的。

最后是森林区域，没有死亡，存活数和上次一样是两支小队。仔细一看，那两支小队在上次扫描后几乎没有移动过。

目前的情况——死亡小队十五支，存活小队八支。仅过去三十分钟就只剩下八支小队了，说不定真会像Pitohui说的那样，SJ会在一小时内结束。

扫描还没结束，但M已经一脸严肃地抬起了头，开始召开作战会议。

"我们运气很好。"

M先说了这么一句,莲高兴地用力点头。

"M,你觉得接下来会威胁到我们的是哪些队伍?"

M用一直没变过的冷静语气回答:"先说森林里的那两支,虽然近,但可以无视。他们看起来是在赌气对峙,或许是有同伴在一开始的战斗中被干掉了,现在就只想着来个了断。"

"很有可能。彼此都想伏击对方,最后都落空。"

"草原上那支小队距离很远,也可以无视。我很希望他们从后方袭击森林里的小队。沼泽地宇宙船里的小队,应该是通过埋伏狙击干掉了另一支小队,他们现在占据了有利地点,没有特殊情况估计不会移动。"

"嗯嗯。"

"至于沙漠和荒野那两支小队,老实说,我也猜不到是什么情况。究竟是些厉害的家伙,还是单纯的残兵?尤其是靠近遗迹那支小队,我不懂他们想做什么,明明可以以遗迹为据点,为什么没有那么做?"

"嗯,我也这么想。"

"不过,在下次扫描前暂且可以无视。眼前的问题在于……"

"果然……还是那支专家小队,他们还在都市里。"

"嗯。不打倒他们,就绝对拿不到冠军。现在队伍数量已经减少了很多,他们应该会往外打。他们的目的应该不是获胜,而是积累战斗经验,所以不可能一直埋伏下去。"

"可是他们很强,我们赢不了吧?"莲说道。

"嗯。"M点了下头。然后,他微笑起来。

"不过,看了这次的扫描,我发现了一丝胜算。若是顺利,或许能打赢他们。"

"噢！"

"这就需要你出力了。活跃起来，卖力射击。"

"嗯！好啊！要我干什么都行！告诉我作战计划！"

"好。你先……"

第八章 陷阱

第八章 陷阱

莲手腕上的手表在振动。

身处一片黑暗中的她看不见表盘上的数字,但也能知道时间。14点39分30秒,这是莲为了提醒自己距离第四次卫星扫描还剩三十秒而设置的闹钟。

这种作战计划真的能顺利进行吗?

莲被M要求不许说话,现在连开口都不行,只能闷头思考。

又是一个残酷的计划!我明明是队长啊——她在这十分钟里最在意的就是这一点了吧。

不过,从SJ大赛开始到现在,M制定的作战计划都无视了莲的安全,莲已经气不起来了。

这是游戏,死了也无所谓。但她还没能大闹一场,爱枪P90也一发子弹都没打出过。至少让她痛痛快快地打一场后再死啊!

第四次卫星扫描很快就要开始了,但莲无法看到。

她只能在一片黑暗中抱着P90安静等待。

如果自己有密闭恐惧症,那现在的心理状态估计会恶化到激活安全装置,强制让AmuSphere断开连接了吧。莲很庆幸自己有喜欢在壁橱里睡午觉的习惯。

"扫描要开始了。你做好准备,我一发出指示就立刻出去。"

莲听到了M的声音。

"……"

她沉默地回应着,用指尖再次确认了一下P90的保险位置。

* * *

十分钟前——

蒙面男人在都市里看着卫星扫描,低声说道:"需要移动了。"

存活的小队仅八支,而且都不在附近。最近的一个光点位于住宅区的东北角。

"所有人注意,住宅区的敌人代号为'Echo',沙漠地带的敌人代号为'Foxtrot'。"

队长的声音通过通信器传进旁边的狙击手以及地面四人的耳朵里。

他们以发现敌队的先后顺序来起代号,为了不听错,用的还是语音编码。

也就是说,喜欢机关枪的那群家伙是A,Alpha。

用冲锋枪突击,徽章是马蜂的小队是B,Bravo。

和Bravo交战的,戴绿色方巾的小队是C,Charlie。

统一穿红褐色迷彩服的小队是D,Delta。

有个粉红色小个子的小队是E,Echo。

在南边沙漠的小队是F,Foxtrot。

"二十分钟前Echo位于森林南段,遭遇Alpha枪击。在高速公路上能确认到的只有一名粉红色战斗服的队员,和一名穿绿色迷彩的队员。小队已减至两人,都没能确认武器。"

队长没想到那是一支从一开始就只有两人的小队,随口说出了自己以常识做出的判断。

"往后十分钟里,所有人移动到住宅区前进行搜索。如果遇敌就战斗,如果找不到敌人,就通过14点40分的扫描去寻找。"

在他说明期间，旁边的狙击手从三脚架上取下M24，又在游戏窗口中进行操作，将三脚架收回仓库里，然后取出绳索，做好从大楼里降下去的准备。

"在南三和西五的十字路口会合，保持警戒待命。"

蒙面集团六人在地面集合后，以角色的最快速度全力向住宅区挺进。

领头的两人谨慎地举着FAL，时刻准备与Echo开战。

如果Echo也在向这边移动，那么双方很有可能在途中突然碰到。为了能够随时射击，需要举着枪并在保持枪口稳定的情况下奔跑，这很困难，也需要玩家自身具备这项技术。

队长和狙击手跟在领头的两人身后，而垫后的两人则不断回头，警戒Foxtrot的追击。

之后，他们没有遇到敌人，花了约八分钟来到住宅区东端，然后更加警惕地沿着屋子前进。

这里都是低层住宅，被从高处狙击的危险性很低，但他们丝毫没有放松警惕。虽然能使用通信器，不过他们没有说话，只是通过手势来交流，在横穿道路时会先用镜子确认情况，再由两人掩护一人全力冲刺。

就这样，他们从住宅区东侧一点点西进，在不断扩大探索区域时迎来了14点39分。

"距离扫描还有四十秒。停止前进，警戒四周。"

五人占据了宽阔道路的一角，队长藏身在回收垃圾的大型卡车后。这样一来，就算他在扫描中被别人得知了位置，坚固的卡车也能防住来自西边的子弹。

剩下的三个方向，也就是北方、东方和南方，则有五名手下分散开警戒，并做好随时出击的准备，若是在扫描中发现近处的敌人就立刻突击。

时间来到14点40分。

"开始扫描了。"

只有队长一个人盯着卫星扫描终端。

"很近！"蒙面的队长不由得叫起来。

这次的扫描进程比上一次缓慢。

从东边开始的扫描显示出Foxtrot还在沙漠荒野中，而且在向东前进，对他们没有威胁。

既然如此，他就将地图扩大，显示出住宅区左上角后，就看到了自己所在的位置亮起光点。而他们的下一个目标Echo的光点也出现了

"正北方！八十米处！"

两个光点几乎贴在一起，将地图拉伸至最大后，他才看清另一个光点是在正北方，仅和他们相距八十米。那是他们现在所在的这条大路的前方，一个大十字路口附近。

"看不见目标！"一个男人看向北边后，发出惊讶的声音。

视野很好的道路前方八十米处，这个距离甚至能看清对面之人的表情。可是那里却没有人影，也难怪他会吃惊。

负责支援他的其他男人也立刻开口：

"从我这里也看不见！只能看到宽阔的十字路口！"

"没有发现目标。十字路口没有车辆！"

队长简短地命令道："前进。"

既然无法确认敌人的位置，就只能接近到能确认为止。如果现在不是在GGO里，甚至会让人以为是扫描出了错。

随着几声"明白"的回答响起,四个男人分成两人一组占据道路左右,举着FAL开始前进。

"扫描无法判断高度,藏身井盖里的可能性很高,注意这一点。"队长自己也举起FAL,警戒着反方向并做出指示。

他又看了一次亮着光点的终端画面,位置并没有错。地图无法继续放大,因此他也只知道敌人在十字路口中央。

他曾在电影里见过类似的剧情,是移动扫描仪捕捉到了近处的敌人,眼睛却看不到人影,结果敌人藏在了天花板上。这次是宽阔的十字路口中央,上方就不需要考虑了,只有可能在下方。

以防万一,队长又将地图缩小,显示出其他区域,确认了一下其他小队的所在之处。

存活下来的只有他们、Echo和Foxtrot,以及沼泽里的两队,共计五支小队。

沼泽里会有两支小队,很可能是在草原的那支小队挑起了战斗。除此之外,原本在沙漠西南方的一支小队,和在森林里对峙的两支小队,都在前面的十分钟里被全灭或是投降了。

得知暂时可以全力对付Echo,队长也放了心。敌人明明就在不远处,他却到现在都还没有听到手下们的枪声。

相对地……

"抵达目的地。十字路口内……没有井盖。没有发现井盖。"一名手下稀里糊涂地说道。

其他三人也说:"我这边也没有发现,正在警戒西北方,没有敌影。"

"正在警戒东北方,没有发现敌人或洞穴。"

"正在警戒北方,同样没有敌影。虽然不太可能……会不会是扫描结果出错了?"

"系统错误的可能性非常低。"队长这样回答后,又指示道,"将你们在十字路口看到的所有东西都告诉我,不管多小的东西都不要漏掉。"

手下们迷惑不解,却也回答道:

"十字路口的柏油路开裂了……长了短短的草……倒着一辆生锈的自行车……"

"车的一个钢圈和轮胎侧倒在地面上。"

"有两棵倒在地上的枯萎小树。一个旅行用的行李箱。一个空罐了,不对,是二个。"

"人行道上有一辆超市的推车,是外国的大型推车。当然,里面没有任何东西……地上也没有发现洞口!"

"这边也是,不管看多少遍都没有发现洞口。"

这是怎么回事!队长在心里叫喊道。他将后方的警戒交给狙击手,改变方向,从怀里拿出双筒望远镜,从圆形的视野里看着手下们所在的地方——Echo有可能出现的十字路口。

"旅行用的……"

他的脑海里闪现出手下刚才说过的话。

"行李箱。"

队长叫道:"所有人!对那个行李箱开枪!"

仿佛接到他的命令一般——

那时,行李箱开火了。

其中一人看见了。

倒在距离自己约四米外的行李箱突然"长"出人类的腿,随后,在盖子打开的同时亮起了开枪的火光。

而这一幕,就是他在SJ里看见的最后景色。

毕竟，他看不见向着自己的脸飞来的5.7毫米弹。

* * *

那是大约十分钟前的事。

"好，先找一样能装得下你的东西。"在藏身的屋子里，M对莲这么说。

"啊？"听不明白的莲反问出声。

然后M慢慢地解释了自己的作战计划。

总之，不管什么都行，先要准备一样让人觉得那里面不可能会有人在的小东西。

然后，让可以说是GGO里虚拟形象最娇小的莲躲进去。

最后将那东西放到视野开阔的住宅区十字路口正中间，利用下次扫描吸引敌人过去。

敌人，就是那支专家小队肯定会过来，莲就一直等在那里。

"之后你只要冲出来射击就好。我听Pito说过，你很擅长埋伏和近距离射击。"

"的、的确是干过好多次，但……如果被看穿了呢？比如说，对方要是觉得那个箱子很可疑，直接射击呢？"

"那就出局了。我给你拜一拜。"

"啊！"

莲仰天大叫。

又拿我当诱饵！

莲将脸重新转向M。

"干了！"

两人在屋子里搜索起来，不一会儿就找到了合适的东西。寝室当中有大小不一的塑料行李箱。

行李箱里面和周围都散落着衣服，所有东西都呈现出要打仗了，为了逃走得拼命塞行李的情景。

可留下这些然后消失的那些人去了哪里？不知道。

M将小行李箱里的东西全部掏了出来，然后向莲伸出粗壮的手臂。

"匕首给我。"

"啊？"

"我不是借给你了吗？"

"噢！对。"

莲从腰后拔出特战匕首。

她以为用不上，就给忘了，没想到竟然会在这里派上用场。好像故事里的伏笔呀——莲边想边倒转匕首，将刀柄递给M。

M用匕首将行李箱的两片隔板切了下来，这把匕首非常锋利。

"好，应该能装得下你了。"

"咦？不可能的啦！"

再怎么说我个子也没这么小，用那个大箱子吧。

莲这么想，为了证明自己是对的，抱着P90试着钻进去。

"看吧。"

"……"

行李箱能轻松地盖上盖子并上锁。

"我个子可真小啊……"

莲的声音里透着藏不住的开心。

M让莲出来，然后用匕首切掉了行李箱的一面。

"这样你就能把脚伸出来，可以快速地'脱掉'它，关键时刻还可以稍微移动一下。"

"可是我看不见前面……"

而锁的部分……

"让开一些。"

M从右腿的枪套拔出HK45，将枪口靠近过去。砰砰，两发子弹就把锁破坏了。

他们这支小队在SJ里的第一次射击居然是为了破坏锁。

这样一来，莲在里面只要稍微起身，就能把行李箱打开。

"接下来呢，M，我们现在过去吗？地点是？"

听到莲的问题，M摇了摇头。

"等时间差不多再过去。在那之前，给我点时间看看地图。"

"这里吧，周围很开阔，是最好的地点了。"

莲在M所指示的地方钻进行李箱中，这时的时间是14点36分，地点是宽阔道路的十字路口。

随后，她度过了像是很长又像是很短的四分钟。

"扫描要开始了。你做好准备，我一发出指示就立刻出去。"

M的声音传进莲到耳朵里。

"……"

她沉默地回应着，用指尖再次确认了一下P90的保险位置。

"扫描开始了。"

M的声音再次传进莲耳里。

莲不知道M在哪里，只希望他能在适合狙击的地方支援自己。

"看到了。他们离得很近，南八十米左右。"

"……"

莲差点忍不住发出声音。虽然她也希望对方快点过来,但八十米这个距离在GGO世界里可以说是非常接近了。

"他们应该会靠近你,等我的指示。"

"……"

"我看到了,就和预想的一样,有四个人在靠近,是那群家伙。"

"……"

"他们过去了。南十米,呈扇形包围着你。"

"……"

之后也不知是过了几十秒还是一分钟、两分钟……这短短的间隙竟让莲感觉比之前更紧张可怕。

"莲,打开盖子后,在你面前五米左右有一个人。就先从那家伙开始,送他们下地狱。你随时可以开枪了。"

哇!

莲在心里高声叫喊着,从行李箱底部伸出两腿站起身,顶开盖子。

她看到了外面的世界。

多亏了GGO的红色天空,外界的光线并没有刺眼得让莲难以适应。正如M所说的,她眼前就有一个端着FAL的蒙面男人。

几乎在着弹预测圆和那个男人的脸相重叠的同时,莲就用力扣下了P90的扳机。

射击时间约为一秒,但打出的十五发子弹大都击中了男人的面罩。

在莲站起来后,行李箱落在她脚下,她得以自由行动。

同时,M的声音传进她耳里:"接着是右四十五度,前方七米。"

行李箱"长"出脚,又向同伴开了枪。

"啊?"

随后里面冒出一个粉红色的人。

另外三名精英看到这种非现实的情况,反应也迟了一拍。

不过,他们听到了队长的话,谜题就全部解开了,也明白了自己应该采取的行动。那家伙是敌人,虽然有一个人阵亡了,但只要我们三人在这里干掉对方就好。

"哈!"

三人同时暴喝一声,将FAL的枪口指向莲,扣下扳机。然而,喷射出的7.62毫米弹都没有击中目标。

"什么?"其中一个蒙面人一边射击一边大喊。

他觉得自己不可能射偏,但敌人现在偏离了自己的子弹射线,还以惊人的瞬发速度向着自己冲了过来。

从那个粉红色团子里伸出来的,是粉红色的枪。

就像是用枪来刺杀一样。莲从左下方避过了对方的弹道预测线,也就是子弹即将飞来的轨迹,全力向对方冲刺。

"嘿!"

随着一声呐喊,她开始用P90疯狂射击。

枪声响起,这次也有好几发子弹命中了对方的脖子和脸。

那是致命之处,系统会判定为立即死亡。对方的生命值的确一口气往下掉,最终清零。即使面对后仰着停止了射击的男人,莲也没有停下脚步,一直冲到他身前才紧急刹车。

"若是可能,就把敌人的尸体当成盾牌来用。BoB、SJ和平常不同,尸体会留在现场,还会成为无法破坏的物体。"

这是M刚才教她的。

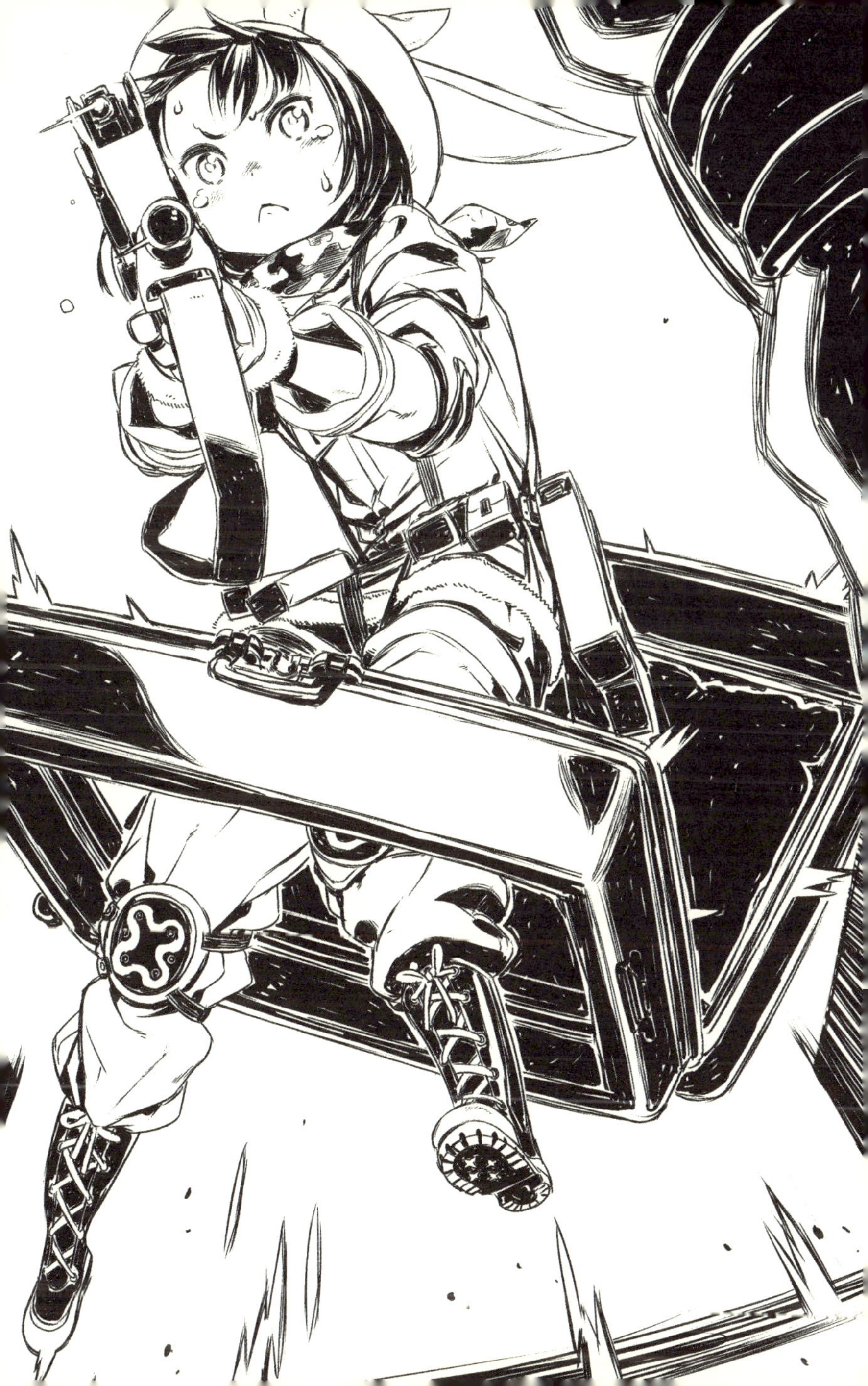

被击中的男人扑通一声倒下，莲在他的尸体前卧倒。

剩下的两人位于十米外，用FAL指向莲。

"可恶！"

其中一人犹豫了，没有开枪。如果同伴还没死，那自己这一枪或许就会成为最后一击。他心里明白游戏里不需要在意这个，但还是做不到。

"可恶！"另一个人咒骂着，还是开了枪。他知道同伴已经不行了。

不过，子弹打中了同伴的尸体和地面，却一发都没有打中趴在尸体后的娇小的莲。

同伴的尸体已经成了无法破坏的物体，也就等同于一道厚墙。而且，从尸体后面露出来的只有P90的枪口和莲的眼睛。

"那家伙也太矮了吧！"

开枪叫喊的男人被莲打出的子弹击中了腹部右侧，中弹特效在他身体上亮起，他也随之仰面翻倒。最后一击是莲用全自动模式对着他的头连射。

"混账！"

最后活着的一人猛地连射，为了提高命中率向莲冲刺。

下一秒，他就看见一个粉红色团子骨碌碌地从同伴尸体后快速滚出来，不由得想：这是个陀螺吗？

当那东西停下时，他才反应过来那是人类，但着弹预测圆马上就照射到了他脸上。

"哈哈！"

蒙面男人笑了笑，但莲看不到。

队长通过双筒望远镜看到了全过程。

行李箱"长"出粉红色的脚,然后有个孩子从里面蹦出来射击,自己的四名手下都倒下了。

他在自己视野左上角的状态画面上确认过,那四人都战死了。

交战过程不足十秒。FAL和P90的枪声混杂在一起,传进他的耳朵里。

队长放下双筒望远镜,对在自己身边举着狙击枪看着瞄准镜的男人说:"用不着射击了。游戏到此为止。"

"要撤退了吗?"

男人坦率地问道,放下了M24,同时动作自然又迅速地拨动了枪栓旁边的保险。

在两人的视野前方,一个粉红色的小矮子以飞快的速度奔跑,很快就藏进了屋子里,不见了人影。

"那不是人类能达到的速度,无法作为参考。"

队长的话里混杂着无奈和感慨,他打开了游戏窗口。

"确定认输?"

面对这个问题,他按下了"Yes"按钮。

"M!有人追过来吗?"莲尽全力跑过道路,换下还剩三发子弹的弹匣,问道。

"没有。我在这边能看到,剩下那两人似乎放弃了继续战斗,已经投降了。"

"咦?"

莲吃惊得停下了脚步,转身看向自己制造出的杀戮现场。

能看到前方大概一百米处有倒下的尸体和四个显眼的红色"Dead"标志。

"这么说,我们……赢、赢、赢、赢了那、那支小队?"

"或许该说'没有输'更正确吧。不过,你也没说错,干得漂亮。"

听了M的话后——

"呜……呜呜呜……"

莲停顿了几秒钟,扯起一个大大的笑容。

"太好了——"她将右手的P90和左手一起举向天空,在成为废墟的住宅区正中央大声叫喊。

大赛还没有结束。

莲现在该做的是先和M会合。

"M,你在哪里?"

M回答道:"我在向西移动,观察区域情况。"

"我想在下次扫描前和你会合,该怎么做才好?"

莲问的时候想,要会合是不是很难?

M应该知道莲现在的位置吧,她只是从放置行李箱的地点向北移动了一百米左右。

可是,M在哪里呢?

这片住宅区附近一带的景色很相似,他们又是第一次来到这里,M真的清楚莲现在所在的地方吗?

如果这里是都市,还能说"在这样这样的大楼前集合",可是……直接问出来又不太好,莲十分犹豫。

"我会引导你的,不用担心。你先从现在所在的地方向西边小跑前进。只要看到太阳在左上方就行。"

这时,她听到了M这样回答。

看来用不着自己操心,M应该也是待在让人一眼就能看得明白的地方吧。说不定只要沿着这条路直走下去就好。

"明白。"

莲语气轻快地回答后，开始按照指示行动起来。

结果，没过多久，莲就发现情况和自己以为的很快就能到达会合地点相去甚远，因为M的指示复杂又奇怪。

比如说——

"在这里停下，左边应该能看到烧毁的卡车。从那里拐过去，慢慢前进，在第一条小路右拐。"

又比如说——

"到达浸水地区了吧？走进左前方的小路，那里水浅，可以通过，然后直走到大路上。"

再比如说——

"在那条小巷子左拐。以正常的速度走二十秒，自己算好时间。你会看到一栋公寓，有一扇能穿过下半部分的门，走进去。里面虽然杂乱，但可以通过。走上走廊，穿过左边第五个房间去中庭。"

到了这里，莲不得不怀疑他其实在上方看着我吧，又或是其实悄悄跟在我后面吧。

莲多次拐弯前进又拐弯后，已经不知道自己身处何方了。

"M……这样真的没问题吗？你能知道我在哪里吗？还是要等到下一次扫描？"

手表上显示的时间是14点47分，距离下次扫描还有三分钟了。

扫描会显示出身为队长的莲的位置。当然，如果M不知道他本身所在的正确位置，就算知道了莲的位置也没有用。

"不用担心。走进你面前那间大屋子，我就在里面。"

"噢？"

莲眼前的确有一座位于湖边的豪宅。道路终结于此，前方被水淹没，即使被要求继续前进她也做不到了。

平静的水面倒映出红色的天空，房屋像小岛一样浮在水面上，周围十分安静，有种令人毛骨悚然的美感。远方红霞似的景色中，能看到某种大型物体。这里离沼泽非常近，那应该是扎进沼泽里的宇宙船的轮廓吧。

突然，那艘宇宙船的旁边有什么东西亮起了刺眼的光芒，很快又消失了，似乎是等离子手榴弹在爆炸。

莲想着原来有人在那边战斗啊，然后迅速走进玄关，就看到了熟悉的魁梧身影出现在豪华的客厅中央。

在莲见到M的瞬间，咚的一声，刚才爆炸的沉闷声响传来，就像是她见到M的效果音一般。

"好厉害！为什么？你怎么做到的？"莲瞪圆了眼睛问。

M反问："你指什么？"

"引导我到这里呀！你是怎么给我引导出那种迷宫一样的路径？难道你用了某种我不知道的秘密工具在上方观察吗？"

莲曾听Pitohui说过，GGO会不断地增加新的地图、怪物、和装备，最近有传言说已经增加或是快要增加无人侦察机了。

玩家能通过遥控小型飞机或直升飞机飞到上空获取影像情报，若能拥有，在战斗中就能获得压倒性的优势。也有人认为那样会极大地破坏游戏平衡，所以认为那些传言应该是谣言。

如果M真有那种东西，那刚才的引导就能说得通了。

另外，他那个巨大的背包里，装的其实就是那个吧？这样一来，莲也就能理解他为什么敢组个两人小队就来参加SJ——毕竟任谁来看，这种事都实在太胡来。

结果，M的回答是："你说无人侦察机吗？怎么可能有那种东西，虽然Pito那家伙很想要。"他很干脆地否认了。

"那又是为什么？难道你……用了什么外挂？"

外挂就是游戏里的作弊工具。比如在这次的情况中，使用外挂的话就可以通过系统来修改自己在地图上的位置。

当然，如果这种行为被运营方发现了，那么，玩家不仅会被逐出SJ，甚至会被封停账号。莲提问时不由得害怕起来。

"那是我个人的玩家技能。如果有人认为是外挂的话，也随便他吧。"M再次否认了。

听不明白的莲继续问："什么意思？"

"我从小方向感就非常好，不管是在现实还是在VR游戏中，都不会迷路。比如说，不管在地下商业街走多久，我都能分清东南西北，清楚自己前进的距离。只要是去过一次的地方，我就能近乎完整地回忆出来。就算是没有去过的地方，只要看过地图，也能在头脑中描绘出风景。"

"这可太厉害了！"莲十分坦率地发出赞叹。

莲不擅长看地图。因为玩GGO需要这个技能，她被迫学着看战场地图才慢慢培养出这种能力。

另外，莲想起了一件事。她曾在某本书里看到过，就像有人拥有绝对音感一样，也有人拥有绝对方向感。这样的人就算被蒙住眼睛、塞住耳朵用车拉着走，也能知道自己所到达的地方。

"是这样啊！我明白了！"莲的声音很激动。

"M，是'Map'或'Mapper'的首字母！"

"咦？嗯……算……算是吧……"

M那紧绷的脸微微一愣。

莲没有在意，继续说道："太恰当了！感觉好帅气！"

"是……是吗？"

"是啊！我就只能根据本名来起角色名。"

"这种事还是别说出来的好，会暴露你的现实情况。"

"啊……刚才我什么都没说！和我本名不一样噢！"

"言归正传，差不多到时间了。"

M正说着，莲的手表就开始振动。看来，M的体感时间也很准确。

14点50分，第五次扫描开始。

莲不知道上次扫描的结果，现在仔细地盯着地图。

这次扫描很快，由东边开始，片刻间就横扫地图，不断地显示出一个个点。

不过，几乎都是灰点，显示的是被全灭或投降小队的位置。

"好吓人……M，只剩下三队了！"

表示还在战斗中的小队的光点，只有三个。

位于住宅区西侧的，当然就是他们自己。莲终于明白自己现在在哪里。

沙漠、荒野地区也有一个光点，几乎是位于地图的最南端，距离莲他们应该有五千多米。

虽说可以暂且忽略，但他们为什么要移动到那个地方呢？莲搞不明白，是一直在逃避大混战吗？

最后一队，也就是必定会成为下次交战对手的那支小队，果然离得很近，在沼泽地里。

在光点附近，也就是坠落的宇宙船的位置上，有一个灰点。是存活的小队漂亮地打倒了在那里伏击的小队吗？当然也有可能是反过来。

那支小队距离莲他们的直线距离大约是四千米。

那里有沼泽，两地之间还隔着直径两千多米的湖——被水淹没的住宅区，那支小队要想来到莲他们所在的地方，需要从左侧或右侧迂回，在接下来的十分钟里应该到达不了。

扫描很快结束了。莲看向M。

"下一个对手是位于沼泽区的小队吧。下一次扫描，也就是15点时，你觉得还能实施同样的作战计划吗？"

刚才的成功让莲变得非常积极，她心情很激动，说起话来也很兴奋。

一开始时只能被机关枪扫射的自己，不，是他们两人，能成为最后存活的三支小队之一就已经很棒了。现在他们还要再努力一把，也难怪她会这么兴奋。现在他们已经确定拿到了铜牌，接下来就要冲银冲金。

"就算想采取同样的作战计划，在这里面也是不行的吧？要往北或南移动一下，还需要让沼泽区的敌人往这边来。用15点的扫描引他们来吧！"

"一小时吗……"

"嗯？M？"

"……"

他的样子有些奇怪啊——莲想。M没有回答自己的问题，这不像他的作风。

难道是连续玩了近一个小时，已经玩腻了？

莲产生这样的想法，但又不能直接问出口。她也有点看腻M沉思的侧脸了，开始在室内四下张望。

两人安静地度过了几十秒后，M终于开口说道："先离开这里，沿着湖边向西南前进吧。来不及布置15点扫描的陷阱了，为下下次扫描考虑，先去找地方。"

"明白！"莲笑着做了个敬礼的动作，这样回答。

随后，她哼着歌迈开步子走出去，那是穆索尔斯基作曲的《图画展览会》中的"漫步"。

这首曲子在古典音乐里非常有名,神崎艾莎还配上了日语歌词来演唱。

高大的M则是缓缓跟在莲身后。

两人走出豪宅向西南方前进,右边能看到被水淹没的地区。

房屋渐渐减少,最终一片宽阔的湖出现在眼前。没有风,湖面也就没有波纹,宛如一面镜子。

天空和平时一样红,映出天空的湖面看上去也是红的,显得可怕又美丽,远处隐约可见陷进沼泽的宇宙船。

莲打头阵,奔跑时不断转头观察四周。她跑得很畅快,没多久又担心自己会不会跑得太快,M跟不上。

就在他们离开屋子约两分钟后的14点54分——

"有敌人!右边!"莲听到M大喊。

第九章 M的战斗 SECT.9

第九章 M的战斗

"有敌人！右边！"

听到这一声叫喊时，莲最初的想法是——搞错了吧？

沼泽区的确有一支小队，他们也在四分钟前确认过。

双方直线距离有四千米，而且中间还隔着沼泽和湖泊。

若是方便奔跑的平地，敌人里又有敏捷度极高的角色，那还能以时速六十千米这种非人的速度笔直地跑过来。

不可能的，肯定弄错了——莲想这么说，并停下脚步看向右边。

"嗯？"

她才知道错的是自己。

湖泊上出现了刚才没有的某种东西。

有三个，不，是四个黑点，浮在红色的湖面上，而且还在不断变大。

"趴下！"

莲照着M的话趴下，与此同时，好几道鲜艳的弹道预测线扫过她的头顶。

不会错了，那些黑点是敌人，还在用枪瞄准这边。

莲听到好几颗子弹从头上飞过的声音以及比子弹破空声慢了一拍的枪声，自从游戏开始后，这种声音她都已经听烦了。

"这是怎么回事，M？"趴着的莲将脸压在柏油路上问道。

而她不知道现在是什么姿势的M回答："敌人找到了方便的交通工具，仅此而已。"

"交通工具？"

"没错。他们靠近了不少,你能看见的吧?"

"……"

莲缓缓抬起头,再次看向湖面。那四个黑点距离他们三百米左右。

"噢……我看到了。"

尽管还小,但已经能从形状看出来了,那是摩托艇一类的水上交通工具,有人坐在上面。那么,对方能以时速六十千米跨越这段距离,还是从水上冲过来,也就不奇怪了。

"是摩托艇!可恶!"

"没什么可不可恶的。地图内的交通工具本来就能自由使用,先到先得。"

"呜……"

"而且,正确来说那也不是摩托艇。"

"咦?那是什么?"

"是气垫船。"

"咦?"

"向左滚,快逃!"

身体比大脑的反应快一步,莲趴着向旁边滚去。她一下子就滚了二十多圈,速度飞快地滚出十几米远,虽然头晕眼花,却也因此得救。

刚才她所在的地方有几道闪亮的红色弹道预测线扫过,紧接着,雨点般的子弹袭击了地面。

是机关枪。之前刚被袭击过的莲立刻就明白了。

子弹虽然是分散着飞过来的,但如果她没有及时翻滚开,说不定至少会被打中一发。万一被击中要害,就会立刻死亡。

"可恶。"

粉红色战斗服上沾上了草屑和尘土。莲抬起头后，看到一艘气垫船已经移动到距离他们仅一百米的地方，正在从左向右高速行驶。

她连细节都看得很清楚。船身全长约三米，乍一看很像摩托艇，也就是水上摩托。

但和摩托艇不同的是，绿色的船体下还有鼓起的黑色充气橡胶垫，尾部有像飞机那样的大型螺旋桨。

船身下方喷射出气体使整体稍稍浮起，再用螺旋桨推着走，这就是气垫船的运作方式。马达和螺旋桨运行的声音混合在一起，听着十分刺耳。

两个男人一前一后坐在船上。前方的男人握着一字形方向盘，后方的男人将机关枪架在船边，摆出扫射的姿势。

莲也想举起P90反击，但在手指压住扳机前，也就是视野里出现着弹预测圆之前，她就放弃了。

气垫船在蛇形移动，而且转眼之间又开远了。她不觉得自己能打中，即使开枪也只是浪费子弹而已。

其他三艘气垫船还在远处，对方似乎是打算先让一艘冲过来粗略地攻击一轮。

"M，你没事吧？"

"嗯，没有中弹。"

听到M的回答，莲暂且松了口气。M应该在她身后五十米处，但趴着的她看不清后方。

过来攻击的那艘气垫船已经回到了同伴附近。为了不被莲他们击中，现在四艘气垫船都在前方约三百米处小幅度移动着。

"怎、怎么办？我们被发现了，不先逃走的话，就不能利用下次扫描来布陷阱了啊！"

"嗯。"

"往后方逃吧！逃进住宅区！"

"不行，会被追上的。"

"为什么？这边可是陆地啊！"

"气垫船在平坦的地方是水陆两用的，也能追到陆地上来。尤其这附近的湖畔直接连着道路，正是再好不过的登陆地点。"

"这也太犯规了！"

莲真的很生气，但气垫船就是那样的交通工具，这也是没办法的事。

"若是露出背后逃走，他们就会一口气加速冲过来。只要距离被缩短，我们就完了。他们应该已经察觉到我们只有两个人，看来那些家伙都是老手。"

就算在这种时候，M也很冷静，这让莲觉得他很可靠，但他们身陷危机的情况并没有任何改变。

"那怎么样……我去当诱饵到处跑，你趁机藏起来？只有我自己的话，速度可是非常快的。当然，还是比不过机器……"

"这提议不错。"

"是、是吧？"

因为自己的提议第一次得到夸奖，所以即使是在这种情况下，莲还是有些高兴。

"不过，我不用逃。我就在这里射击他们。"

"啊？M，你不要自暴自弃啊！"

莲的语气就像是在教育想自杀的人一般。

"谁自暴自弃了。你看到我了吗？现在敌人还离得远，你稍稍抬起头看看。"

"嗯？"莲微微抬起头。

周围没有弹道预测线，至少不会有子弹在下一秒飞过来。如果对面有狙击手，那的确令人害怕，但要在小幅度移动的气垫船上向岸上射击，应该也是非常困难的事。目前连他们不会开枪，对方也不会开枪。

既然如此，莲微微抬起了上半身，看向M可能在的方向。

找到了。她看到了趴在湖畔柏油路上的魁梧身体，以及用两脚架架在其前方的M14·EBR。

咦？好像有哪里不同？

莲寻找着不同点，然后察觉到，那个会让人以为是用于趁夜逃跑或者搬家的巨大背包，现在并不在M的背上。M将它放了下来，放在身前，正准备打开。

"我要用这个了。"M将手伸进背包里。

"是、是什么厉害的武器吗？"莲的声音因为期待而激动起来。

终于能知道里面的秘密道具是什么了吗？是具有强大破坏力的反坦克炮，还是能把手榴弹发射到两百米外的榴弹发射器？

这两种都是GGO里高价又稀有的高性能武器，说不定能一举逆转不利的战况。

M却回答："不，是盾。"

"啊？盾？"

"看吧。"M现在拿出来的，是几块重叠在一起的大铁板。

高约五十厘米，宽约三十厘米，厚约一厘米，涂成了绿色。大概有八块板叠在一起，看上去就像是空手道选手破瓦时叠在一起的瓦片那样。

"喝！"M呼喝一声，用双手将其左右展开。

连M都要蓄力，可以想象展开它得需要多大的力气啊！

而展开之后，那东西就成了高约五十厘米、弧长约两米四的扇形铁壁，能够斜立起来。

"那是什么？M，那是什么？"

"是胆小的我因为太过胆小而专门弄的盾。"M这样回答，并将M14·EBR插进中央的沟槽中。

这样一来，M的身体就被前方的铁壁遮挡住，铁壁也成了只有枪管从正中央伸出去的枪座，就像坦克的炮塔一样。

"莲，又有一艘过来了。"

"咦？"

莲将视线转回湖面，只见四艘气垫船中的一艘这次从右侧——也就是向着M蛇行着冲了过去。

"目标是我。正好，你看着吧。"

莲照着M说的，趴下身体，转过脸向右侧看去。

在她的右侧视野里，一艘气垫船冲了进来，随后一转舵，船身与湖畔平行。那是气垫船特有的后部横滑技术，用车子来打比方就是漂移。

在左舷面向湖畔的瞬间，后方的男人举起德国H&K·HK21机关枪开始射击。同时，整艘船正在M眼前的一百米处横穿而过。

莲看不到瞄准M的弹道预测线，但她看到了飞过来的子弹。是曳光弹。那个用机关枪的男人似乎增加了曳光弹的使用比例，几道带着残影的光向着M趴的地方飞去。

"咦？"

随后，曳光弹飞上了天空，是被弹飞的。

莲看得很清楚，立在M面前的扇形盾将飞过去的子弹弹飞了。另外还有几发子弹命中，但也都被弹到空中消失了。也有子弹打到了M周围，打碎了柏油路面，扬起草屑。

在莲耳朵里，比起前方一百米的机关枪枪声，子弹打中盾牌响起的金属声要更加清晰。

"莲，用P90射击逃走的家伙。打不中也无所谓，五十发全打出去。"

"明、明白！"

M的声音传来，他平安无事。

"好！"

莲将P90向左转九十度，稳稳地顶在肩膀上，将枪口指向为了逃回湖心而向右转舵的气垫船。

她碰到扳机后停了一瞬，等待着弹预测圆出现——尽管没有测量过具体时间，但大约是零点五秒。很快，一个大圆圈出现在她视野里，确认气垫船大致进入圆圈内之后，她用力扣下扳机。

嗒嗒嗒嗒，像连击小太鼓似的，这是P90的全自动射击。

小巧的金色空弹壳正在向她的右侧腋下排出。

用P90射击时，弹壳会从枪的正下方快速排出。但超级娇小的莲趴在地上后，枪下方就几乎没有空间了，有可能会妨碍大量空弹壳排出。而像现在这样旋转九十度来开枪，就是莲特有的射击方式，也是Pitohui教给她的技术之一。

小小的子弹头向着大约一百五十米处的气垫船飞去，可也只散落在一大片湖水里。

最多也只是在逃走的气垫船周围打出细长的水柱。像是有人被打中后触发即死判定从而掉落水中，又或是油箱被击中引起气垫船大爆炸之类的幸运情况都没有发生。

不过，莲的射击也只是为了牵制敌人，这样就可以了吧。打完弹匣里的五十发子弹后，她从腿上的弹药袋里掏出新的弹匣来换上。

"M，那个盾好厉害呀！你竟然背着这种东西……那么多发子弹打上去，都没有问题吗？"

"7.62毫米级别以下的子弹，就算在我面前直接打过来，也会被弹开。"

"太厉害了！"莲惊叹道。

Pitohui曾详细地教过莲有关贯穿力的知识。

"若是随便找个地方躲，就会连掩体都被打掉。不小心可不行。"她是这样讲解的。

比如草丛，那只能让人藏身，挡不住敌人的子弹。子弹能够轻易地贯穿草丛。

步枪子弹的贯穿力，其实远超出不熟悉枪械之人的想象。在GGO里，使用口径5.56毫米以上的步枪子弹是主流。这种子弹能够贯穿乍看之下很坚固的东西。比如混凝土墙，只要一两发子弹就会被打碎，是无法放心躲藏的掩体。

木造住宅的墙壁也很薄，并不是躲在室内就能安全躲过射击的。小汽车的车门也会被子弹贯穿。

"车身上安全的地方，只有发动机组后方和车轮后方，除此之外的地方都不能躲藏。"Pitohui是这样教的。

"那到底是什么东西做成的？"莲警戒着视线前方问。

现在，敌人的四艘气垫船已经会合了。

"现实里没有的东西，似乎是宇宙战舰的装甲板，据说是GGO里最坚固的材料，在黑市材料店里价格惊人。"

那还是不要问那八块板一共多少钱了吧——莲这么想。

要是问了，得知它那高昂的价格后，那八块板看上去就会像是贴满了一万日元的样子。

"他们见识到了盾的威力,接下来大概会全员出击,以机关枪作牵制,其他人会一口气攻上来。"

"咦?那样的话,我们没问题吗?"

"我告诉你作战计划。接下来你要站起身,在这附近用最快速度到处乱跑。若有弹道预测线靠近你,就趴下翻滚,尽力躲避,像刚才那样进行牵制射击也行。"

又要当诱饵!

莲已经不再生气了,甚至有点感动。

"在此期间,你就从那边射击吗?"

"嗯。"

听到回答的莲又问:"可是可是,现在这个情况下,你那边会出现弹道预测线,这对我们不利吧?"

这次她担心的不是自己,而是M。

现在的情况是双方在对峙,彼此都知道对方的位置,因此射击前必定会出现弹道预测线。

弹道预测线和着弹预测圆一样,只要玩家的手指放在扳机上,就会立刻出现。所以,在M射击的时候,对方就会知道自己被瞄准了。

"他们只要转一下气垫船的方向盘,不就能躲过了吗?"

"对。"

"那你要怎么……"

"这些等会儿再说,我会努力的。敌人攻过来了,你快逃。"

"呀!"

莲也看到了。四艘气垫船一下子全动了起来,横向展开成一排,蛇行着向这边冲来。

从那边延伸过来的弹道预测线就像演唱会现场的激光一样,

疯狂跃动着。如果它们不是显示子弹飞来的信号，这光景倒也非常漂亮。

"啊，真是的！"

莲要做的是四处逃窜，吸引敌人的火力。

"我上了！"她飞快地站了起来。

一个高敏捷度的角色以最快速度站起身的样子，就像蚂蚱在蹦跳。

莲原地等了一秒。

"来呀！向我开枪！"

她看着自己身旁那些闪亮的弹道预测线，开始全力奔跑。

* * *

拿到气垫船的这支小队，聚集了GGO里的高等级资深玩家，队长甚至是参加过第三次BoB决赛的高手。不过很遗憾，他很快就被更厉害的人淘汰出局了。

小队六人都是男的，武器以HK21机关枪为主。

另有口径5.56毫米攻击步枪H&KG36K两支，斯太尔STM-556一支，FN赫斯塔尔SCAR-L一支，伯莱塔ARX-160一支。

这些都是欧洲产的高性能枪支，整支小队的实力很强大。

为了所有步枪能共享弹匣，使用G36K的两人还用了转接器。这样一来，五人就能使用同样的弹匣了。

他们身上的迷彩服和腰带等依个人喜好而不同，但小队成员有两个共同点。

一点是，所有人都在手臂上贴了小队徽章，是不显眼的黑色、深蓝色和深灰色，上面有一个横咬着匕首的骷髅标志。

另一点是，他们的腰带背后都装着一个弹匣袋。自己的手当然够不到那里，这个弹匣袋是给背后的同伴准备的。

在室内战斗等靠近同伴的战斗场合里，比起从自己身上拿，从前方同伴的背后取出弹匣要更加快速。每人背后的弹匣袋就是为这种情况准备的。

这支小队聚集的就是这种要求严格的玩家，因此在SJ前半段时间里一直都能轻松取胜。他们一开始是在地图最西端的草原，一路上打倒了周围的好几支小队。

随后，他们兵分两路，同时袭击在森林里对峙的两支小队，将对手们淘汰出局。

对于这支小队来说，令他们感到棘手的，只有在沼泽区里占据宇宙船坚守的那一支队伍。

占据宇宙船的小队让一人在最高处监视，又在宇宙船四周布置了狙击手，就能很轻易地收拾掉通过沼泽地上少数几条可步行道路过来的其他小队。

这个做法可以说很卑鄙，却也是很有效的战术。他们能在这么有利的地点开局，运气实在是太好了。

骷髅标志的小队原本准备放弃攻打宇宙船，直接向地图中央挺进。但在这时，他们碰巧在沼泽前的小屋里发现了气垫船。SJ开始后不久他们曾经调查过这间小屋，当时屋里还没有这种东西。

虽然很不可思议，但这里毕竟是游戏。他们推测，为了让剩下的小队彼此接触和厮杀，系统会在需要出现移动手段的时候放出新的交通工具。他们也因此决定攻击占据宇宙船的小队。

他们平常就在GGO里练习过驾驶交通工具，现在只要稍作练习就能把气垫船开起来，并速度飞快地一口气横穿沼泽。

要击中高速前进的气垫船是很困难的，而且弹道预测线也能让人提前避开子弹。他们闯入宇宙船后，战况就变成了在狭窄的船内近距离战斗。

战力分散，成了占据宇宙船的小队的败因。他们在狭窄船内的战斗中不断被打倒，最终只剩下身处最高处的队长。

"诸位！看来，我的同伴都被你们打倒了！你们的确很厉害！我也毫无胜算了吧！不过！我是绝对不会投降的！也绝不会轻易死在你们手里！看着吧！战败就代表会这样！"

队长激情演说之后，就将全部的等离子手榴弹抱在怀里，按下其中一枚的启动按钮。

"啊——"

随后，他从最高处跳了下来。

空中的爆炸发出一片蓝白色光芒，随后又引爆了别的等离子手榴弹。剧烈的爆炸光亮连成一片，其中还混杂着红色的多边形碎片，倒也挺好看的。

"**玉屋(注：玉屋是江户时代生产烟花的著名老店之一，"玉屋"与"键屋"是日本人在燃放烟火的时候口中常常说到的加油助威口号)**啊……"一名旁观者不由得小声说道。

在BoB和SJ中，角色们战死后尸体会被保留下来，但在尸体被炸得粉碎的这种情况下，又会如何呢？正当他们这么想时，在空中的爆炸里四散开的红色多边形碎片无声地聚集起来。

碎片拼成一具带有"Dead"标志的尸体后，又开始急速下落，扑通一声掉进沼泽里，最终下沉消失。

"好猎奇……"骷髅小队中的一个人禁不住低声说。

他们快速地确认了14点50分的卫星扫描结果，只剩下三支小队了。为了袭击离得最近的那支位于住宅区的小队——也就是莲和M，他们启动了气垫船的油门。

一口气缩短距离后,他们发现了敌人。得知只剩下两人活着后(虽然这是误会),他们用机关枪发起了两次进攻,通过观察敌人的反应来推测其战力,也就是战力侦察。

之后,他们就看到了M的盾。

"有一个人展开了扇形的盾,能弹开7.62毫米弹。武器不明,但根据其细长的枪管推断,应该是狙击枪。另一人是个粉红色小矮子,速度很快,武器是P90。"拿机关枪的男人回到队长和其他四名同伴身边,这样报告。

"在那种距离下都能弹开……真厉害。"

"明显是特别定制品吧。"

"好想要。应该会很贵。"

同伴们的低语通过通信器传进队长耳朵里。

手持STM-556的队长坐在一艘气垫船的后方负责指挥。

剩下的人中,有三人右手握着气垫船的方向盘在进行小幅度操作,只有左手握着各自的攻击步枪。他们也知道在这个姿势下不可能进行精确射击,因此,想要命中就必须靠得比刚才更近。

队长瞥了一眼手表,现在是14点56分。他思考了一下,很快就做出了决定。

"要在下次扫描前干掉他们!所有人准备攻击。注意盾那边的弹道预测线,看到就立刻避开。一口气冲上岸后,以前后十米、左右二十米的范围包抄。杰克,你们跟在最右边,准备掩护射击。"

五声"明白"的回答响起,因为所有人都知道这是最好的方案。

继续在湖面上逛来逛去只会没完没了。从气垫船的油表上看,现在的燃料已经减少到最初的一半,现在这种快速移动能给他们带来压倒性的优势。赶紧打倒敌人,也能尽量保存燃料留给最终决战一决胜负。

那么，现在就只能集中攻势以多打少了。活用机动力进行攻击，一口气登陆后，再利用数量上的优势集中射击，解决敌人。

尽管盾那边的狙击令人害怕，不过，就像刚才攻击宇宙船时那样，以"之"字形前进，然后逐一避开弹道预测线，应该就能应对过去。

被称为杰克的、使用HK21的男人乘坐的气垫船，先是从船队后方来到了最右边。就在四艘船几乎排成一条横线的瞬间——

"攻击！"队长下命令，拍了下坐在前方的男人的肩膀。

气垫船的二冲程发动机发出的排气声，推进螺旋桨的破风声也紧跟着响起。那架势，仿佛要将明明是未来世界，为什么会用这么老旧的发动机这种疑问吹飞似的，四艘气垫船带着轰鸣声开始在湖上前进。

他们前后左右地拉开距离，以"之"字形开始移动，螺旋桨形成的暴风在湖面上吹出四道水花。

同时，湖畔上的小矮子站了起来，开始向左奔跑。

"那个小矮子！"坐在右数第二艘气垫船上拿着ARX-160的男人大叫一声，抬起左臂试图瞄准莲。

微微收缩的着弹预测圆出现在他的视野里，但也因为气垫船的摇晃和单手持枪的不稳定而在剧烈晃动，怎么都对不上快速奔跑的莲。这样射击也只是浪费子弹，因此他没有开枪。

"再靠近一点，等近一点再开枪。"队长冷静的声音传来。

他们现在距离湖畔两百五十米。

在扇形盾的守护下，魁梧的M举着M14·EBR。他采取的是卧姿射击。宽檐丛林帽下，他的右眼盯着瞄准镜。

圆形视野当中是黑色十字线——竖线和横线在中央交叉，线上各处还有等间距的黑色小点。

浮在红色湖面上的气垫船现在进入了瞄准镜的中央，然后又有少许偏离。

"还剩两百米。杰克！开始牵制射击！"

队长一声令下，右侧的气垫船就开了火。

"明白！来摇滚吧！"

杰克的HK21发出会令人联想起精密机器的整齐射击声，子弹向着湖畔撒去。

"呀！"莲在弹道预测线中奔跑。

在她周围，激光般的红线无声地延伸着，又以子弹飞翔的速度消失，嗖嗖嗖的子弹破空声包围了她。

全力奔跑的我可不是这么容易打中的！而且我那么娇小！能打中也仅仅是碰巧！概率非常低！我可是幸运女孩！

莲这么想，但她还是很害怕。如果被打中头，脸，或者脊髓……

明明知道就算在游戏中死了也不会实际死亡，可还是好害怕。这么一想，要赌上现实生命的真正战争该有多恐怖。

现在能玩游戏真是太好了！

"哇——"

莲胡思乱想着，嘴里还发出残留有多普勒效应的惨叫继续全力奔跑。

然后，她思考了一下要不要用P90护住头和脖子。这样一来，她就有了一个长五十厘米、宽二十厘米的盾。要是有一发子弹不走运地飞过来打中P90，也能护住自己不会立即死亡。

不过，莲没有那么做。

与其让爱枪小P遭遇那种残酷的事，还不如自己干脆地死掉。

莲照着M所说，跑了一会后就趴下身四处翻滚，绝不停留在一个地方。

这段时间里，她瞥了湖面一眼。

"呜……"

她看到了在空中闪过的弹道预测线，和比刚才大得多的气垫船。有一瞬间，她想——啊，我们这势如破竹的进攻要到此为止了吗？

M听着莲呜呜的吼声，将右手食指靠近扳机，触碰后用力按下。

外形怪异的步枪第一次在SJ里咆哮起来。

贴着地面的枪口喷出火焰和浓雾，缠着这两者的7.62毫米弹以二倍音速开始移动。

子弹在湖面上爬行似的前进，推开的空气吹起几重微波。

随后，击中了一个角色的脸。

"呜！"

开气垫船的男人听到脑袋后方传来奇怪的声音，同时停下了手中HK21的射击。

"咦？"

他大幅度地向左转动脖子看向后方，看到——

"啊……"

同伴杰克的脸中央闪起了红色的中弹特效，右侧的生命值正在飞速下降，变黄，变红，最终清零。

他知道杰克身上发生了什么事，是要害中弹，一击毙命。

"为……什么?"

可是,他不知道为什么会发生这种事。

玩家在被已知位置的敌人射击前,必然会看到弹道预测线。而且,在这种情况下,不仅是被击中的杰克,系统还会判断出近在身旁的自己也被瞄准了,所以自己也应该能看弹道预测线。

可是,他刚才就没有看见预测线。明明他已经绷紧了神经,用力握着方向盘,准备一看见弹道预测线就转舵。

随后,在他将脸转回前方的下一瞬间——

"呜!"

左胸蹿起一阵钝痛,他明白自己被击中了。这一次他依然没有看到弹道预测线。

在生命值飞速减少的同时,随着他身体的倾斜产生的拉力,方向盘也被他无意识地往左打。

在全速前进中被急打方向盘的气垫船向右侧斜滑,因为离心力而失去平衡,在船体侧面接触到水面的瞬间就猛地翻了船。

"坐"在船上的杰克的尸体和还活着的男人都被甩了出去,如同打水漂的石头一样在水面弹起了一次,随后沉进水中。

可恶!

男人想大声叫喊,可在水中的他,嘴里只漏出了空气,发不出声音了。

他的身体开始渐渐变沉,G36K的肩带勒住肩膀,身上的弹匣和防弹板加起来的可怕重量也开始变得明显。

湖水非常清澈,这里不愧是游戏,就算是裸眼,在水中也能看得非常清楚。湖底还在下方远处,被水淹没的房屋在水里整齐地排列着,他现在的视角就仿佛从天空往下眺望一般。

他身旁,带着"Dead"标志的同伴尸体也沉了下去。不过,包含那具尸体在内，这都是难得一见的景色——男人这么想。

肺部的空气全部耗尽，他现在大概进入了"溺水模式"，生命值下降速度开始急剧加快。

因为是游戏，他并没有感到呼吸困难，但也有一种沉闷的感觉包裹了全身。自己肯定要被淹死了吧，就算现在打开游戏窗口，将装备全部解除，生命值也会在自己浮上去之前减到零。

各位！那个用盾的家伙，完全看不到他的弹道预测线啊！

他想着至少要把危险告知同伴们，但发不出声音。就算能发出声音，通信器也没办法在水里传播消息吧。

男人在下沉途中思考着。

为什么？到底是什么原因？自己明明知道敌人的位置，为什么会看不到对方的弹道预测线？

明白了！

身为小队中最热爱枪械的人，他察觉到了那个简单又不好实行的圈套。

但他还是没有办法传达出去，就这样继续下沉到了二十米深的湖底。

这个带着骷髅徽章的男人，生命值降为零了。

"先干掉了两个……"

M将透过瞄准镜的视线移向下一个猎物。

"两个？干掉了？"

像疯子一样跑来跑去的莲听到之后，猛地趴了下去。

她看向湖面，发现最左边的气垫船整个翻倒，正逐渐沉没。

那上面原本应该坐着两个人的。

"好厉害！"

同伴的气垫船翻倒，两人被甩向湖里，而且应该都没救了。

"什么？"

"什么？"

"啊？"

当然，剩下的小队成员都看到了这一幕。

"杰克他们被干掉了！"

听到在自己前方操纵着气垫船的同伴这么喊，队长反射性地骂道："可恶！"

随后，他想那两人一定是大意了。

因为杰克只顾着射击，两人都漏看了弹道预测线。

所以，他向同伴做出指示："不要大意！避开预测线！"

这个大声叫喊的男人是坐在双人气垫船后座上的一个目光锐利的男人。

M将瞄准镜的中心对到那个男人胸口，再稍稍偏移开，略微往下，在配合气垫船的横向移动保持这样的偏差。

着弹预测圆没有出现。

射击。

这是反作用力很强的子弹，不过M14·EBR的重量和M的魁梧身体支撑住了它。金色的空弹壳猛地飞向右边，在柏油路面上弹跳了一下，才化为光粒子消失。

在这枚弹壳消失的同时，第二发子弹飞了出去。

"真不敢相信……"莲呆呆地站在湖畔，看着湖面上的情形。

射向她的弹道预测线一条也没有了，她没必要再来回逃窜。

刚才她逃跑时亲眼看到——M连续开了两枪后,这次是右边的气垫船停了下来。

肯定是M干掉了坐在上面的两人。现在没人开船,气垫船就只是在惯性下漂移。

莲看到剩下的两艘船都在慌忙转舵调头。不一会儿就有四人被杀,他们慌乱得要逃走。

莲从战斗服口袋里取出M借给她的单筒望远镜。在一艘横向的气垫船进入她视野的瞬间——

M用M14·EBR射击的声音响起,开船的男人右肩上闪起红色的中弹特效。

接着又是一声枪响,这一次那人的侧头部被击中,整个人瘫软下来,头上亮起"Dead"标志。

莲第一次见识到M的狙击技术。虽说距离很近,但对方还在高速移动当中,他竟然能如此迅速精准地击中对方的要害。

还有最后一艘。莲调低望远镜倍率寻找。

"啊!"

对方在调头途中再次反向转舵,又向着这边冲了过来。因为同伴都被杀了,只剩自己一人,于是不再逃跑。

在被单筒望远镜放大的视野里,莲看得很清楚。船上的男人俯低身子,她只能看到对方握着方向盘的右手。

"M!敌人冲过来了!"

莲放下单筒望远镜,举起挂在肩膀上的P90。

气垫船向着她和右边大约三十米处的M之间冲了过来。对方大概是马力全开,速度快得前所未见。

气垫船在视野里不断变大,彼此间的距离只剩下一百米了,大概还有五秒对方就会上岸。

莲犹豫着要不要射击。在这个距离下，若是开枪，即使打不到人，也应该能有几发子弹打中气垫船，可她不认为自己能阻止对方的攻击。

就在这时——

"趴下。"

M那冷静的声音响了起来。

莲将视线转向右边，就看到他从盾牌后站起身，用力投掷出什么东西。

划出长长的抛物线的，是一个等离子手榴弹，又叫"大手榴弹"，威力是普通手榴弹的三倍。

那是莲这种小手绝对扔不出去的东西，真不愧是M，就像橄榄球选手一样。

难道那个能击中气垫船吗？

虽然莲这么想，不过——

"啊……"

那种事情并没有发生，等离子手榴弹落在了距离湖边大约二十米的水面上，发出扑通一声沉闷声响。

不行啊！

就在莲这么想时——

气垫船冲到了手榴弹落点的上方，随后就被膨胀的蓝白色光芒托了起来。

莲听见爆炸声的同时看到——

在水中爆炸的等离子手榴弹将湖水推高成一个直径十米的半球，气垫船就冲进了那当中。

船体前进的推动力加上下方爆炸产生的冲击力，两股不同方向的力相互作用，最终将气垫船高高抛起。

"呀哈！"

发出有趣叫喊声的男人和气垫船一起在空中前进着。

"啊——"

穿着棕色沙漠迷彩服的男人惨叫着，莲看着他从左飞到右。

他的飞行高度有十米，距离有三十米了吧，而且在不断增加。

莲还想着他会不会就这样飞过K点（注：K点是跳台滑雪中打出距离分所用的参照点）再落地，然后华丽地翻身起来开始逆袭。

不过，那种电影似的剧情并没有发生。

在空中落于后方的气垫船终于还是翻转了个，船上的男人仿佛被吐出来一般往下掉落。

"啊——呜！"

他背部着地，落在距离莲大约二十米的道路上。

慢了一拍后，气垫船落在更远处，发出船体被破坏的巨响，刚才爆炸掀起的湖水也化为水花落在那周围。

"莲！去干掉他！"

"是！"

莲向着男人猛冲过去，以远超人类的速度缩短距离，直到仰面跌倒的男人面前才双脚滑地刹停下来。

"嗯？"

她和一脸恍惚的男人四目相对。

"抱歉。"

说完这句话，莲将P90指向下方开始全自动模式连射。

为了令对方无法反击，她必须猛烈射击。如果对方按下等离子手榴弹的启动按键，那自己也会同归于尽。

她射击了两秒左右，男人身上出现中弹特效的地方有三十多个。他手脚抽搐着，脸上和身体上不断地闪现出红色特效。这真

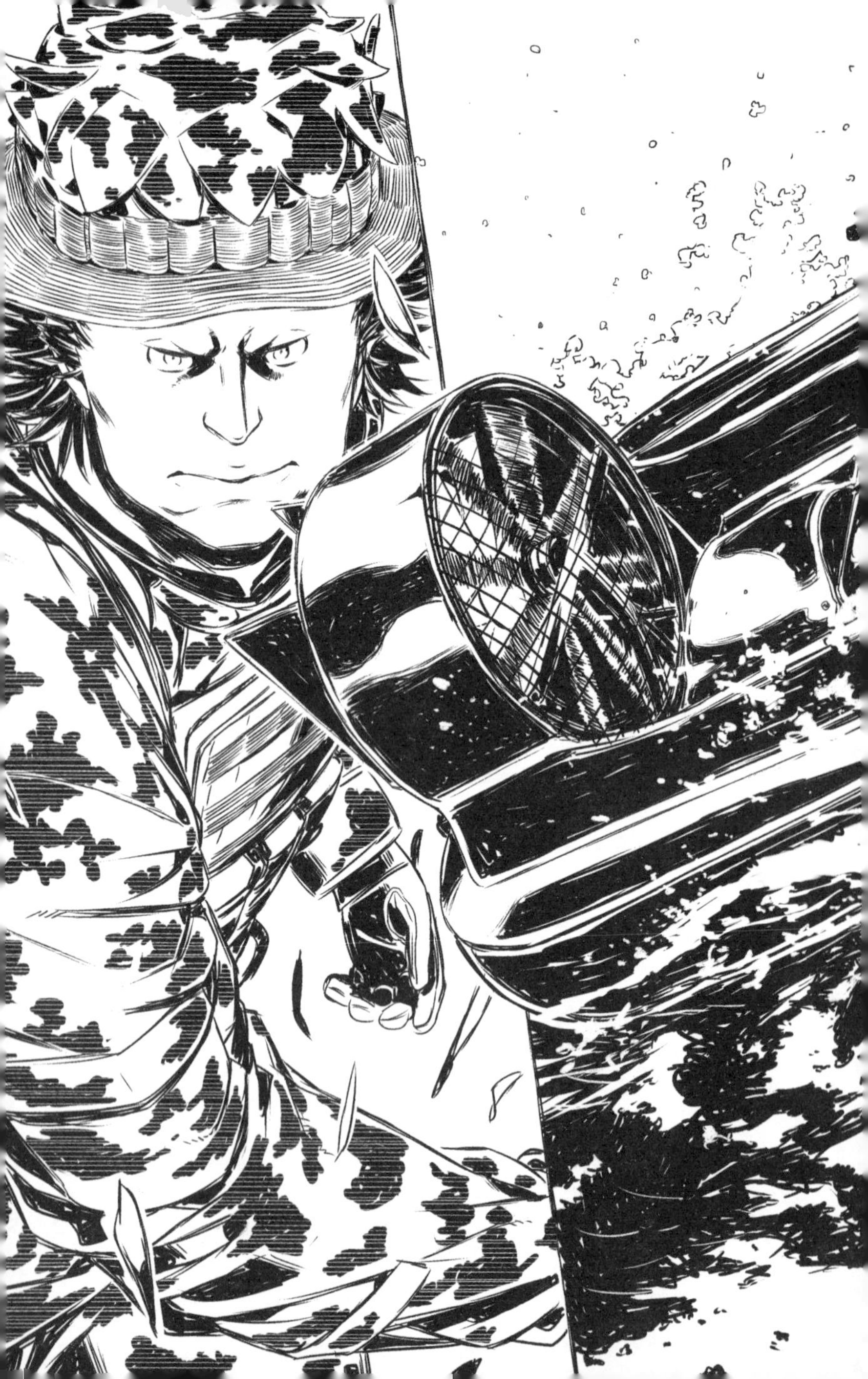

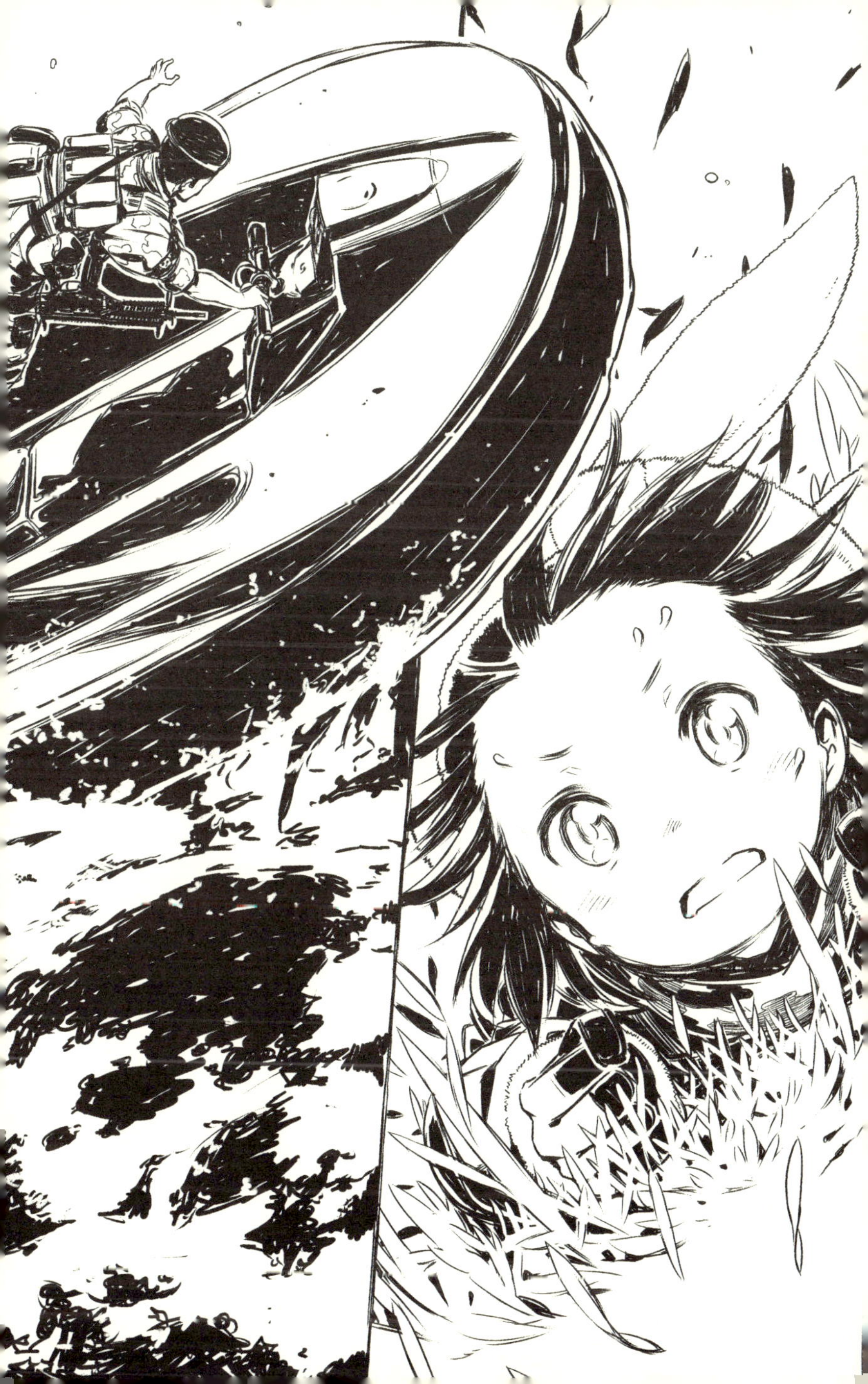

是一副残忍的光景。

在莲暂时停止射击的瞬间,"Dead"冒了出来。

"呼!"

莲在瞬间颤抖了一下,然后伸直了右手食指。

不能再继续射击了。不是因为浪费子弹,而是因为向尸体开枪就是"Over Kill",即"过度杀害",不那么做是基础的礼貌。

"呼……呼……"

莲长长地吐了口气,然后背起P90。

"真的很抱歉。"她双手合十,这么说道。

第十章 莲和M

第十章 莲和M

"M!我干掉他了!"

祝祷结束后,莲带着爽朗的笑容转向M。解决掉敌人后还自顾自地给他道歉祝祷,然后马上露出了灿烂的笑容,也只有在游戏里才会有这种事了。

"嗯,干得漂亮。"

M开始折叠刚才保护自己的盾。他用和展开时相反的动作,也就是张开双手挤压,令它再次回到折叠状态。随后,M将它收回了背包里。

莲找到掉落的单筒望远镜,捡起来放进怀中。

接着,她小跑着来到M面前。这时,M已经背上了背包,拿着M14·EBR站起了身。

"话说回来,你好厉害呀,M!那么简单就把他们都射杀了!"

莲说到这里时,又想起了一件事。

"不过……为什么他们没有避开你的弹道预测线呢?"她直接问出了自己所想之事。

随后——

"因为他们看不到。"

她听到了M的这句话,话里并没有任何骄傲自满的情绪在。

"咦?看不到?为什么?"

"因为我没有让弹道预测线产生。"

"咦?咦?你怎么做到的?弹道预测线不是把手指压上扳机后就会出现的吗?"

"所以我的手指没有压上去。"

"啊？那着弹预测圆呢？"

"当然也没有出现。"

"咦？那……你是怎么瞄准的？"

对于莲一连串问题的最后一问——

"直接瞄准。"M简短地回答道。

莲回想起了Pitohui说过的话。

"你知道吗，小莲？因为GGO是游戏，所以有很多事做起来都很简单，在射击上尤为明显。"

那是一处地铁站的废墟。

她们刚刚破坏因为AI故障而袭击人类的三台扫地机，站在颜色恐怖的LED灯照射下的废品山前，喝着保温杯中的茶，聊着天。

"射击很简单？什么意思？"

"嗯，假设，在现实里给你一把真正的P90。啊，这种时候先不考虑现实世界的法律。然后，插上弹匣，拉栓上膛，举起枪——这些你应该都能干脆利落地做到吧？"

"嗯，应该能。"

"不过，你觉得自己能不能像在GGO里这样，准确地射中前方一百米处的人形靶子？"

"咦？嗯……能不能呢……"

"尽管也有很小的可能性能做到，不过应该还是不行。原因只有一个，现实里没有辅助。"

"意思是……"

"在GGO里，只要在某种程度上将枪口对准目标，让目标进入着弹预测圆，游戏系统就会做出子弹命中的判定。"

"那、那么说……我们实际上并没有正确地瞄准吗？"

"对。GGO的玩家以为是自己射击技能高超才总是能打中，但实际上，所有人都得到了游戏系统的极大帮助。而对于玩了很长时间的玩家来说，在角色等级提升或是得到命中精度高的高性能枪之后，辅助系统也会更加强力。也就是说，在更加随便地瞄准之下，也能得到命中的判定，就像'剑技'那样。GGO的玩家会因能玩得更轻松不断地变强。"

"原来如此……就像我奔跑的速度那样。"

"之前我曾经测试过。先冷静地举着高精度的狙击枪，在瞄准镜里让着弹预测圆精确地对准靶子中心，然后，用会让枪射偏的力道粗暴地扣下扳机。你觉得我打出去的子弹会怎么样？"

"会……命中吧？"

"对，命中了着弹预测圆的正中心。所以这就可以证明，在GGO里，枪的扳机就像是游戏机手柄上的按钮一样。"

"原来如此……这就是得到了游戏系统的极大帮助。那么，Pito，如果GGO严格还原现实中的射击，又会如何呢？"

"这个嘛……如果是那样，就会变成需要像现实士兵那样接受几十小时的射击训练才总算能入门的珠穆朗玛峰级高难度混帐游戏，要不就是所有人在一百米距离下用突击步枪都会相互打不中对方的超级搞笑混账游戏吧。"

"哇！"

"游戏就是游戏，没必要太过追求真实。GGO这样就很好。"

"原来如此……那么，Pito老师，我有问题。"

"嗯，你这种积极的态度非常好。我会在你的成绩单里写上好评的。"

"谢谢！如果是现实中很擅长射击的人来玩这个游戏，又会怎么样呢?"

"这真是个好问题,给你一百分。"

"谢谢!那么,答案呢?"

"我也有过同样的疑问,就又做了个测试,找了一个枪械迷,而且是擅长实弹射击的熟人来玩GGO。"

"然、然后呢?"

"一开始他还有点不知所措,但抓住感觉之后,很快就能枪枪命中了。那家伙说'真不愧是外国的游戏,还原度很高'。"

"嚯!这就是你说过的,不是角色的能力而是玩家的能力!"

"对,正是那样。不过,那家伙也补充说过,'着弹预测圆这个辅助系统是双刃剑'。"

"这又是什么意思?"

"那个圆圈不是会在子弹飞出去之前先告诉玩家会打中哪里嘛。所以,不用精确瞄准也能击中目标,因此不能在这个游戏里进行现实射击的训练,说不定反而会让技术变差。最多只能练习怎么把握开枪时机吧。他那种游刃有余的话真是让人生气。"

"原来如此……不过,要是没了那个,我可就玩不了了。那么,对那个人来说,GGO有优点吗?"

"嗯。他说'托这个的福,远距离狙击变得非常轻松'。要用枪射击远处的敌人是非常非常困难的,可不仅仅是用瞄准镜的中心瞄准就行,这你知道吧?"

"我在学习狙击的指导教程时,那个魔鬼教官NPC曾经教过,子弹会因为重力而划出抛物线,射击远处的目标时,需要根据距离计算相应的下降量,并瞄准上方才行。"

"不仅仅是这样。瞄准上方或下方的目标时,除了要减去那个角度的高度,还要考虑空气。气温和高度越高,空气就会越稀薄,子弹会飞得越快，有风的时候当然也会被推动，子弹的回转方向会产生偏差。在一千米以上的超长距离射击中，还需要考虑地球自转的影响，也就是'科里奥利力'。"

"老师，我已经听得一头雾水了。"

"总之，长距离狙击需要进行大量的计算和积累经验。现实中的狙击手都是经过了几百发子弹的不断练习，才能熟知自己的枪打出去的子弹会怎么飞。然而……"

"是这样啊！着弹预测圆就相当于自动进行那些计算的电脑！毕竟，系统已经告诉我们接下来会打中的位置，射击就变得非常轻松了。"

"就是这样。"

"直接瞄准。"

听到M的简短回答，莲一下子就想起了自己和Pitohui的对话。

"原来是这样！Pito曾经提到的那个在现实中擅长射击的熟人，就是M啊！"

"嗯？嗯……是的。"

随后，正确答案就一个接一个地浮现在莲的脑袋里。

"直接瞄准，就是不使用着弹预测圆的辅助，就算不使用也可以射击，是这样吧？也就是说，你是自己计算了要瞄准的地方，再通过瞄准镜瞄准，才开的枪！"

"对。"

"所以，直到开枪的前一刻为止，你都没有把手指放在扳机上！当然也就不会有弹道预测线出现。在开枪的同时或许会出现一瞬间，但因为时间太短暂，对方就没有察觉！"

"没错。"M继续微微点头，仿佛那些都不值一提。

"你太厉害了！这……是个不得了的优势啊！"莲非常兴奋。

GGO的着弹预测圆和弹道预测线对攻击一方和防守一方都同样有利。

不过，如果像M这样不需要着弹预测圆就能射击的话，情况就变得只对攻击一方有利了。而且，这不是修改系统的外挂，是玩家技能带来的优势。

只要有了那个盾和M的射击能力，不管遭遇什么样的攻击他们都不会有事，还能一直不断地射击。之后只要让敏捷娇小的莲当诱饵到处跑就可以了。

"我们能赢！还剩一队！打倒他们！拿金牌！"

"真能那样就好了。马上就要扫描了。"

"咦？"

这时，莲的手表开始振动起来。14点59分30秒。

终于快到一小时了。

"才一小时啊……"

这真是我至今为止的人生中最长的一小时——莲这样感慨着。

虽说是虚拟世界里发生的事，但到处奔逃躲避，又直面几百发子弹，这些都是她以前的人生中从未经历过的。

莲从左胸口袋里取出卫星扫描终端。

趴下的时候这个终端撞到柏油路面好多次，不过如果它损坏的话SJ就继续不下去了，所以它被设计成了无法破坏的物品。莲按下按钮后，两人眼前就出现了地图。

还有二十秒，扫描就开始了。

刚才莲他们没有听到获胜的喇叭提示声，这说明在南部沙漠、荒野地区转悠的那支小队肯定还存活着。

对方在十分钟前处在地图南端，明显会向着这边移动吧。

当然，也有可能是因为什么奇怪的理由而一直在逃窜。比如说，他们的作战计划就是一直逃到剩下的小队受不了了主动投降为止。

莲这么想着，看向M。M从战斗服的左臂上部口袋里取出了什么东西。

是新的武器吗——虽然莲这么想，不过，那只是一张折起来的普通便笺纸。

在莲询问之前，扫描就开始了。

M还没有展开便笺来看，就先盯住了终端。不知道便笺上写了什么，但扫描当然更重要。

这次扫描是从西北开始，非常缓慢。

草原和沼泽区域的全灭及投降小队的灰点先显示了出来。

"快点快点！"

看着令人焦急的扫描，莲说出了心声。

终于，表示她自己的光点出现了，在几乎重叠的位置还有一个灰点。

"接下来就到重点了……"

莲注视着地图。前方的扫描里，唯一剩下的那支敌方小队的所在之处，应该会显示出唯一一个光点。

他们在哪里？几千米外？从十分钟前的位置和人类的移动速度来考虑，应该还在沙漠里，具体是哪一带？

若是在沙漠、荒野地带，就由我们主动出击吧——莲很有干劲。她的粉红色战斗服在那种地方很占优势，可以再次伏击成功。又或许，堂堂正正地全速冲过去，给M的那种没有弹道预测线的狙击当诱饵？

沸腾的好胜心充斥着她的身体。

"在哪里？离我们多远？"

莲这么说着,然后就看到了。

地图上亮起的自己之外的光点。

"啊?"

是在他们现在所处的这一千米见方的格子中,就在旁边。距离约为六百米。

"咦?"

莲还没能理解其中的含义,子弹就先飞了过来。

她没有听到子弹飞过来的声音。

因为子弹命中了。

"哈?"

莲的右侧腹传来一阵钝痛,像是被人用力揪住似的,紧接着世界旋转了起来。

正在看的地图飞到了视野一端,莲看到了红色的天空,看到了开裂的柏油路面,看到了湖,最后出现在眼前的是不知名的草。

被击中了!

而且被击飞了!

在认识到这个事实的同时,莲看到视野一端的生命值在下降。下降的速度快得可怕,很快就变成了黄色,而且没有停止。

咦?这……可能会……立即死亡……

就在莲这么想时,变红的生命值停在了仅剩一丁点的地方。

真的就只剩一丝血了。

"啊?咦?"

如此突然的打击让莲无法冷静地思考,比起被击中的疼痛,被击飞后的旋转带来的伤害更大,她就像晕车了一样,脑子晕晕乎乎的。

下一瞬间，莲飞到了空中。

"哈？"

身体突然被举起，原本在眼前三厘米处的草也消失了，变成了红色的天空。

"别乱动！我们先逃！"

莲听到了M的声音，也感觉到了移动的加速度，这才明白过来，自己是被M扛了起来。随后，M开始奔跑。

嗖嗖的子弹破空声忽远忽近，远处还响起嗒嗒嗒的枪声。对方又开枪了。

接着，伴随着穿透什么东西的"噗"一声，M发出了一声短促的"呜"声。

他被击中了。对方是狙击手。这里是一片挺开阔的空间，能躲藏的地方很少，而最重要的是——我只要再被子弹擦一下就要死了！

不行了吗？

已经不行了吗？

要输了吗？就到这里为止了吗？

就在莲的怯懦心态炸裂的瞬间——

"抱歉。"

她听到了M简短的道歉声。还来不及思考那句话的意思，她就被扔了出去，滞空时间并不长，然后屁股着了地。

在绝大多数的VR游戏里，从高处落下都会产生伤害。莲有些害怕刚才那一摔会不会把仅剩的一点生命值都摔没了，幸好并没有那样。

随后——

"嗯？"

第十章 莲和M

M身上那种刺眼的绿色迷彩图案就在莲的视野里扩散开,她只看得见这个了。

嗖,嗖,嗖。

他们还在对方的射程内,自己就在M身后——莲只知道这些。

嗖,嗖,轰——

下一瞬间,高亢的马达声跟在子弹破空声后响起,紧接着莲就感受到了一股将身体向后推的加速感,空气都向脑袋后方飞去。

她向右转头,将视野从迷彩图案上错开,就看到了映出红色天空的湖面,而且在从左向右流动。

"啊!"

莲终于明白过来了——自己现在正搭乘在气垫船上。

她被扔进了后座,M就坐在驾驶席开船,刚才占满了她视野的迷彩图案是M的背包。

"要逃了!"

气垫船不断加速,马达声和风声越来越大。

"嗯、嗯……"

"趁现在,快打。"

"我、我知道了……"

这个"打"指的不是开枪,而是打急救医疗针。

莲从袋子里取出急救医疗针,气垫船摇摇晃晃,她也顾不上选择地方,直接就压上了自己的脸颊,再按下按钮。她的身体瞬间就被红色的治疗特效包围了。

这样一来,莲那几乎全损的生命值就能恢复三成,不过,距离治疗完成还需要一百八十秒。

嗖嗖嗖嗖嗖。

不输给马达声的子弹破空声虽然比刚才遥远,却也在增加。

好几道弹道预测线像探照灯一般在红色湖面上交错乱飞,预测线照到的地方随后喷起了一米高的水柱。

"是机关枪。不过,在这种距离下通常是打不中的。"

M的话不知道是要让莲安心,还是让他自己安心。

莲也说不清楚。两人就这样在气垫船上摇晃了几十秒。

"没事了,已经拉开了一千米以上的距离。"

M这么说,气垫船的速度也下降了一些,已经听不到子弹的破空声了。

莲一脸恍惚地看着向后流动的湖面。

"……"

"莲,你睡着了吗?"

"没,我没事……非常感谢您救了我。"

"你睡迷糊了?都用上敬语了。"

"咦?啊……真是非常对不……抱歉,我刚才懵了……"

"没必要道歉,要说放松了对周围的警惕,那我也一样。不过,就算保持警惕,六百米前方的情况也不是那么容易就能看到的,更别说对方还躲了起来。"

"是……"

气垫船还在继续往前开。

从太阳的位置看,莲只知道现在是向着西南方前进。

"M,现在要怎么办?"

"到下次扫描为止,先暂时和那些家伙拉开距离,也要让生命值回满。"

莲转动目光凝视着左上角,自己的生命值还在恢复当中,现在已经恢复了百分之十几,依然显示红色。

M的生命值只减少了一些,剩下八成吧。不知道是因为他身体健壮,还是因为中弹的地方不要紧,又或是两者皆有。

"我也给你打吧。"

"拜托了,我的插在左臂的袋子里。"

M在开船用不了右手,莲帮他把急救医疗针打在他脖子上。M简短地道了谢。

"他们竟然离得这么近……"莲小声说着,回想起刚才的狙击带来的冲击。

"呜……"

她微微颤抖起来,感慨VR游戏连恶寒都能还原,老实地说出感想:"十分钟前明明还离得那么远……"

"我也大意了。和这艘气垫船一样,他们找到了某种交通工具。"

"啊!原来是这样……"

"这也是我的猜测,到了游戏最后阶段,为了提升小队的移动速度,应该能在各处拿到交通工具吧。像是能在沙漠和荒地里开的四轮驱动车或者卡车,他们队里应该还有车开得好的玩家。"

"嗯……真是大意了……"

"用不着这么沮丧,你的确是个幸运女孩。"

"为、为什么?"

"那种狙击不也没能打死你吗?若是再往上十厘米,就会被判定为心脏或肺受到伤害,立即死亡了。"

"也、也是……"

"敌人的狙击手应该也是处在勉强能够打中静止目标的距离。"

"可是,你也被打中了。"

"这只是碰巧,因为我面积大。我看见了弹道预测线,只不过见它在腿上,就无视了。另外,有一艘搭着两具尸体的气垫船正好来到岸边,这也是我们运气好。"

原来如此,是M用狙击打倒的右边那艘啊,莲明白了。

"那个狙击手的枪是7.62毫米级别,射击间隔很短,应该是自动式,装备的是最少十发的弹匣。比拉栓式的棘手,可不能大意。"

"我知道了……在游戏结束前,我绝对不会再大意!也不会再骄傲!"

"嗯,很可靠的回答。"

可靠的是M。

莲原本想这么说,最后还是没说出来。对M,她说再多感谢的话也不够,莲决定等SJ结束之后再重新致谢。

她转而问起作战计划。

"现在是要去哪里?"

"西南,准备开上现在左手边能看到的荒野。"

"咦?"

莲转头向左看去,只见红色湖面的前方三百米左右,就是遍布岩石和沙砾的广阔荒野。

"为什么?向东北横跨湖面和沼泽不是更好吗?对方开的是车子吧?肯定追不上来。"

"你说得对,但做不到。燃料剩得不多,无法保证能穿越湖面和沼泽。"

"噢……"

就算是便利的交通工具,没有燃料也就成了摆设。莲仰天长叹。

* * *

大约四分钟前,14点59分。

住宅区里的一栋豪宅,三楼的宽阔阳台上——

"找到了!托玛,快来!"一个趴在地上,举着双筒望远镜的女人声音嘹亮地喊道。

她身高超过一米八,身上肌肉发达,肩宽体阔,就像一名女摔跤手。若不是脸庞左右两边垂下的棕色头发编成了三股辫,说不定她连性别都会被人认错,她看上去年龄已经超过三十五岁了。

她穿着嵌有好几种绿点的迷彩服,身上还套着装备有弹匣袋的背心。

"在哪里,老大?"

声音从她的身后传来,另一个女人快速地爬到阳台上。

她的身高较前者稍矮,但也绝对超过一米七五。虽从长相上看年龄略小,但也是成熟的女性。纤细的身体上穿着同样的迷彩服,配备着同样的装备,绿色的针织帽下是一头黑色的短发。

被称为托玛的她手里握着俄制的狙击枪德拉贡诺夫,极细长又奢华的优美外形是这枪的特点。使用的子弹是7.62×54毫米R弹,射击模式是只要扣动扳机就能射击的半自动式。

她用的瞄准镜并不是德拉贡诺夫常规配备的四倍镜,而是更大更坚固的三至九倍镜,弹匣前还装上了专用的两脚架。

被称为老大的女人伸出左手越过阳台栏杆,指向西北方说:"看到湖畔连接道路的地方了吗?从坠落宇宙船轮廓向左移动一分。"

托玛立刻展开德拉贡诺夫的两脚架,趴在阳台地面上摆出卧姿。她用右眼看向瞄准镜,两秒钟后说道:

"发现两人,一个暗粉红色的小矮子,和一个穿迷彩的壮汉。"

老大念出双筒望远镜的距离表:

"就是他们,现在距离小矮子六百二十三米。很远,能行吗?"

"我尽力!这是个好机会!"

"好！从小的那个开始。"

"明白。"

托玛转动瞄准镜右侧的刻度盘，将倍率调到最大。被扩大的圆形视野里，穿着粉红色服装的敌人（这颜色真让人想笑）不断地在变大。

她听到老大说：

"所有人听好。托玛会狙击小矮子，罗莎和索菲准备好机关枪，在西北湖畔，听我命令一起开枪。安娜去搜索其他敌人，有机会就攻击。塔妮亚确认卫星扫描。"

四声"明白"通过通信器传回来。由此可以证明，这支小队还是满员六人，而且所有人都是女性角色。

随后，到了15点。

老大通过双筒望远镜看到，粉红色的小矮子和穿迷彩的魁梧男人靠在一起用卫星扫描终端看地图。

他们打开地图查看，这就意味着他们这时很松懈，没有注意是否有敌人正在接近。

老大的嘴大大地咧开，露出虎牙。

"他们会吓一大跳吧。托玛？"

托玛将浮现在瞄准镜右下方的着弹预测圆重合到那个粉红色小矮子身上，圆圈在随着她的心跳变化，但幅度很小，即使是收缩到最小的时候，也几乎能覆盖住粉红色小矮子的身体。

"准备好了。"

"动手。"

托玛收到命令后，在心脏因为兴奋而狂跳之前，就抓住圆圈缩到最小的时机扣下扳机。

德拉贡诺夫咆哮起来，细长的枪身如同被鞭子抽打般猛地一跳，空弹壳从右侧排出。

发射出的子弹破空飞去——

粉红色的小身板被击飞了三米。

"命中！好本事，托玛！游戏结束后我请你吃个布丁！"

所有人都听到了老大高兴的声音。

"可以的话，再多加一个！"

随着这一声，托玛开了第二枪。

狙击那个魁梧的男人。虽然着弹预测圆完美地捕捉到了他的身体，子弹却打偏了，因为他正动作飞快地跑向了小矮子。

"呜！"

托玛再次将着弹预测圆对上正在移动的魁梧男人，然后开枪。不过，她因为激动心跳加快，圆圈不停地放大缩小，最后子弹又打偏了。

那个男人用右手猛地抓起小矮子扛到右肩上，然后跑向湖面。那里有一艘漂流过来的气垫船。

"休想！"

托玛不断射击，有一发子弹总算命中了男人的左腿，出现了红色的中弹特效。

魁梧的男人没有停下来。他毫不留情地将气垫船上的两具尸体踢飞，然后把小矮子扔进后座，自己再坐上驾驶座。

托玛的第十颗子弹在气垫船旁边击起了水柱。原本来回动的枪栓停在了下方位置，显示没有子弹了。几乎是同一瞬间——

"老大，他们的位置是湖畔，两人中有一个是队长。"看着扫描的塔妮亚说道。

老大立刻命令："机关枪射击。"

豪宅三楼的两扇窗口处响起了轰鸣声。

那里是儿童房和储藏室。

在那两个房间的窗口处,各有一名女玩家用脚架架着PKM在向湖面射击,凶恶的枪口不断吐出火花。

这种机关枪也是俄制的,使用的子弹和德拉贡诺夫一样,同时也是制作了突击步枪AK系列的米哈伊尔·卡拉什尼科夫设计的机关枪杰作之一。PK指的是"卡拉什尼科夫机关枪",M是"现代化"的首字母。

PKM重复着每次打几发的射击。弹链上的子弹从右向左流进附在枪下方的盒子里,子弹被向前发射出去,空弹壳和空弹链向左吐出。

子弹飞向逃走的气垫船。在老大的双筒望远镜视野中,气垫船周围被打出许多水柱,但没有子弹命中。

"停止射击!很遗憾,看来是让他们逃掉了。"

两只机关枪停止咆哮,世界突然安静下来。

"老大,扫描位置在湖上移动。"是塔妮亚的声音。

老大用望远镜看着问:"安娜,发现其他敌人了吗?"

"没有,老大,没有发现。"

"我也没有。看样子,他们那队只剩下两个人的可能性很大。"

老大一直看着划出白波远去的气垫船,直到黑点达到视野的界限,消失不见。

"他们往西南逃了。虽说也有可能是圈套,但燃料不足的问题应该更大吧。"

老大将望远镜收回腰间的袋子里,语气冷静地说:"接下来我们向西北部的荒野前进。所有人在卡车处集合。"

曾被称为Foxtrot的这支小队,一人接一人地上了停在豪宅背后的一辆大型卡车。

为了去干掉最后的猎物。

＊　＊　＊

15点06分。

莲和M结束了乍看之下很优雅的湖上观光，在西南区域那片满是岩石和沙土的荒野登陆。

棕色的大地从湖畔延伸出去，很快就变得凹凸不平。气垫船当然无法在这样的地面上顺利前进，即使可以，现在燃料也几乎为零了。

莲在湖面上时就给自己打了第二支急救医疗针，生命值已经快恢复完了，但也只恢复到六成，还需要再打一支吧。

莲和M将气垫船停在岸边，警惕地环视着四周。

荒野的地形比较平坦，各处有着大小不一、奇形怪状的岩石。那些巨石，高度一米到五米不等，因此有许多可藏身的地方。

这里没有丘陵，反过来说，只要登上岩石就能看得更远。

虽说根据所登岩石的高度不同，能看见的范围会有所不同，但至少能看清周围三百米的情况。地上都是坚硬的沙砾，比不上柏油路，但也算是方便奔跑的地面了。

"作为战场，倒是不错。可以防守，也可以在岩石上狙击。虽说敌人也一样，但我们这儿有你这么一个高敏捷度的角色在。"M这么说道。

"而且车子开不过来。"莲赞同地说道。

在她用单筒望远镜观察到的范围内，暂时没看到敌人的身影。

第二支急救医疗针的治疗已经结束，莲又往自己的脖子上打了最后一支。她已经没有药了，不过，她即将面对的也不是能让她有机会继续用急救医疗针的温和敌人。

"往西走，离气垫船远一点，背对水面等下一次扫描。"

莲也同意M的提议，缓缓迈出步子。敌人有可能搭乘剩下的气垫船追过来，因此他们一直警戒着湖面，但并没有看到敌人。

15点08分。

两人藏身在大岩石后，等待剩下的两分钟过去。

莲的生命值没有完全回血，却也基本恢复了。之后她决不会再如此大意！

她紧绷着神经等待时间过去。

"啊！对了……"

莲突然回想起来，在15点的扫描之前，M正拿出一张便笺要看，因为自己被袭击，就不了了之了。

"M……"

她转回身，对蹲在十米外的M说："你刚才好像是要看一封信？不用再看了吗？"

"啊！"

M露出非常吃惊的表情，似乎是忘记了。

"幸好你提醒我。她还要求我在15点整的时候看。"

M从手臂的口袋里取出便笺，打开来看。

莲暂时放下心来，将视线从M脸上移开，继续警戒周围。至少在M看信期间，自己一定要保护好他。

那到底是谁的信，上面又写着什么，莲虽然在意，却也不会做出偷看别人的信这种没礼貌的事，即使这里是虚拟世界也一样。原来VR游戏里也能写信啊——她只是暗暗感慨。

放眼望去，前方是布满岩石和沙砾的荒野。莲举着P90，随时

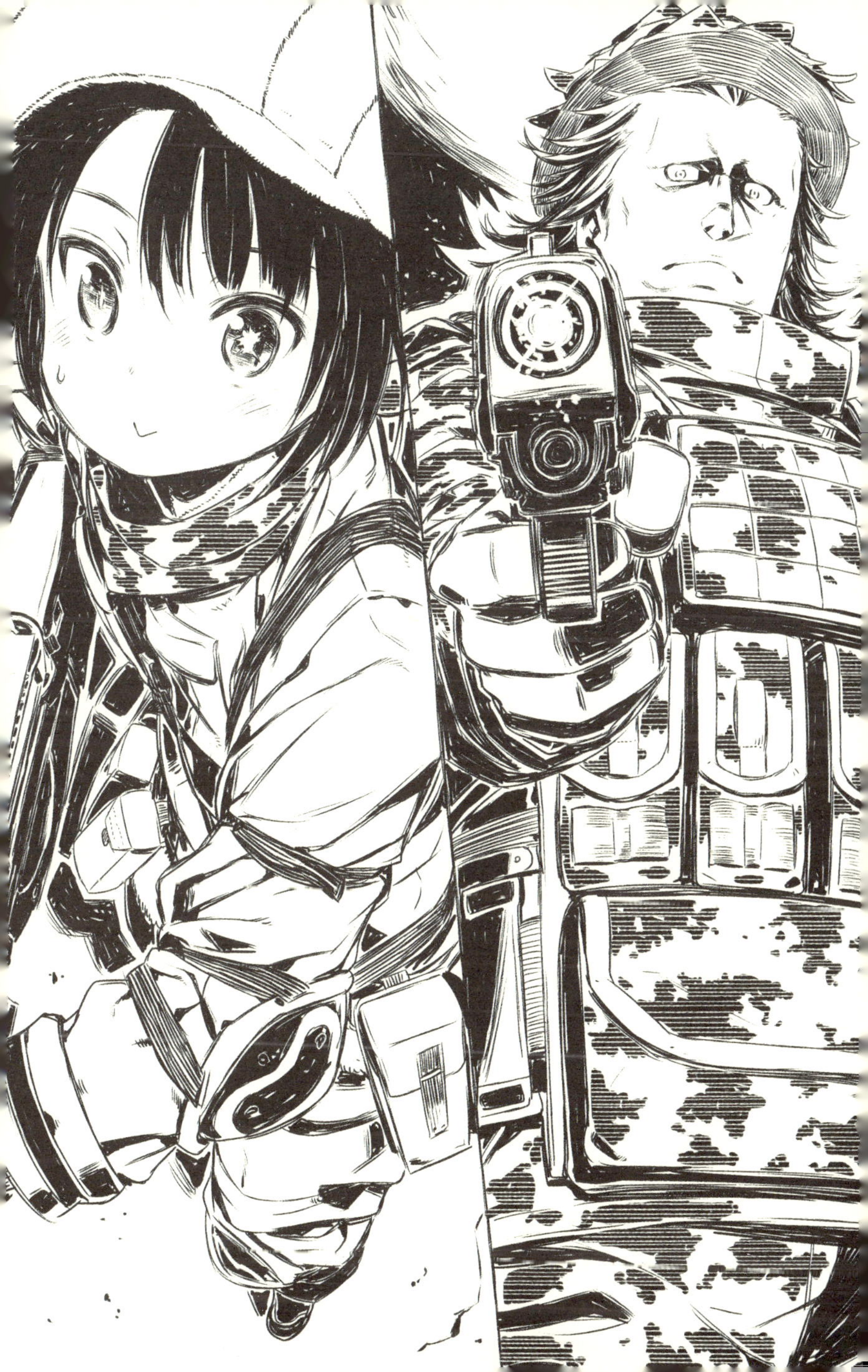

都可以射击。

她已经从仓库里拿出两个新弹匣,包括装在枪上的,她身上的弹匣又恢复成了七个。

以防万一,她还顺便从仓库里拿了两个等离子手榴弹,将它们挂在左腰后方。

下一次战斗时,她绝对要开枪。就算死也要拖上一两个人,情况允许的话,就尽量多杀一些。若是到了坚持不下去的时候,就按下腰间手榴弹的按钮,再冲向敌人。

奋勇拼命的念头在莲的脑海中静静翻滚,她集中精神调动五感,等待着扫描时间到来。这时,她身后传来了M收起便笺的声音。

随后,是他站起身的声音和脚步声。

莲再次认识到,满是沙砾的地面会让脚步声显得非常清晰,就算是几米之外也能听见吧。在这里埋伏的时候,还是小心不要动脚的好。

沙沙,沙沙,M的脚步声传来。他在向自己靠近,莲看向手表,时间是15点09分。

需要打开地图开作战会议吗?还是和刚才的信有关?

莲转回身——

"咦?"

M就站在她身前两米处,用右手举着HK45,枪口正对着她的脸。

"抱歉。"

M开枪了。

莲清楚地看到HK45那大大的枪口亮起了光。

第十一章 死亡游戏

第十一章 死亡游戏

莲清楚地看到HK45那大大的枪口亮起了光。

随后,莲又清楚地听到子弹从自己右耳旁边掠过的声音。

如果,她的动作没有比思考更快一步,她没有发挥出自己的高敏捷度转动身体——

子弹就会命中她的右眼,好不容易恢复的生命值会一口气滑到底,这一发子弹就会让自己死亡吧。

M立刻挥动右手,继续瞄准莲的头。

在莲眼里,世界就像慢镜头一样。她非常清楚地看到逼近自己脸庞的弹道预测线,为了避开,她再次向左扭动身体。

又一枪。子弹再次擦过莲的头部,这次还把她爱用的针织帽给打掉了。只要莲的动作慢上一点点,就会被击中了吧。

莲不知道原因,但她清楚眼下的情况。

自己在被M射击。M要杀了自己,而且是不由分说地。

准备开第三枪的M表情一如既往的严肃,莲猜不出他的想法。不过,也没必要再去猜了。

莲现在只有一个念头——

谁要被他杀掉啊!

她的左脚用力踩在沙砾上,使地面成为产生反作用力的立足点。在弹道预测线第三次向自己靠近,试图对上自己右眼的瞬间——

"哈!"

莲反向一跳。就算继续转身向左逃,也肯定会有被击中的时候。

那么，就只剩下一个办法。

反其道而行之！

若是时机错了一瞬，就会变成自己往子弹上送——莲赌上这种危险来行动，最终是她的敏捷度赢了。

她飞速向右前方跳过去之后，弹道预测线在她身体左侧五厘米处消失，紧接着就有子弹掠过，距离她背着的P90不到一厘米。

大幅度侧跳闪躲的莲右脚着地。这时，她和M的距离不足一米，离HK45更近，仅仅三十厘米，伸手可及。

"嘿！"

莲像是要用右手拍人巴掌一样，挥手打向HK45。为了不被打掉枪，M将右手向外移动，不过——

莲的小手只是快速地摸过HK45的侧面和M的粗壮拇指，就向上挥空了。

守住了HK45的M低头看着眼前的娇小身体，再次将枪口指向莲的额头。

"哈哈。"

他和笑着的莲对视，毫不犹豫地扣下扳机。

扳机没能按下去。

HK45的扳机一动不动。扳机不动，就无法开枪。

M瞪大了双眼。他看向自己右手中的爱枪，就见到保险的小扳杆是处在上方的位置。

刚才莲那只小手的目标，并不是要打飞他手里的HK45，只是要把枪锁上而已。

在察觉到这一点的同时，M的右手蹿起一阵疼痛。

魁梧的身体和娇小的身体间，P90在全自动模式下咆哮。

仅仅是一瞬间的射击，"嗒嗒嗒"的清脆声音响起，就有三发子弹被打了出来。小小的弹头击中M的右手腕，打出闪亮的红色中弹特效，再穿过他的手腕消失在空中。

"呜！"

被锁上的HK45从M无力的右手中落下，有一半枪身陷进了沙砾中。与此同时——

"别动。"

莲将右手的P90向上举，枪口抵在了M的脖子上。

"只要你动一下，我就会用全力扣下扳机！M！"

莲发出了大概是至今为止的人生中最大声的叫喊。她左腕上的手表开始振动，但现在她已经顾不上那个了。

只要M那具魁梧身体中有哪部分动弹哪怕一厘米，她都会一口气将扳机按到底，将弹匣中剩下的四十七发子弹像花洒喷水一样都从M的脖子打进他脑袋里。就算M的力量值再高，也会被打死。

"……"

M被枪口抵着喉咙左侧，低头看着莲。

他那严肃的脸上双目瞪圆，嘴巴张开，仿佛时间停止般地凝固住了。

"你就这样听着。首先……"

莲微微一笑。

"考虑到或许会有要用到的时候，你提前告诉了我保险的位置，关于这一点，我真的很感谢你，帮了大忙！"

"……"

"然后，我想问一下，为什么？"

"……"

"为什么想杀我？如果有什么理由，我会听你说的。"

"……"

"难得我们两人一起走到了这里，刚才还在并肩作战，你还救了我。现在明明只剩下两支小队了，为什么？我倒也不是非要获胜不可，但接受不了莫名其妙地被杀掉。如果你觉得我们的情况已经无法继续比赛，那也可以先和我商量！不对吗？"

"……"

"你不回答也无所谓。那么，反正往后我也要独自战斗了……"

莲说着，往抵住M的P90上加力。

"不要啊！我不想死！请请请请……请您等等等一下！拜……拜托了！别开枪，请别开枪……不要！请别这样！"

M发出带着敬语的怯懦惨叫，莲过了好一会儿才理解了其中的意思。

莲抽回P90一口气向后跳。

就像瞬移一样，她用快速的跳跃一口气拉开了和M之间的距离，又将P90抵在肩膀上举起，用瞄准器对准M的脸。

她的手指一直按在扳机上，所以着弹预测圆也对着M的脸，正随着她剧烈的心跳在反复收缩。

M肯定能看到那道刺眼的弹道预测线，他的视野一定被染成一片红了吧。

"呜呜……"

M发出呻吟声，慢慢降下膝盖。莲谨慎地盯着他，一直瞄准着他的脑袋。

M的粗壮双膝落在地上发出碾压沙砾的声音，随后，他魁梧的身体无力地垂软下来。莲并没有命令他这样,他却摆出了跪地的姿势。站着的莲,和跪着也几乎同样魁梧的M,隔着三米左右的距离对峙。

"请您……不要开枪……"

M那怯懦的声音再次响起。他低下头,脸被帽子的宽大帽檐覆盖住,莲看不到了。

莲依然将着弹预测圆对着他的头,问道:"在你说出理由前,我不会开枪。换句话说,如果你不肯说理由,我就开枪。"

"会死的……"

"的确,是会死吧。"

"鄙人会死的……"

鄙人?莲听到M突然换了个自称,不由得背生寒意,抖了一下。

"别这样说话!太古怪了!"

至今为止莲都觉得M是亲戚家的叔叔,现在却仿佛突然变成了比自己年纪小的小学生表弟,这中间的落差实在太大,甚至让她无法保持镇定。

简直像是内里换了个人一样。莲当然没有试过,不过,如果能借到AmuSphere,那应该是能使用相应的角色。

"难道……换玩家了?"

M依然用敬语怯懦地说:"没有换……这才是真实的我……如果您……现在对我开枪……我就会死……会死的……"

这家伙到底在说什么?莲觉得自己的脑袋里有许多问号在飞来飞去。

"这个嘛,角色当然会死掉吧?不过,只是在GGO里,在SJ中死掉而已吧?这次大赛又没有死亡惩罚,装备也不会掉落……"

"不是那样的!"

M猛地抬起头。

"哇。"

莲看到了不太想看到的光景。

M那么个粗犷的大男人正在吧嗒吧嗒掉眼泪。他的角色外观是个肌肉男,因此给人带来的冲击更加强烈。

"不是那样的……那是怎么样?"

"我……如果……接下来在SJ里死掉的话……现实中的我……也会真的死掉!"

"你脑子没毛病吧?"

莲很无奈,同时又想起了那个成为真正死亡游戏的 *Sword Art Online*。

她记得那个游戏用的是叫"NERvGear"的机器,如果游戏内的玩家死亡,机器就会发出电子信号烧毁玩家的大脑。就像是头上戴着个杀人电子炉灶,莲听说那个新闻时也觉得非常恐怖。

当然,现在用的机器——AmuSphere没有那样的功能。

"这里又不是 *Sword Art Online*,不会发生那种事的吧?你是不是误会了什么啊?"

"……"

"直到刚才,你都还在很正常地战斗,还被击中过……"

说到这里,莲突然想起来了。对于M突然发生这么大的改变,她也只能想到那一个理由。

"M……抱歉,你先说说,刚才的信上写了什么?"

M猛地一抖,泪水又从脸上滚落下来,连鼻涕都跟着哗哗往下滑。其实游戏真的不需要连这种细节都还原出来——莲想着。

"……"

M什么都没说,而是将右手缓缓伸向袖袋,取出便笺。他深深地垂着头，伸出右手，将便笺递给莲。

"意思是，我可以看？"

莲看见M用力点了下头。

"那么，我要接了。你要是有什么异动，我就会开枪。"

莲说话的同时，保持着瞄准姿势不动，慢慢走近，伸出左手猛地抢过便笺，再飞速后跳拉开距离。

"我看了？可以吧？"

"嗯……"

莲只用左手打开便笺。发现自己拿倒了，她想调整位置，又差点把便笺弄掉，一时有些慌乱。

随后，她用右手拿着P90继续瞄准，用左手拿着便笺举在眼前。

"我看了。"

莲看着这张便笺。

上面的字漂亮得可以当作练字讲座的样本，内容是：

哟，M，还在奋战中吧？我说过要在正好经过一小时的时候看，你没有违背吧？要是没听话，我可是会杀了你的哟。现在就马上去死。

突然就出现了可怕的内容。随后，莲就知道了为什么要M在15点看。

接着：

你是代替我参加的，所以要代替我好好享受一番！这是游戏，就是消遣的！如果你在一小时内就没出息地死了，我会杀了你。不过，如果能只凭两个人活过一小时，就算是很厉害了。我会给你摸头鼓励。

怎么说呢，如果在看到这便笺之前死了，果然是会真的死啊。

最后一部分内容是：

之后要是死了，我还是会动手。也不能自我了断啊。无论如何都要活下去。战斗没有紧张感的话，可就一点意思都没有了！那么，尽情享受吧！好好感受自己还活着的感觉！完毕。

莲姑且也翻到背面看了看，不过文字只有正面的那些。

她只用左手灵巧地折起便笺后，暂时先将它塞进了自己的腰带里，然后用左手重新握稳P90，再次保证瞄准的位置。

"这是谁写的？不过，都用不着问了……是Pito吧？"

"是、是的……"

"嗯，的确像是那个人会写的内容。"

莲的脑海里浮现出脸上带着文身的Pitohui那灿烂的笑容，老实说出自己的感想。

"不过，什么死啊杀啊的，都是指在游戏里吧？"

以常识做出这种判断后，莲这样对M说。

在GGO里，每个人都经常会使用"开枪""杀掉""死吧"这类词，不过，那都是指游戏内的事，并不会逐一特意去想象在现实中的人类的死亡。

也不会有哪个笨蛋会将现实和游戏混为一谈，然后生气地怒吼"你们真的明白死亡的意义吗"。

像熊一样高大的M抬起头，脸上糊满了眼泪和鼻涕。

之后，他笑了起来。

"哈哈哈哈！你根本什么都不知道。"

他的笑容实在太过骇人。

"哇……"

莲有一瞬间说不出话来，和M的脸重叠着的着弹预测圆的收缩速度也猛然加快。

"什么都不知道……是指什么?"

"你不知道Pitohui的脑袋有多诡异。"

"……"

"那个女人,只要说出了口,就真的会在现实里动手。在游戏中杀人?哈哈哈哈哈哈哈!怎么可能有那么天真的事?我知道,她会在现实里动手!而且,那女人绝对知道我一看就会懂,所以才写了那张便笺!说什么好好享受一小时,结果就这样对待我!她果然还在向往死亡游戏!那女人的心还被囚禁在那个游戏里!她疯了!哈哈哈哈,倒是很符合那女人的作风!哈哈哈哈哈哈!"

"……"

莲有些眩晕。

就算Pitohui和M在现实里认识,可他们两人到底是什么关系?

以前莲觉得不知道也无所谓,可现在,她的想法变成了并不想知道。

过去她"想知道"Pitohui的现实身份,现在也变成了"并不想知道"。

不过,和M的对话也还需要继续下去。

"M……也就是说,就像信上所写,如果你接下来在SJ里战死了,现实中的你也会遭遇不测。"

"我从刚才起就一直是这么说的吧!"M怯懦地大叫道。

"……"

现实中的M是演员,演技还非常好——虽然也有这种可能性,但莲还是暂时将手指从P90的扳机上移开了。

着弹预测圆随之消失。

"谢、谢谢……我太害怕了……我不想死……"

没再看到弹道预测线的M这么说。

"那么,你为什么非要杀我不可?"

面对莲的质问,M含糊地回答:"我想……当队长……"

莲思考了两秒左右。

"当队长,然后呢?"

"投降。信上没有提到一句与投降相关的事,应该能当借口。"

"耍这种小聪明……"

莲很无奈。

"不过!我是想在投降之后再好好向你解释……"

"哼!你也太小看我的敏捷度了吧?"莲带着玩笑般的笑容这么说。

"是的。要是默默地用等离子手榴弹就好了,我真的很后悔。"

M却一脸认真地回答。

"算了,先不说这个。"

莲用左手取出便笺,说道:

"只能这样还你,抱歉了。"

她将便笺扔到M面前。随后,她看下手表,现在距离15点10分的扫描已经过去了三分半。

"扫描早就结束了吧……"

不过,莲还是从左胸口袋里取出终端,按下按钮。

"果然。"

只有地图显现出来。

敌人在三分多钟以前就已经知道了这个地方,如今应该正在向这里前进。这里视野很好,说不定会像刚才那样被狙击。

现在可不是闹内讧的时候。

莲思考了一下,小声说:"算了。"

她将终端收回原处,然后说道:"M!就这样吧!接下来我会独自战斗！你就找个地方藏起来，别死掉就行了！如果我被敌人打倒，队长标志就会转移到你身上，到时你立刻投降就好！之前感谢你的关照！再见！"

莲快速地说完这些话，转过身开始跑起来。

不过她还是警戒着来自背后的袭击，先是藏进附近的岩石后方，然后才开始全力奔跑。

但她并没有被袭击。

不知道该去往何处，莲烦恼了一瞬间。

"好！就来大干一场吧！"

她转向东方，也就是敌人来的方向。

莲在岩石与岩石的缝隙间全力奔跑，然后伸手摸上左耳里的通信器。

接着，她把原以为在SJ里不会关掉的开关关掉了。

被独自留下的M听到了一句——

"好！就来大干一场吧！"

是莲的声音。

* * *

时间稍稍倒退，回到15点11分。

在住宅区的柏油路和满是沙砾的荒野的交界处，停着一辆小型军用卡车，车厢的车篷和驾驶室侧面都覆盖着明显是后装上去的装甲板。

卡车旁，是穿着同款迷彩服的六个女人。

先是身高超过一米八的大个子女人，老大。

她脚下放着一个大背包，背包上部还露出没能装下的枪身，但看不出是什么枪。

右腰处，黑色的自动式手枪插在塑料制的枪套里。她摇晃着三股辫，将视线转向排成横列的五人。

"最后的猎物就在由此向西两千米处！各位，去干掉他们吧！"她用响亮的声音叫道。

"上吧！老大。"

先回应她的，是之前狙击莲的托玛。这个苗条高挑的黑发女人将德拉贡诺夫背在背上，腰侧挂着几个装有德拉贡诺夫所用弹匣的袋子，只有身体前方有着保护胸口的防弹板。这是狙击手所特有的，适合卧姿射击的装束。

"这是最后一战了！大家都鼓起劲来！"

接着回话的是用宽肩带将PKM挂在胸前的索菲。她是六人中最矮的一个，横向面积却很大，再加上严肃的模样，看上去就像奇幻世界里的矮人，将棕色长发胡乱地扎在脑后。

她看上去很适合背一把巨大的战斧，但这个游戏可没有那种东西，她背在背上的是装有预备弹药箱的大型背包，还露出了PKM的替换枪管的前端。

"打倒那些家伙后就没的打了吗？真可惜！"

说这话的是另一个PKM机枪手罗莎。她看上去年龄最大，个子也很高，体格健壮，留着一头红色短发，脸上长着雀斑，那形象就像是一位勇敢的母亲。她背上同样背着背包和替换枪管，在背包后方，左右两边分别挂着三个等离子手榴弹。

"好了，那些还是等拿了冠军再想吧，各位姐姐。"

用妖冶的语气回应的，是安娜。年龄大概二十出头，看上去是小队里最年轻的队员。绿色针织帽下，是半长的金色鬈发。另外，她还戴着遮住眼睛的墨镜。

她也是狙击手,背上背着装有四倍瞄准镜的德拉贡诺夫,胸前挂着双筒望远镜。

"希望最后一击能由我来打。"

最后出声的是塔妮亚。她是个矮个子,但身高也有一米六,一头银色的头发剪得很短。锐利的目光和长脸令她看起来像只狐狸。她的右腰上和老大一样挂着手枪枪套,身上带手枪的就只有老大和她。

塔妮亚双手抱着俄制的冲锋枪PP-19野牛,外表看上去像是AK系列的缩小版,特征却是枪身下的圆筒形螺旋弹匣。

那是能将子弹旋转送入枪膛的构造,能由此增大子弹容量。塔妮亚的野牛使用的是9×19毫米帕拉姆弹,一个弹匣的子弹数量达到了五十三发,可连续射击的子弹数要在莲的P90之上。

枪口前方装着一个圆筒,那是消音器,能大幅度降低枪声。

她们使用的都是俄制的武器,在GGO里,俄制武器有一个共同的特点。

就是性价比高——性能还行,价格非常便宜。

单论性能,当然比不过欧美的枪,但加上"价格"这个参数,俄制的武器就要有利得多。枪也好子弹也好,购买时需要的点数都很低。

至于理由,GGO玩家众说纷纭。

有人说,因为这些枪原本就很便宜。

也有人说,因为这是游戏,特意将这些枪设定为不合理的低价。

其中最有力的一种说法是,这些武器制造商要的授权费用低。

虽说是在游戏里,但只要是以实名登场的商品,汽车也好飞机也好枪也好，如今都需要获得制造商的授权。

GGO要从外观、声音和性能上还原枪械，自然是取得了所有的授权，在设定上都是在未来发掘和还原出来的武器。

制作商的授权费用非常便宜，GGO很容易就能获得授权，游戏里的俄制枪械也就很便宜，受人欢迎。这个理由是最有说服力的。

不过，运营团体ZASKAR并没有就此发布过公告，真相依然不明。

但话说回来，在GGO里还是主流制造商的武器更受欢迎。

"很好！很有干劲！"

听到同伴们可靠又愉快的声音，老大摇晃着辫子露出了笑容。

"好了，走吧！去猎兔子！"

随后，安娜忽然唱起歌来："那座山啊——兔子美味——"

其他队员都喷笑出声，只有托玛一脸认真地问："这首歌……不是'兔子美味'吧？"

矮人机枪手索菲说："的确不是！是'去追兔子'！不过，要说到为什么去追，果然还是因为好吃！不好吃的话也没必要去追！"

"原来如此！果然还是为了吃！"

托玛比大家晚一步露出了笑容。

老大说："好了，这次就算捉到了兔子也不能吃啊。估计也不好吃。"

五人再次爆笑起来。

"不过，还是要尽全力狩猎！那可是能活到现在的兔子，千万不能大意！"

老大让所有人在瞬间紧张起来后，又说："注意他们的獠牙！上吧！"

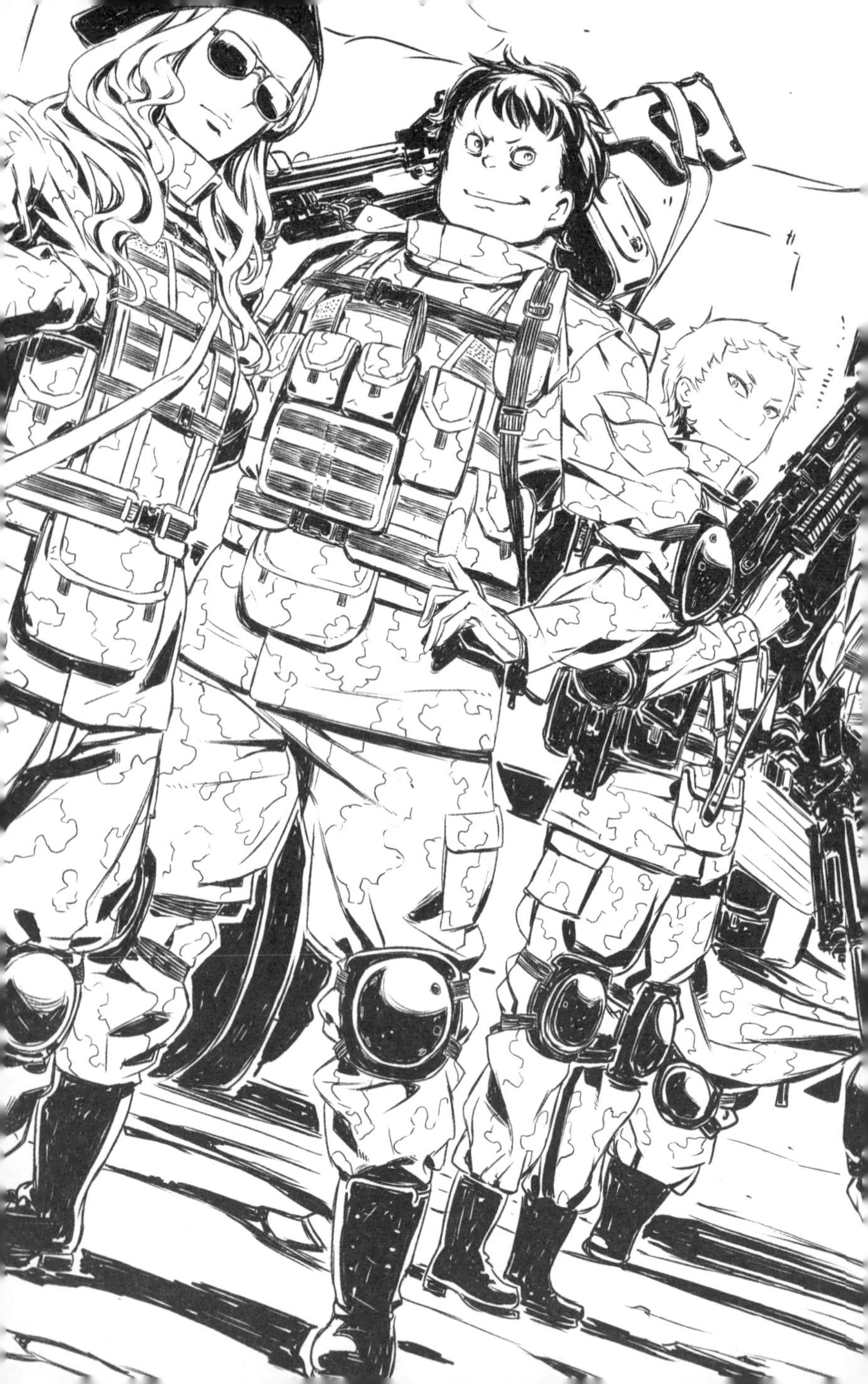

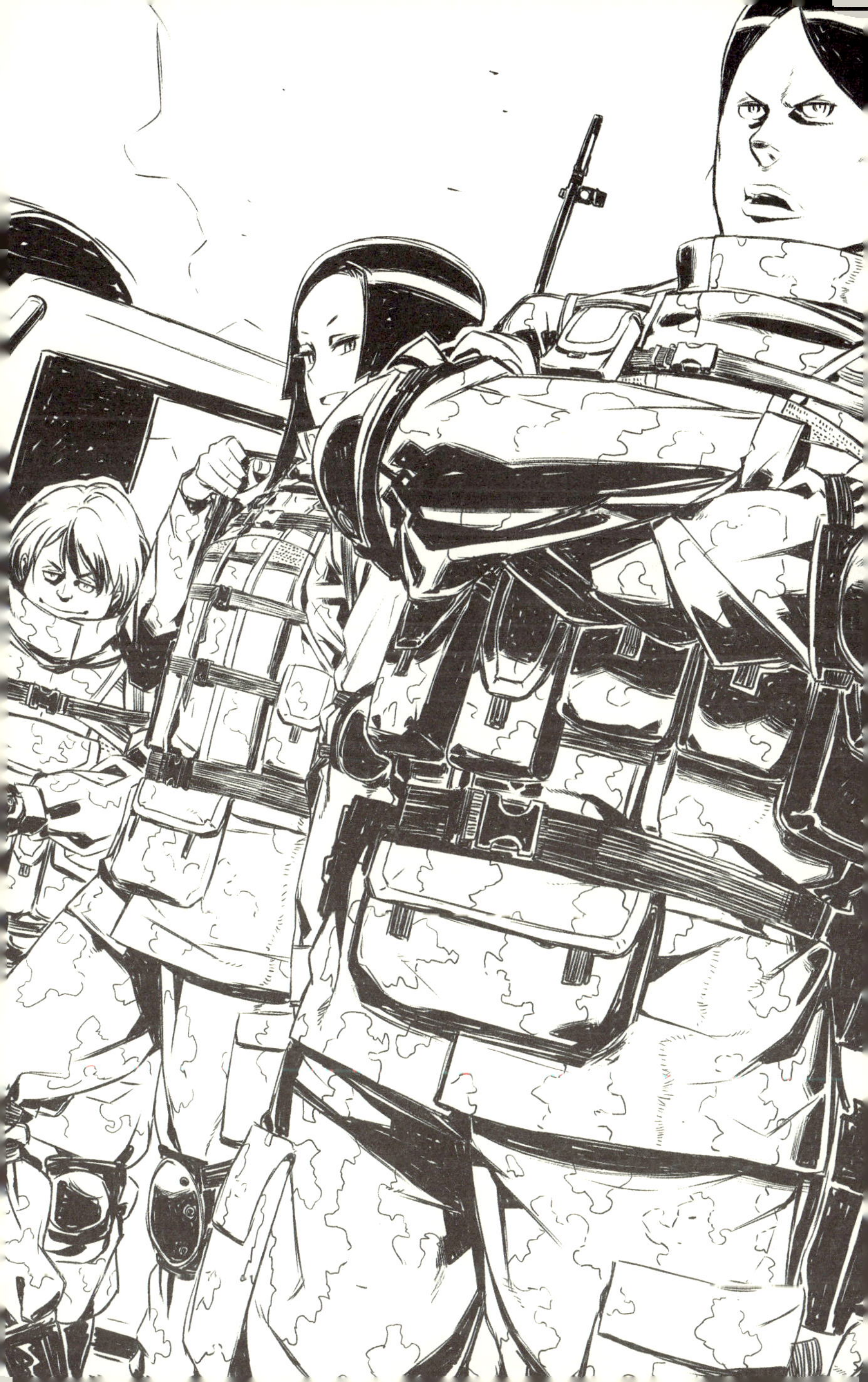

五人的声音一起在荒野上响起："呜噜啦——"

* * *

这时的粉红色兔子——

"怎么办怎么办怎么办？一个人要怎么办？到底该怎么办？"

她边说边跑。

手表上显示的时间已经过了15点16分，就算是用人类的双脚全力向这边跑来，这个时间也差不多该有接触了。

莲暂时停下奔跑，藏身在一块大岩石后方。

在快速蹲下时，棕色短发扫到了她的脸。

"啊，对了……"

莲终于注意到针织帽被M击飞的事。

我可是很喜欢它的——她有些生气，不过幸好被打中的不是脑袋。莲将围在脖子上的头巾解下来，绑在头上。

她回想起刚才那瞬间，尽管心中松了口气，却也为刚才的危险感到后怕。

随后，她又自豪起来。

因为她避开了正面袭来的枪击。

这是因为她这具身体的敏捷度相当高，也是因为她一直保持着警惕，才能在看到弹道预测线或是枪口时做出那么厉害的事。

莲反手扎起头巾。

"好！"

她感觉自己特别有干劲。

"来吧，最后一战！大打一场！"

莲鼓励着自己。

接下来，她能依靠的就只有自己和自己的武器了。

说到莲身上的装备，首先是爱枪小P——P90，能马上使用的弹匣有七个，仓库里还有一个，余弹三百九十七发。

她腰间左侧挂着两个等离子手榴弹，腰后还有一把特战匕首。

急救医疗针，无。

现在莲对敌人的情况几乎一无所知。不过，可以明确的是，敌队中有狙击手和机枪手，因此人数不止一人，而且还是存活到现在的强者。

"最后一战！大打一场！不过，也就是尽力而为了。"莲重新说道。

之后——

"要怎么做，才能最大限度发挥出我的优点呢……"

她思考着自己之前是怎么战斗的？怎么存活下来的？为什么之前能打倒五个人？敌人会如何看待自己？又会怎么攻过来？

思考结束后，她看了下手表。

15点17分。

"距离卫星扫描还有三分钟……"

莲用力握紧P90。

"好……冲啊！"

她踢起沙砾，留下足迹，开始像风一样疾跑。

空中的摄像头追赶着她的英姿。

"我、我并没有错！这、这样就好！"

满是岩石的荒野上，有一个男人在独自叫喊。

"大家都不知道那女人的可怕之处！所以才会说得出那么随意的话！我一点都没错！怕死有什么错！"

M不断地说着为自己辩解的话，但并没有人听。

他周围也没有摄像头，大概是认为他没有拍摄的价值了。

有的只是从他身前延伸向远方的小小足迹。

第十二章 最后一战交给我

第十二章 最后一战交给我

六个女人在满是岩石和沙砾的荒野上前进。

左上方能看见15点后的太阳,因此她们前进的方向是西边。

周围被岩石遮挡着,视野中最远之处大概是四十米。

小个子塔妮亚谨慎地举着装了消音器的野牛,作为先遣兵,也就是打头阵之人,在向前移动。

她的手指一直放在扳机上,让着弹预测圆持续显示出来。如果发现敌人,就能立刻将圆圈重叠过去开枪,和激光瞄准镜的使用方法一样。

塔妮亚的头发几乎没有晃动,她从岩石背后观察着前方。

"前方安全。"

确认前方没有敌人后,她向后方的同伴招呼道。

先遣兵的任务就是冲在前方,一发现敌人就立刻报告。当然,这是最危险的任务,若是敌方有埋伏,先遣兵通常会是最先被杀的一个。

剩下的五人里,机枪手索菲和狙击手托玛,以及同样配置的罗莎和安娜两人一组来组队行动。

两支小组处在先遣兵后方约三十米的位置,分左右散开,守护着全小队的前方和左右的大片范围。

"好。前进二十米。"

队伍的中央后方,时不时爬上岩石用双筒望眼镜观察的老大在指挥。

她们没有一人擅自行动,只进行极其简短的对话,一点点前进着。

时间来到15点19分20秒。

"距离扫描还有四十秒。"

老大的声音传进塔妮亚耳里。

上次是警戒后方的她盯扫描结果，但这次反过来了。后方的老大应该正盯着卫星扫描终端。

扫描期间，全队停止移动，警戒着四周。塔妮亚在目前藏身的岩石侧边停下脚步，半弯下腰。

这一瞬间，粉红色的兔子从她眼前的岩石后跳了出来。

对塔妮亚来说，不幸的一点是，接近过来的轻微脚步声和传进耳里的老大的报告声混在了一起。

在如同子弹般奔跑的莲从一块岩石背后蹿出来的瞬间——

"啊——"

她在前方二十米处的岩石右侧发现了敌人。

绿色的迷彩服，不知名的黑枪，银色的短发。

"啊！"

她非常吃惊。

不过对方也露出了大吃一惊的表情。

不能停！

莲没有放慢奔跑的速度，若是停下来只会被击中。移动速度才是她拥有的最大防御武器，这一点在之前的战斗里已经不断地得到了证明。

弹道预测线像是追在莲身后似的扫过来。

噗噗噗噗噗噗，被抑制的枪声连续不断地响起。反作用力很小的野牛微微摇晃着，小巧的空弹壳一个接一个从右方排出。

发射出的子弹追在疾跑的莲身后。

"哈！"

不过，莲先一步藏到了岩石背后，9毫米弹跟着在那块岩石上打出小洞。

"发……"

在说出"发现敌人"之前，塔妮亚从藏身的岩石旁飞奔了出去。弹道预测线和P90全自动模式打出的子弹几乎在同一时间击中了她刚才所在的地方，被子弹削下的岩石碎块在地面击起沙柱。

莲从藏身的岩石后跑出射击。

对方竟然躲得开！

她将枪口转向逃往视野左侧的人影，用全自动模式全力射击。P90的枪口在向左移动，这次的情况和刚才反了过来，是莲在追着逃跑的敌人射击。

随后，一见到逃跑的敌人将枪口指向自己，莲就开始全力冲刺。

两道弹道预测线如同长刀在相互斩击。

双方的枪口都闪耀着红线，仿佛挥剑般扫向侧跑的对手。

就像两只小狗在转着圈相互追咬彼此的尾巴。

P90的嘈杂枪声和野牛的低哑枪声在二十米见方的沙砾区域内交错着。

塔妮亚的背后和肩膀闪起两次中弹特效，而她打出的子弹都消失在莲身后。

两人的枪一同打完了弹匣里的子弹，沉默下来。

"啧。"

"呜。"

这一瞬间，不管是莲还是塔妮亚，都向着距离自己最近的岩石逃去。

紧接着,两人就以机器般熟练的动作从大大的弹药袋里取出各自的弹匣,开始赌上性命的装弹工作。

弹匣和枪本身都更大一些的塔妮亚迟了一步,在她将弹匣嵌进枪身中,想要拉栓上膛时——

"哈!"

红色的弹道预测线像探照灯一样从岩石背后逼近过来,塔妮亚明白自己甚至连将枪口指向对方的零点几秒钟都抢不出来了。

她将自己的爱枪扔了出去。

从岩石后飞出的野牛被弹道预测线照射到的一瞬间,就代替塔妮亚被击中,黑色的枪身上四处飞散出橙色的火花。

"敌方一人!武器是P90!速度快得惊人!"

塔妮亚看着爱枪被打飞,利用这一点间隙向同伴报告。

同时,她将手伸向右腰的枪套。就在她报告完毕,手也握上手枪握柄的瞬间——

一道娇小的粉红色影子冲到她眼前,红色的线切到了她身体正中央。

这一切从开始到结束仅仅十秒。

15点20秒的卫星扫描没有开始。

"做到了……"

莲在短时间内来回奔跑,并视情况打出了近一百发子弹,终于消灭了敌方小队一人。但下一瞬间,她的左肩一阵钝痛,眼前闪过亮光,是自己的中弹特效。

快跑!

莲近乎本能地跑了起来。

虽然她没有看到弹道预测线，但能清楚地听到自己身后响起的沙砾被击飞的声音，和激烈嘈杂的机关枪射击声。

等她全力奔跑到前方的一块大岩石后，接着响起岩石被密集射击的声音。和这样猛烈的射击一比，刚才那个敌人的攻击就像儿戏一样。

"哇！哇！"

莲来不及回味取得战果的喜悦，也没空换掉打空的弹匣，只一个劲地逃跑。

"混帐！"

"看枪！"

索菲和罗莎两人的机关枪都在疯狂射击着。

她们爬上小一点的岩石，用右臂夹着枪托，左手拿着上部的提把，顶着腰部进行全自动射击。

和敌人接触的同伴没能等到支援，仅仅十秒钟就被打倒了——这事她们只要看看视野左上角的生命值就能知道。

而同伴在死前留下的信息，就是敌人的数量和武器。

她们在岩石上看得很清楚。粉红色的娇小影子穿梭在岩石间，匆忙逃窜着。

狙击手安娜爬上更高的岩石，站在上面举起德拉贡诺夫，透过瞄准镜对着粉红色背影射击。

"死吧。"

但对方速度太快，她抓不准扣扳机的时机。

"可恶。"

总是差一点，子弹一直打偏。

"啊——"莲高声叫喊着。

她一边在心中叫道"这是今天第几次了",一边在枪林弹雨中不断逃跑。

她周围再次像演唱会现场一样亮起一道道红线,子弹的破空声一直没停,打中地面后扬起的沙砾不断落在她脸上和嘴里。

"呸!"

要想活下去,就必须设法拉开距离。

在碰巧和幸运的交叠下,她才能打倒最初的那一个敌人,但若是一直被这么猛的火力包围,就不可能再有下一次打倒敌人机会了吧。

"呀——"

莲发出接近哭泣声的惨叫,不断地奔跑。也不知道跑了几十秒钟,世界才终于安静了下来。

岩石后方,是带着闪亮"Dead"标志的塔妮亚的尸体。

在BoB和SJ里,死亡——生命值清零的瞬间,脸上的表情会保留下来。塔妮亚闭着眼睛露出笑容,带有完成了一份工作的成就感。

"我们会帮你报仇的。"

高大的老大蹲下身,拍了拍她小小的肩膀,小声说道。

之后,她解下塔妮亚腰间装着手枪的枪套,递给后方的托玛。

"你或是索菲拿着吧,如果有机会,就对敌人打上两三发。"

"明白。"

托玛接过枪套后,老大将背上的大背包放在了沙砾上。

"最后让我动手。"

她从包里抽出黑色的枪身。

莲不留余力地全力奔跑着，已经不知道自己跑出了多远。

"呼……"

现在她终于能喘口气了。虽说奔跑不会气喘，但还是会带来精神上的极大疲劳。

莲藏身在一块大岩石后方，稍事休息。

她先确认了下自己的生命值，刚才逃跑时甚至没顾得上去看。毕竟她在使出全力奔跑时，速度能和自行车一样快，若不盯着前方就会撞到岩石。

刚才中的那发子弹只是擦过肩膀，生命值还剩下七成。不过，即使除开要害，只要再被打中两三发，也有可能会死亡。她已经没有急救医疗针了。

另外，虽说应该已经结束，莲还是确认了下卫星扫描终端。正如她所想，扫描结束了，她把终端收回了胸前口袋里。

接着换下P90的空弹匣。尽管事出突然，可她实在是打得太不客气，一下子就用了两个弹匣。

莲快速地操作着游戏窗口，从仓库里取出最后一个弹匣，装进弹药袋里。

这样加起来就是——

"六个，只剩三百发……"

她在SJ里只能打这么多了。

如果打倒一人要用上一百发，那当然是不够的。刚才的枪击如此激烈，敌方剩下的肯定不止三人吧。

"如果是五人，就是一人六十发……"

要是在战斗中用得比这还多，之后就只能投降了。虽然她还剩两个等离子手榴弹，和一把匕首。

"嗯，就用来自杀吧……"

莲说着丧气话。

这时，仿佛要驱赶她一般，远处又开始响起机关枪的吼声。

"哇！"

莲后背一抖，跳起身来，随后又俯低娇小的身体。

这次不是连续的射击。

嗒嗒嗒嗒嗒，嗒嗒嗒嗒嗒。对方每隔一秒就重复射击五发左右。

"大约两百米，对面……"

莲躲在岩石后方，回想起和M进行过的练习，猜测出大概距离。

只是能明白是远还是近，她就能感到安心。幸好做了那个练习——就在她这么想的瞬间，地面中弹的声音消失了。

莲小心翼翼地抬起身体和头。

"嗯？"

她看见了空中高处的弹道预测线。

是在她头上几米左右的位置。空中的线，及随后飞来的子弹的破空声很快就消失了。头上左右两边各有一条，应该是两架机关枪在反复进行交互射击。

莲没花多少时间就明白过来，对方不是在对自己开枪。那么，会不会是在对M开枪——估计也不是。

应该只是单纯地对着敌人有可能在的地方射击而已。

莲回想起Pitohui说过的话。

"小莲，如果在PVP中陷入不利的情况，那不管多害怕，也不能毫无意义地乱射。那种行为就像毒品，只在射击时能让人忘掉不安，却会浪费子弹，还会把自己的位置和自己在害怕的心理状态暴露给敌人，是下下策。"

在远处不停歇的枪声和头上隐约传来的子弹破空声中——

"说不定还能赢……"

莲说着,暗自窃笑起来。

我从刚才起就很害怕,敌人当然也会害怕!

有一个同伴被打倒,她们当然很不安!

所以才会像这样,明明不知道我的位置,却一直在开枪!

说来也真是现实,当莲想到还有胜算的瞬间,思考就迅速地切换成积极模式。

还有三百发!一人十发的话,就还能杀三十人!

她立刻站起身,举起了P90。

"好……从右边开始。"

她开始小跑起来,向着自己右边的那架闪着弹道预测线的机关枪前进。

这次突击比刚才要轻松得多。对方的射击声和弹道预测线简直就像是引导自己的北极星和灯塔。

即使如此,莲还是小心翼翼地在岩石和岩石之间穿梭,迅速移动后就躲藏起来,缓缓观察前方,然后再次迅速移动。

她甚至还有心情享受这种紧张的刺激感。

就这样独自打倒剩下的敌人,自己不就是SJ的英雄……不对,不就是SJ的女英雄了吗?

那样一来,就能让阵前逃亡的M和发出莫名其妙指令的Pitohui大吃一惊了!

说不定还会有英雄访谈,不对,是女英雄访谈。

"哎呀,最后只剩我自己,我也轻松获胜了哟。"

到时自己就能这么说了。

就在莲这样幻想时,她被左边无声的攻击击中了。

第一发子弹命中了莲的左臂。

她整条手臂立刻发麻，变得无力。

紧接着，第二发子弹命中了她的左腰。

也算是幸运，子弹打中的是装P90弹匣的袋子，里面的一个弹匣用不了了。

在她因为左腰被命中而失去平衡的途中，第三发子弹掠过了脖子。

"呀！"

左半边身子一阵钝痛，莲一声惨叫，然后加快脚步。同时，她想通过声音听出子弹来自哪里，但她没听到！

这一事实令她愕然。

被击中的时候，正好是机关枪的射击间隙，是安静的瞬间。

她连自己跑动的脚步声都能听到。

可是，突然被连续打中三发，她却没有听到子弹飞来的声音。

仿佛自己不是被远处的子弹击中，而是被近处某个看不见的人用枪指着打——莲甚至产生了这种想法，当然，那是不可能的。

她看了下自己的左半身，上臂在发出中弹特效的红光，生命值也猛地减少了一截，变成了黄色，最后停在四成左右。

左腿上的弹药袋倾斜着，开了个大洞。

"呜……"

透过那个大洞能看到被打坏的弹匣，她能够射击的余弹数减少了五十发。

如果中弹之处再偏一点点，腿上的疼痛和伤害可就不只是这样了。她会因为麻痹而跌倒，成为靶子，现在就已经死了吧。

"我、我……"

莲边逃跑边说。

"还、还是很幸运的……"

"她走的什么狗屎运……"

老大看着消失在自己视野里的粉红色猎物,这样说道。

正是她在从大约一百米外的岩石背后狙击莲。

她飞速地瞄准了跳出来的敌人并射击。

第一发子弹原本瞄准的是心脏,却被对方挥起的左臂所阻挡。第二发子弹应该打中了腰部,却没有看到中弹特效,估计是打中了装备,没能打出伤害吧。第三发子弹仅仅是掠过了脖子。

老大在通信器里对四名同伴说:

"没能干掉她,对方往南边逃了。照计划转为追击战。她的生命值所剩不多,但也不能大意。另外,那身粉红色很不显眼,真让人意外。"

她听着"明白"的回复声,旋转自己枪支扳机后的旋钮,调到全自动模式。

那是一把仿佛将德拉贡诺夫缩短了尺寸似的枪,无论如何都说不上好看。

长度为九十厘米左右,装有瞄准镜和二十发子弹的长弹匣,外形很像突击步枪。令它显得异样的,是枪身上覆盖着的粗圆筒。

这把枪正是俄制的微声狙击步枪VSS,又称螺纹剪裁机。

它之所以被开发出来,是考虑到特殊部队要如何在中距离(四百米左右)下进行无声狙击的情况。

这把枪有两大特点。

一点是,短枪身前方一开始就装有巨大的消音器,能够抑制火药爆炸声。实际枪身非常短,看上去像枪身一样的圆筒全是消音器。

另一点是，它使用的专用弹——9×39毫米弹，是一开始就设计为速度不超过音速的子弹。

若是超过音速的普通子弹，开枪时的冲击波就会产生爆破声。也就是说，在开枪时，火药的爆炸声和冲击波几乎同时产生，混合成了"砰"这声枪响。

就算消音器能抑制爆炸声，也不可能消除爆破声。因此，就算是装上了消音器的枪，开枪的时候也会产生爆破声，就会被目标察觉到我被射击了。换成将子弹速度降到亚音速的螺纹剪裁机，就不会有这种现象，它能静悄悄地发射出大口径子弹。

即使身边的同伴倒下，别人也弄不清楚子弹是从哪里飞来的，甚至不知道是不是被击中了。这就是螺纹剪裁机。

老大特意让机枪手不断放空枪，以此吸引敌人的注意，也让人像莲那样麻痹大意地觉得——嘿嘿，那些家伙在害怕。

趁着敌人大意接近时，视情况出手。

若是在视野好的宽阔地带，就在远距离下用两把德拉贡诺夫狙击。

若是在遮蔽物多的狭窄地带，就由敏捷的塔妮亚用冲锋枪来射击。

又或者是如莲刚才那般，被悄悄接近的老大用微声狙击步枪打倒。也有可能是塔妮亚和老大联合攻击。有时也会是两队二人小组同时从左右夹击。

她们六人就这样在SJ的战场上一直连胜到了现在，在老大的命令和指示下进行着团队合作。

在她们占据遗迹的有利地形作战时，曾同时和蜂拥而至的三支小队交手，还迫使对方暂时联手。

但临时结盟的队伍之间并没有默契,最终还是败给了她们。

不管哪支小队,直到被全灭前都没有察觉到,她们竟然让作为火力中心的两名机枪手当诱饵。

"好,上吧!西南方向,索菲组移动,罗莎组掩护。"

为了结束最终的狩猎,五人开始移动。

负责掩护的机枪手和狙击手开始向着敌人所在的方向零散射击,通过弹道预测线和撒向周围的子弹来限制敌人的行动。

在此期间,移动组则占据有利位置。在现在这个战场上,就是占据视野好的岩石。

托玛爬上正前方的大岩石,在前方大约一百米处发现了在岩石与岩石间逃窜的粉红色小矮子。

"发现目标!太阳正下方,约一百米!"

托玛举起德拉贡诺夫向同伴们汇报,同时开始射击。

刚才她瞥见那个粉红色小矮子冲进了一块岩石后。那是一块宽两米左右的小岩石,托玛用瞄准镜瞄准岩石左右两边,每隔一段相同的时间就开一枪。这是令敌人无法离开藏身处的牵制射击。

几秒钟后,索菲背着PKM从托玛身后爬了上来。确认过托玛打出的子弹落点后,她问:

"是那块岩石吗?"

听到托玛用俄语回答了一声"是"后,索菲将PKM的枪口高高举起。

"肩膀借我!"

德拉贡诺夫余弹不多了,托玛停下射击,用肩带将枪挂在身体前方。

随后,她马上用空出来的双手抓住PKM两脚架的左右两边,将枪身架在自己右肩上,再蹲下。

以身体当枪的依托物——在没有依托物,同时只用两脚架的卧姿射击又太低的情况下,利用人类身体的射击方法。

姿势稳定下来后,女人开始了猛烈的射击。

"去死吧!"

这里距离小矮子藏身的岩石仅仅是一百米多一点。

着弹预测圆准确地罩住了岩石,膨胀到最大时也只是岩石的两倍。

随着重低音响起,飞出去的子弹化为音速之刃,毫不留情地落下。

"啊——"莲大声叫喊着。

不行了,已经不行了。啊,终于不行了,真的不行了。会死会死,会被打中,会死会死会死!

虽然今天她已经被机关枪攻击了好几次,但都没有这一次这么恐怖。

她背靠着的岩石至少也重达几百公斤,那么大一块石头现在却摇晃个不停,另一面不断响起被子弹削落表面的可怕声音。

周围也不断地有弹道预测线和子弹飞过来,在沙地上溅起如水柱一般的沙柱。

枪声比以前更响更清晰,如同在夸耀彼此之间离得很近一般,左右两侧和上方都在传来子弹的破空声。

能逃得掉吗?

远离敌人的方向上,下一块岩石在大约二十米外,那前方还有前所未见的密集岩石群,应该更容易藏身。

虽然莲这么想,但——

不可能逃得掉啊!

一直有子弹落在两块岩石之间。

看这情形,别说到达那边了,从这里冲出去的瞬间就会中弹吧。而她只要再被打中一发子弹,只剩下四成的生命值肯定会清零。

那么,一直躲在这里如何?

答案很简单。敌方小队的其他队员应该正在向这边靠近,自己绝对会被对方逼近。对方要不就是会从旁边开枪,要不就是会扔等离子手榴弹过来。最终还是一死。是的,游戏结束。

莲想象着下一瞬间就有等离子手榴弹滚到自己脚边,然后毫不留情地爆炸开的情形。

"呜……"

她禁不住微微颤抖起来。

与此同时——

等离子手榴弹?

莲想起自己也有这东西。她伸手摸上左腰,有两个球体还挂在那里。

它们所挂的位置距离弹药袋上被击中的孔洞不到五厘米。

等离子手榴弹便宜且杀伤力大,为避免滥用,它在设定上还有个一旦中弹就会被引爆的陷阱。

所以大家都尽量将它挂在腰后,这是将容易抓起来投掷的方便性与安全性放在天平上比较过后,得到的最佳位置。至于被侧面攻击时会不会被引爆,就只能听天由命了。

刚才那一发子弹如果打中了它们,就算莲的生命值是满的,当时也会被炸死。想到自己竟然如此走运,莲都惊呆了。

也正因为活了下来,才会有现在这种恐怖经历。

在密集飞落的子弹雨中,莲从腰间取下手榴弹,定定地盯着这个黑色圆球看。

转动上方的把手,就能设定爆炸延时,若是直接按下按钮,爆炸时间就默认推迟三秒半。

如果现在尝试性地按下去,算上生命值减少的时间,五秒之后她就会被弹出SJ,心情也会变轻松了吧。

"……"

莲的目光变得可怕起来。

她仿佛要把等离子手榴弹瞪出一个洞。

"拜托了啊。"

她按下了按钮。

一。

一秒过去。在此期间,周围的沙砾还在被子弹打得飞扬起来,岩石依然在摇晃。

二。

两秒过去。莲反手将手榴弹扔了出去。

三。

三秒过去。莲背对岩石猫下腰,准备冲刺。

"喝!"

等离子手榴弹在岩石另一边爆炸的同时,莲冲了出去。

爆炸掀起的暴风在半径两米的区域内刮过,沉重的岩石剧烈摇晃着,但并没有被破坏。

不过,当时飞在空中的子弹都受到了冲击,向上方和侧方弹开,改变了前进路线。

在奔跑出去的莲的背后,暴风成了一道守护屏障。

"什么!"

索菲太过吃惊,不由得停下了射击。

给机关枪当台基的托玛也看得很清楚。

岩石前发生了蓝白色的爆炸，使得曳光弹的路线发生扭曲。同时，粉红色的小矮子逃了出去。

虽然索菲将瞄准点抬高一些后再次射击，但子弹还是差了一点点，没能打到粉红色小矮子的脚下。

"可恶！动作太快了！"

看到对方逃进二十米外的岩石后，索菲立刻停止了射击。

"对方以爆炸为盾，逃走了！在往西边移动！那前方岩石密度很高！大家要注意！"

"明白！刚才的爆炸也让位置更清楚了。东北边，距离我们四十米左右。追击。"

老大立刻回答道。

"明白！填装子弹后就追！"

索菲将PKM从托玛肩膀上拿下来，从枪下方取下余弹应该不多了的弹药箱。

托玛打开索菲的背包，从里面取出另一个弹药箱。

"那家伙……很强。"

女矮人一边动手填装子弹一边赞同道：

"真的是……最后还给我们准备了个可怕的敌人。"

成功了成功了成功了成功了啊！

等离子手榴弹的爆炸能不能成为挡住子弹的盾牌，莲也不知道，这只是她孤注一掷的赌博。

而她赢了，暂时逃进了新的藏身地，现在还在继续奔跑着。

这一片岩石很多，若是全力奔跑，有可能无法避开，她只得大幅减低速度。

然后，就一直逃，一直逃……

之后该怎么办？

莲突然这么想。

逃走，然后该怎么办？

她逃跑的脚步缓了下来。

在满是岩石的空间里走着，莲思考。

对方还有三人以上。实际上，人数应该不止这些。

武器包括：能打出大量7.62毫米子弹的机关枪两支，能在六百米处狙击的自动式狙击枪最少一支，还有自己听不到开枪声的未知枪型一支。

而自己的则是：冷静射击时射程也只有两百米左右的P90，等离子手榴弹一个，以及匕首一把。

咦？这么说来——

越是拉开距离，其实越对自己不利吧？

刚才自己打倒了一个人，是怎么打倒的？为什么能打倒？

不对，至今为止自己干掉了五个人，又是在什么情况下取得了这样的战果？

莲停下了脚步。

是近距离。至今为止，我在打倒敌人的时候，都离敌人非常近。

是这样啊……

"不能逃……"

莲看着右手里的小P。

"对啊，小莲！你终于发现了！来！别再从敌人面前逃走！你应该反过来迎上去！活用你的速度和灵巧，打出你的风格！我会一直跟在你身边的！我们生死与共！"

涂装成粉红色的奇怪枪支仿佛在用欢快的语调说道。

只是，莲毕竟不想变成那种会和枪支心灵相通的危险女人。

"没有的事没有的事。"

莲认为这不过是自己的错觉。

"好了，去打完最后一战！"

老大鼓舞着同伴们。

"跟着我上！"

她亲自打头阵，向着粉红色小矮子潜藏的地方进攻。

队长若是不肯冒险，队员就不会跟随。她很清楚这一点。

发生爆炸的岩石侧边，清晰地留下了敌人踩在沙砾上的足迹。老大将螺纹剪裁机举在腰边小跑着突击，并保持着高度的紧张和戒备。

轻松怀抱PKM的大妈罗莎，和用德拉贡诺夫的金发墨镜女安娜，跟在她身后约五米处。

她们三人里每次都只有一人在快速移动，另外两人则举着枪警戒，然后进行轮换。

在这种布置下，虽然有一人可能会被攻击，但剩下的两人就能立刻干掉敌人。打头阵的当然是老大。三人都没有说话，只是不断重复着这默契的配合向前推进。

在哪里？出来！

老大原本就长相凶恶，现在更是绷紧了脸，看上去几乎和野兽一样，和她那两条辫子真的很不相称。

随后，在从一块岩石开始向下一块岩石移动的瞬间，她发现了目标。

"什么？"

就在前方区区十米处，一块和餐桌差不多高的小岩石上。从头到脚，全身粉红色的小矮子就坐在那里，正看向这边。

她手里的P90并没有指着自己。不，她甚至都没把枪举起来。

接着，粉红色的小矮子笑了。仿佛见到了正在等待的朋友一样，她露出了开心的笑容。

在老大瞄准的瞬间，对方很平静地说道：

"在找我吗？"

这使得老大扣扳机的反应迟了一瞬，时间大概不足半秒吧。

"嗯！"

老大回答的同时飞快地用螺纹剪裁机进行射击。

"哈哈！"

同一时间，小矮子向后翻倒过去。

子弹无声地经过了小矮子的胸口原本所在的空间——现在则是翻倒的双脚间。

"浑蛋！"

叫喊着从老大身边冲过去的，是追上来的罗莎。她豪迈地用举在腰间的PKM开了枪，浑厚的重低音开始响起。

这把枪能够连续射击一百发子弹，就算持续射击，也需要将近十秒才能把子弹都打出去。

"看枪——"

随着不输给枪声的叫喊声，罗莎如同用水管洒水似的发射子弹，同时迈着沉重的脚步向岩石突击。

安娜举着德拉贡诺夫跟在后面。

"老大你往左！"

她边说边向右散开。

罗莎在中间，安娜在右侧，老大在左侧。

三人绕过那块岩石包围过去，准备一口气干掉对方。

在这种情况下，这样的打法并没有错。

"快停下！"

老大叫起来。

"上了！"

后翻下岩石的莲稳稳落地，然后再次跳起。

她没有逃走。

她已经明白，在这个距离下露出后背，只会让自己成为靶子。

她不会再露出后背。那又该怎么办？

主动靠近敌人！

莲轻巧地跳上刚才所坐的岩石，随后又用最大力量一跃而起。这是她充分发挥出敏捷度的一跳。

跃到空中的莲看到了自己眼下的三名敌人。

中间是用冲锋枪射击并正往前冲的中年女人。

在她左边，是一名拿着细长狙击枪的金发墨镜女人。

右边，是另一名在叫喊着什么的魁梧女人，是刚才和自己对上目光的那个人。

莲开始选择猎物。

从谁开始杀起呢？

老大，以及安娜，都看到了。

她们那个正在开枪的同伴——机枪手及其周围一片区域，都被来自上方的红线所笼罩。下一瞬间，沙柱溅起，其中夹杂着中弹特效的光芒。

"啊！"

PKM的射击停了下来，拿枪的人倒下了。

粉红色小矮子从空中落到倒下的罗莎身旁。

"浑蛋!"

"可恶。"

安娜和老大同时将枪口指向那个小矮子。

她们差点就扣下了扳机。

如果开枪了,那子弹一定会打中队友吧。

粉红色小矮子在两人正中间落地,又在下一瞬间往前滚去。

差不多该解决了!

安娜将长长的德拉贡诺夫向左挥,瞄准爬起身的小矮子,不断地连续射击。

但,子弹都从逃跑中的对方头上飞了过去。

好快!好小!

距离明明不到十米,却打不中。

绝对要在这里干掉你!

安娜这么想,继续连射,却没注意到粉红色小矮子用力挥了一下左臂。

一个黑色的球滚到了她脚下。

"快逃!"

最后,她听到了老大的声音。

莲感受着背后爆炸的冲击,全力奔跑,同时从右腿的弹药袋中取出新的弹匣换到P90上。

她没空将换下来的弹匣收进弹药袋里,只得将还剩二十发的弹匣直接扔掉,现在已经顾不上可惜了。

这样一来，剩下的子弹就只有两百发。

莲也没空确认战果。

刚才扔出的手榴弹落在了狙击手脚下，应该能干掉对方。不过，机枪手估计还没死。莲之前就看见了，从空中打下来的子弹很多都打偏了。

仿佛在证明她的猜想是正确的一般，大量的弹道预测线追了上来，超过了她。

没等莲藏到岩石后，子弹就飞了过来。左脚脚踝蹿起钝痛，她狠狠地栽了个跟头。

在全力冲刺时摔倒，真是狼狈。

"啊——"

莲就像坠落的飞机一样向前快速翻滚，扬起一片沙尘。

最终，她的后背和头用力地撞到了一块岩石上。

"咳！"

莲终于以双脚向前伸的姿势停了下来。

沙尘落下之后——

"啊……"

莲转动视线。

她首先看向自己的生命值，又减少了，已经降低到了三成以下，血条再次变回红色。

随后，她发现自己空着双手，挂在肩带上的爱枪并不在手中。不过她也很快感觉到，枪在背后，是在翻滚中转到自己身后去了。

最后，莲看向敌人。前方大约三十米的岩石上，站着神情像鬼一样可怕的大妈，身体各处还残留有中弹特效。对方将沉重的机关枪抵在肩膀上，枪口中出现的弹道预测线正在向着莲的脸、头、手、脚延伸。

对方当然会愤怒吧。

两个同伴被杀,自己身上也被打出许多洞,会生气并不奇怪。

莲没余力取下背后的P90瞄准。

也没余力收起前伸的双腿站起来逃走。

子弹马上就会飞过来,这就是自己死前在SJ看到的最后光景了吗?莲呆呆地望着。

接着,她留意到了,那个大妈背着的背包上,左右两边分别挂着三个等离子手榴弹,一共有六个。

如果刚才开枪时能有一发子弹打中手榴弹就好了!

莲感叹起自己的不幸。

不过,如果打中,自己也会被卷进连锁爆炸里死掉。

我果然还是很幸运的——她转念这么想。紧接着,又觉得自己临死前还在想这个可真是讽刺。

下一瞬间,子弹没有飞来。

"你很努力嘛!小矮子!"

老大的一句话传了过来。

拿机关枪的大妈看上去是想让自己在最后时刻听听她的演讲。

好啊,那就听吧。

在这期间的几秒钟内,或者几十秒钟内,自己的命还能延续。说不定还能找到拿出P90的空隙。

"好了,你去死吧!"

就只有三秒钟。

可以再多说一点啊,把你想说的话都说给我听。

莲这么想着,呆呆地看着接下来要杀掉自己的人。

而那个人,爆炸了。

所有人都看到了。

举着机关枪的人被几重蓝白色的光包裹住。

莲就不用说了，还有就在那人斜下方的老大也看到了。

以及在四十米外的岩石上举着德拉贡诺夫支援同伴的托玛，和拿着PKM的索菲，都看到了。

以及处在最远位置的另一个人。

剧烈的爆炸声在游戏世界中轰响。

只有莲从一开始就明白那边发生了什么事。

那是腰间的等离子手榴弹爆炸了，被引爆的。

她能想到的原因只有一个。

莲伸手摸上左耳，打开了里面的道具。

然后，她问：

"现在开始加入吗，M？"

回答很快就传来了。

"最后一战而已。"

# 第十三章 死斗 SECT.13

第十三章 死斗

老大看到同伴都消失在爆炸中，高大的自己也被爆炸产生的余波吹飞。

罗莎腰部垂着六个等离子手榴弹，老大运气不好，有一枚手榴弹被最初的爆炸吹飞，向她靠近过来又爆炸开。她无暇躲避，也受到了伤害。魁梧的身体被吹飞了三米左右，这才一屁股坐在沙砾中停下来。

"可恶！正常来说谁会拿队长当诱饵啊？"

感觉自己被欺骗的老大叫骂着，然后快速爬起身，确认自己受到的伤害。

生命值还剩六成，不算严重。

"呜！"

对她来说更大的伤害是，爱枪螺纹剪裁机不在她手里了。

因为塔妮亚和老大多是近距离战斗，需要更自由地用枪，就没有使用肩带。

这次却适得其反，枪被爆炸的气浪吹飞了。

当然，只要在周围找一找就能找到，但她没这时间。

老大毫不犹豫地从右腰的枪套里拔出了黑色手枪。

那是一把自动手枪，也是俄制的，阿森纳武器公司9毫米的手枪"雨燕"，出口版本名为"Strike One"。

老大用右手握着装有十七发子弹的雨燕，对还活着的两名同伴发出指示："西北有狙击手！别爬到岩石上！"

机枪手索菲回答："明白！我正在过去！"

举着德拉贡诺夫的托玛回答:"我让对方也向我开枪了!"

也就是说,在爆炸之后,她特意继续在岩石上探出身,引诱敌方狙击。而在被狙击后,她也还活着。

"线是从北边来的!距离最短也有两百米!"

她是狙击手,掌握到弹道预测线后,就将这个有用的情报告诉了老大。

"好!所有人上去干掉小矮子!包围她!"

"抱歉,莲,没能干掉狙击手。"

"没关系!"

莲回答的同时,M站起了身。她拉动肩带,将P90转到身体前拿起来。

现在可没时间给他们悠闲地说话。面前三十米处的岩石后还有一个敌人,现在应该向这边攻过来了。因为,如果换作莲,她也会这么做。

莲无视了旁边的两人,主动跑了出去。

她带着会撞成一团的觉悟向敌人猛冲,视野里的岩石在飞速后退。随后,从一块岩石后方冒出来的是——

"噢——"

高壮女人叫喊着,将手枪指向自己。

莲按下P90的扳机然后冲锋,借着拉近距离来从下方躲避对方的子弹。

她看到自己打出的子弹击中了高壮女人的脚,但对方并不是脚上中弹就会马上摔倒的柔弱敌人。

那么,就算猛撞过去也要不停射击!

莲穿过子弹向前冲。

"别小看人!"

她看到高壮女人抬起了又粗又长的腿,然后,那条腿就像圆木棍般从旁边向自己扫来。

"呜!"

莲发出轻微的惨叫声,被踢飞出去。

只有这个,绝对不能放手!

在空中飞过时,莲用尽全力握住P90的枪柄。

"咳!"

她腾空的小小身体落到了一块岩石上。

那是一块平坦宽阔的两米高岩石,莲的背部摔在了上面。她到底被踢飞出了多远?

"呜……"

虽然不是剧痛,但背部受到的撞击还是让她痛苦了两秒钟。

就在莲终于准备站起身时——

嘎吱。

一只大脚踩住了她的右手臂。

是那个高壮女人冲到了岩石上,她身上还有中弹特效。

现在,她正用右脚将莲的手臂和P90一起踩住了。

莲的手臂和P90如同钳子般被固定在她的肚子上,她的右手无法动弹,肚子还很难受,就像吃得太多时那样。

"你很行嘛!"

逆光之下,这名高壮的女人正在咆哮,莲看不到她的脸。

幸好看不到,肯定很可怕吧,像鬼一样。

莲也因此得以冷静地思考。

"最后一击了!"

高壮女人的右臂转向了自己。

她握着黑色的手枪。莲看到枪口的红线正对上了自己左胸——心脏的位置。

嗒嗒嗒。

毫不留情的快速三连击。

用不着开那么多枪啊,明明只要一发子弹自己就会死了。浪费子弹。

莲这么想着,感受到了令身体摇晃的冲击。

她又想:没有想象中的痛。

明明是对着心脏开枪,感觉却只是在胸口咚咚咚敲击一样。是因为第一发子弹就打死了自己,所以不再还原疼痛感吗?

不对。

莲看向生命值,血条虽然是红的,残量却和刚才一样。明明三发子弹都打中了,生命值却没有减少。说起来,身上也没有出现红色的中弹特效。

为什么?

"啊?"

敌人似乎比自己还要吃惊。

嗒,嗒,嗒,嗒。

这一次,对方还是对着胸口,缓缓打出四连击。套筒在快速地来回滑动,莲清楚地看到了每次滑动后飞出来的闪亮空弹壳。

但自己还是没有死。

"这家伙是不死之身吗?开挂了?"

怎么可能?

莲想这样回答对方。

不过在那之前,她察觉到了原因。她想起自己在战斗服的左胸口袋里放了什么了。

是卫星扫描终端——无法破坏的物品。

"可恶！护具吗？"

不，不是，但从结果上来说，的确是那样。

"那么……"

弹道预测线从胸部往上移，对准了莲的右眼，莲眼中的世界变得一片通红。

"呀！"

莲将脖子向左转。9毫米弹擦过右耳，击穿了她背后的岩石。

红线再次照射过来，这次莲将脖子向右转，就听到了左耳边上中弹的声音。

随后，高壮女人将手枪逼近过来，停在距离莲的额头仅仅二十厘米的地方。

莲虽然躲掉了两发子弹，接下来却是怎么都躲不掉了。

她今天已经不知道第几次有了赴死的准备。

"什……可恶！"

随着高壮女人的焦急话语和消失的弹道预测线，那份觉悟又立刻消散了。

指着自己的手枪，套筒停在了后方。

当自动手枪出现这种现象时，就是发生了世界上共通的情况。即，要么就是填装不良，要么就是没子弹了。

现在，是后者。高壮女人刚才开了太多次枪。

莲习惯逆光后，已经能看到对方的身体了。只见她依然用右脚踩着自己，左手从右手手枪上取下空弹匣扔掉后，又伸向自己左腿腿侧的弹药袋。

很明显，她是要取出手枪的预备弹匣进行填装。若是装上去了，这次就会有十几发子弹向着莲的脸砸过来。

不能让她装上去。

可是，该怎么办？能怎么办？

莲用了现在能用的武器。

她动起目前唯一自由的左臂，飞快地从左腿的弹药袋里取出P90的长弹匣。

"看招！"

莲大喝一声，用尽全力扔出弹匣。

装满子弹的沉重弹匣撞到了高壮女人的左手。

"什么！"

对方手上的手枪弹匣被打飞到岩石下。

"再来一个！"

莲拿出第二个弹匣，这次扔向了高壮女人的脸，长形弹匣打横过来击中了她的眼睛。

"呀！"

对方发出可爱的惨叫，令人想起玩家是个女性。

如此一来，她脚上的力量终于放松了一些。莲使出全身力气挥动右手，令对方高壮的身体也摇晃起来，向后倒去。

"呜！"

不过，高壮女人只是脚下一个踉跄，就稳住了身形。

趁此机会，莲向左翻滚逃开，又立刻蹦跳而起，伸出右手将P90的枪口指向前方的高壮女人。

"哈！"

她将剩下的子弹用全自动模式全打了出去。

砰砰砰砰砰。

弹匣里剩下的十几发子弹一口气冲出喷火的枪口。

但是，只有最初的五发打中了高壮女人的左臂和左手。

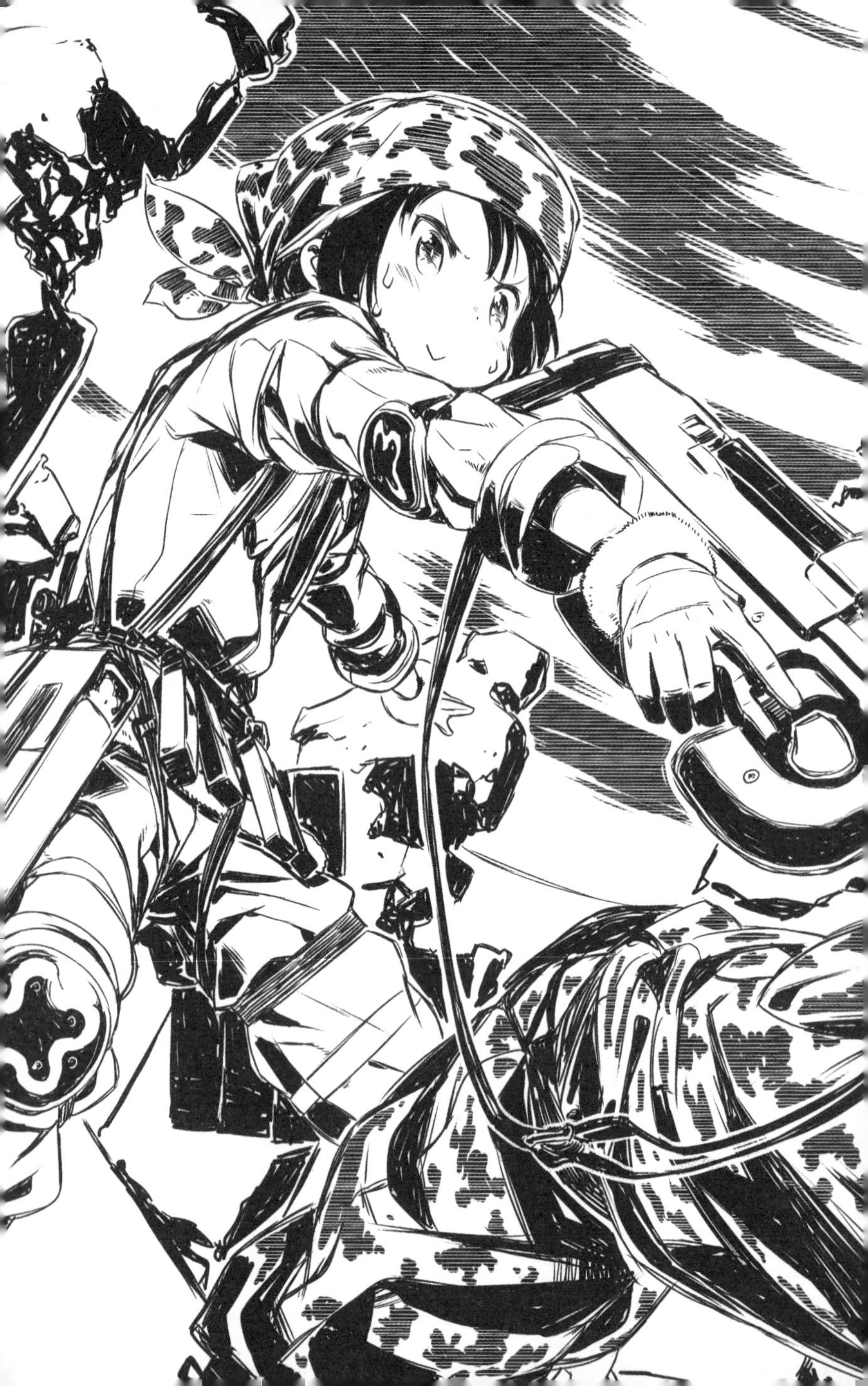

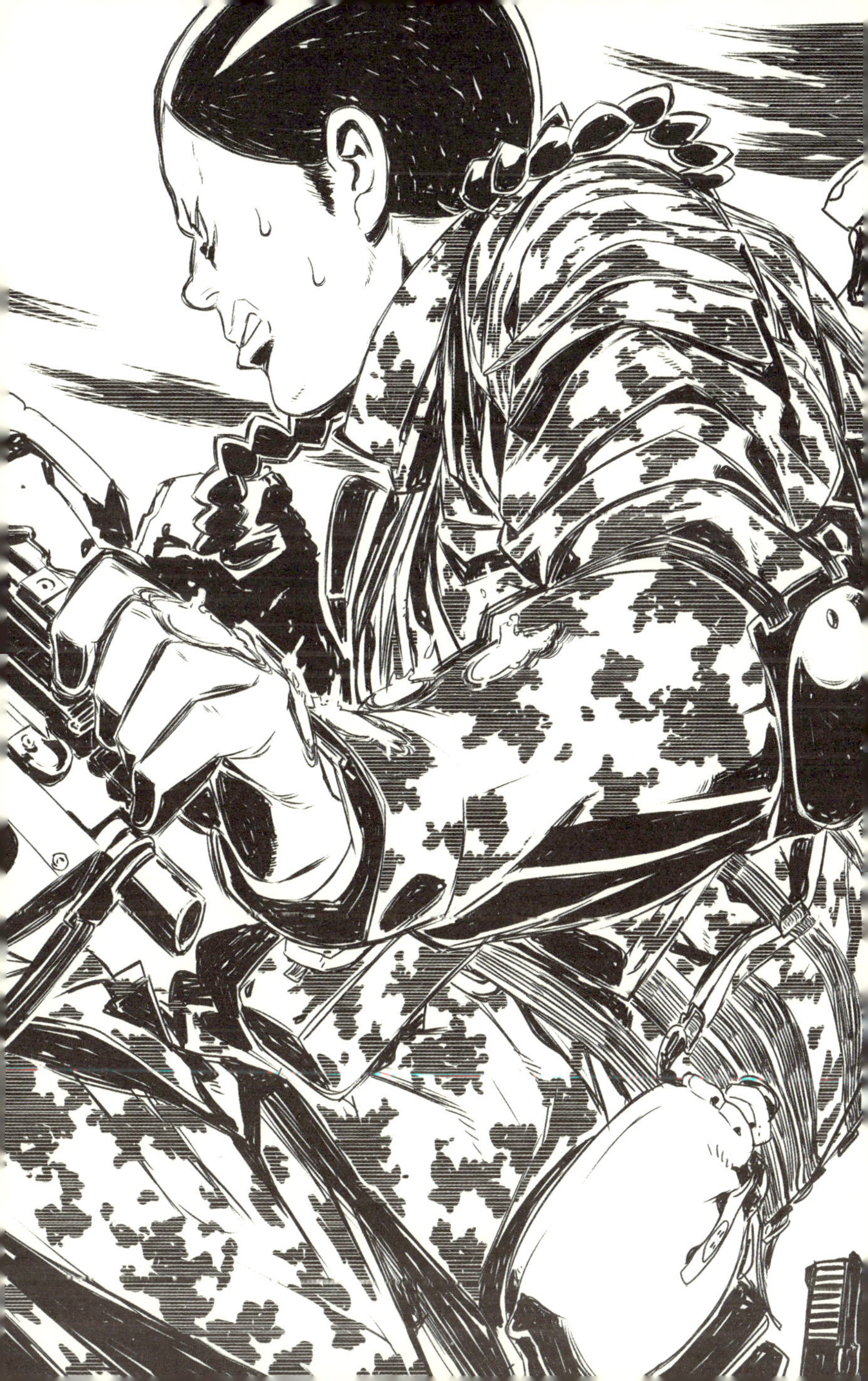

"啊？"

莲惊呆了。

她做梦都没想到，竟然会有人做出这种事来。

那个高壮的女人明白自己躲避不开后，竟然主动冲了过来，将左手伸向P90的枪口。

随后，她在被射击的同时，紧紧地握住了正在喷火的枪身前端，强硬地将枪口扯向身体左侧，剩下的子弹就打向了岩石下的地面。

一块大岩石上，右手握着P90的莲，和用左手握住P90前端的高壮女人保持着这个姿势静止不动了。

"你、你不痛吗？"莲忍不住这么问。

就算没有现实里那么痛，但左臂被打出那么多洞，应该也相当难受。

高壮女人的左臂和左手正在发出鲜红色的中弹特效。

"这个嘛，兴奋得顾不上痛了。不过，现在使不上力。"

她容貌虽粗犷，回答的语气却很女性化。

"小矮子，你叫什么名字？"

"莲。你呢？"

"伊娃。不过大家都叫我老大。"

莲右手用力，想将P90从高壮女人手里抽回来。

老大却继续用应该麻痹了的左手握住枪的前端，不让莲往回抽。如果她没有中弹，P90早就被她抢过去了吧。

两人较着劲，身体都在微微摇晃。她们动着脚保持身体的平衡，两人像跳舞似的不断绕圈交换位置。

莲将左手伸向右腿，但够不着弹药袋。就算能从那里拿出弹匣，她也不知道能不能给P90换上。

"子弹打完了。"

老大露出凶狠的笑容。

莲不知道自己现在是什么表情,回答道:"你也是。"

对方同样是右手拿着没了子弹的枪,还无法用左手换弹匣。

这样下去的话,老大的左手会恢复力气,不利的会是自己。

就在莲这么想的瞬间,对她更不利的事发生了。

"老大!"

莲在视野右端,大约二十米外的岩石上,看到了拿着机关枪的女人。

那个体格敦实的女人将PKM举在腰间,准备射击。

"可恶!"

不,她没有射击。如果现在开枪,明显会打中老大。

"不用管我,开枪!"老大叫道。

闻言,那个女人似乎也做好了把同伴和敌人一起打倒的准备。尽管如此,为了更正确地瞄准,她还把机关枪从腰的位置抬高起来。

把枪从腰间扛上肩膀瞄准,这不足两秒钟的迟缓,就成了她的破绽。

莲看到了。

对着自己……不,是对着自己和老大的机关枪的右侧面,迸出了一大团火花。

随着一声穿透金属的巨响,枪口的方向被强硬地推向了左方。

那必定是M那种没有弹道预测线的狙击。

第二发子弹飞来,命中了东倒西歪的女人的右侧腹,中弹特效亮了起来。

"呜!"

女人无力地跪在地上,动弹不得,只能成为第三发子弹的靶子了。随后,她将右手伸向腰间的枪套。

那原本是塔妮亚使用的手枪，和老大一样的雨燕。

她只拔出了手枪的弹匣，用尽最后的力量扔出来。

"接着！"

弹匣从她手里飞出的同时，M打出的子弹贯穿了她的头。

她无力的身体和机关枪一起向岩石下方滚落下去，然后亮起了"Dead"标志。

被扔出的弹匣微微回转在空中前进，路线准确地向着对峙的两人飞来。

莲看着它，思考着——

用左手抓住弹匣，装进手枪，再向我开枪，需要几秒钟？不，是需要零点几秒钟？

因为，她眼前的老大肯定会那么做。

那也是莲的机会。只要对方一松开左手，她就立刻将P90换到左手上，用右手拿出右腿一侧的弹匣换上——

那样的话，就看谁更快了。

不过，莲非常自信，因为她的敏捷度和灵巧度都有大幅提升，换弹匣也已练习过无数次。

能赢！

莲继续往右手加力，等着老大一松开左手就行动。

"你不会如愿的，小矮子。"

莲只见对方微微一笑，然后又感觉到她也在往从麻痹中恢复过来的左手上施力。

难道——

想到老大有可能会做的事，莲简直要怀疑对方精神不正常了。那种事，不可能做到。

弹匣在空中飞了过来。

第十三章 死斗

老大将右手手枪的底部伸向弹匣飞来的方向,慢慢转动。

怎么可能?

回转着飞过来的弹匣,向着老大配合着转动的手枪。

不可能!

哐地一下,漂亮地套了进去。

老大用拇指将卡榫拨下,子弹被吸进枪膛,套筒回位。

莲看着这一幕,想:这些家伙在现实世界中到底是干什么的?

她们竟然表演出了如此精湛的杂耍。

莲突然想到了街头艺人,头脑里还浮现出既然看了表演,多少都要付点钱才是观众的礼仪这种毫无用处的知识。

老大的左手终于松开了P90。

一直被拉扯着的莲向后倒去。与此同时,老大动起右手,将枪口指向莲的腹部。

"你……"

世界,及老大在动的嘴——

"去……"

看起来——

"死……"

都变得非常缓慢。

"吧!"

啊,这下子真的不行了,肯定要死了。虽然已经忘了今天已经第几次想到这件事,但终于要完蛋了。

莲这么想着,似乎听到了某个声音。

"别放弃!我会保护小莲的!"

不,她的确是清楚地听到了。

老大对着眼前那具娇小身体的腹部按下了雨燕的扳机。

她没有手下留情。

毫不客气地将十七发子弹向着对方的腹部打去——这次打的不是胸口了。如同机关枪似的连续开枪声轰鸣着,闪亮的空弹壳在短短的间隔里不断蹦到空中。

"怎么样?"

老大确信自己这次能胜利。

粉红色的小矮子被开枪的硝烟笼罩,看不见了。

尽管如此,老大依然没有大意,将打完的弹匣扔下,用左手取出刚才没拿出来的预备弹匣,想插进雨燕里。

"咦?"

缓缓动弹的人影让老大停止了动作。

"你竟然……"

粉红色的小矮子,还活着。

明明被对着肚子开了那么多枪。

"你竟然……"

老大听着如同从地狱深处涌上来般的声音,看到了。

"你竟然敢……"

还没有死的对手抱着的那个东西——被打成了破铜烂铁的粉红色P90。

然后,她听到了高声惨叫。

"敢打烂小P——"

她听不懂对方在说什么。

莲想着,我为什么会拿小P当盾呢?

在SJ里不会出现死亡后武器掉落的情况，所以莲觉得自己不会失去爱枪。但凡事都有例外。

尽管这样的事很少发生，但若是枪支在战斗中受到过大伤害，超过了本身所拥有的耐久值时，就会陷入无法修好的状态，也就等同于失去了这把枪。

我明明知道的，明知道这一点，却拿它来当盾。

为了活着，为了赢得游戏。

现在自己的确还活着。

小P死了。

"你竟然你竟然你竟然敢……"

我要把眼前这家伙宰了。

"敢打烂小P——"

老大被双眼通红的小矮子瞪着，一时被对方的气势所慑，不由得停下了往雨燕中放弹匣的手。

P90的残骸碎散在岩石上。

"原来如此……拿那个来防御住了，很棒嘛！"

她坦率地说出惊叹的话。

随后，她将弹匣装进枪里，滑上套筒。

就算被称赞，我也不高兴。我要杀了这家伙。

那一天，香莲拼命按捺被可爱高中生们激起的开枪欲望。

现在却没必要再隐藏了，甚至可以大开杀戒。

莲这样想的时候，看到老大摆出了准备开枪的样子。

随后，莲又想，虽然我没了武器，但咬也要咬死你。该咬她哪里，才能削减生命值呢？

这么说来，M好像讲过那种残忍的打法。

那是在什么时候？

星期五吗？

不，不对。就是今天。而且，从他说完到现在，还没满两小时。

莲终于想起了当时M交给自己的东西。

就在老大用手枪对准莲的脑袋的瞬间，莲瞪着弹道预测线踢了下大地。

"浑蛋！"

老大将雨燕指向突然冲向自己的莲，开了枪。

不过，娇小又速度快的莲躲过了子弹，竟然从老大的双腿间穿过，消失在后方。

为了雨燕不被夺走，老大将枪收回到身边回过身。

"开什么玩笑！休想逃走……"

她这么说着，同时发现世界有些倾斜，是左腿没能如预想中的支撑住身体。

"什么？"

随后，老大发现自己的生命值猛地减少了。

她看向左腿，这才明白过来——那里有一道细长的中弹特效……不，不是中弹，是一道又细又长的伤痕。

被割伤了？

老大立刻抬起视线，看到莲正反手拿着一把黑色的狰狞匕首。

"哈！"

随即，她看到那个身影再次向自己冲来。

"可恶！"

稍早之前，托玛就注视着岩石上那两人的战斗。

她趴在距那边约五十米的岩石上，举着德拉贡诺夫。

她的德拉贡诺夫上没有瞄准镜。

因为瞄准镜刚才掉落到了岩石侧边，摔得粉碎。

刚才，托玛为了确认敌方狙击手的位置而从大岩石上探出身子，然后她看到了。仅仅一瞬间，她就被对方精准狙击，而她看见了对方开枪的身影。不知为何，她明明没看到弹道预测线，却看到了闪起光的枪口。

下一瞬间，瞄准镜里的视野变得一片黑暗。在仿佛被枪推着滚下了岩石后，她就明白了原因。不是自己被击中，而是瞄准镜被击中，用不了了。

对方的射击精度如此之高如此之快，令托玛背生寒意，但她也因此而逃得一劫。托玛快速地取下瞄准镜和瞄准镜用的托腮板。

"还没完呢！"

她从另一块小岩石背后压低身体探出头，开始用装上普通金属瞄准器的德拉贡诺夫来支援老大。

在粉红色小矮子被踢飞到岩石时，托玛立刻瞄准了对方。

"呜！"

但因为老大也冲了上去，她不得不中止射击。

仅仅五十米，如果有瞄准镜，这距离连指尖都能打飞，但用普通的瞄准器无法做到那么精准。

托玛在远处看着两人展开死斗，一直无法开枪。

若是随便开枪，她害怕会打到身体面积更大的老大。

而且，就算打中粉红色小矮子，贯穿过去的子弹也有可能会给老大造成伤害。

为了不让弹道预测线碍事，托玛的手指没有放在扳机上，视野里也就没有出现着弹预测圆。

于是，她只能一直在远处观察着战斗情况。

在老大接到了同伴扔过去的弹匣，用手枪对着粉红色小矮子猛烈地连续射击时，托玛就确信自己小队能够获胜了。

毕竟敌人已经没多少血了，根本挺不过如此近距离的连射。

"为、为什么？她是僵尸吗？"

可看到再次动起来的粉红色小矮子，托玛打从心底里感觉到了恐惧。

"看招！"

莲再次冲过来。

"开什么玩笑！"

老大开枪，又一次打偏了。

莲就像避开拳头那样流畅地躲避，冲到老大胯下，再从另一边钻出，同时切开老大大腿内侧的动脉。

"呜！"

这次是右腿被割开，生命值再次减少，终于掉进了黄色区域。

白刃战吗？！

老大理解了这场战斗的本质。

虽然自己拿着枪，但现在已经不是枪战了。

她的脑海中浮现出第三次BoB的转播影像，那个时候也是，接近最终战局时的死斗不知为何变成了刀与剑的战斗。

眼前这个挥舞着匕首的粉红色小矮子，能看到自己手中雨燕的弹道预测线。子弹就是跟着线打出去的，她只要把那条线当成斩击来躲避就好。

而且,对方的敏捷度远超自己。

自己现在相当于拿着长剑挥舞,对方则是用匕首冲过来攻击,攻击距离虽短,却看不见会攻向何处。

老大转回身,改变了战术。

莲第二次钻过老大的胯下。

再来一击!不,再来几次都行!

她翻身爬起,看见了老大右手手枪处延伸出的弹道预测线。

只要躲开那个就好。

只要不让它碰到身体,我就不会被击中。

展开死斗至今,莲已经不会再犹豫了。

我要给小P报仇。

莲的脑子里只有这一个念头,她将右手的匕首举到头前,开始第三次突击。

咦?

这时,莲看到老大改变了握枪的姿势。

老大的右手放开了枪柄,改用左手握住枪的前方。

"嘿!"

她就这样向着莲挥起左手。

是把手枪当成锤子来打人了。

突击一旦开始,就无法停下来。现在没了弹道预测线,莲也只有到最后一刻才能知道对方会攻击哪里。

当她知道对方的目标是自己的右手时,已经来不及放低或收回手臂。

如果匕首被打飞,那就完了。

莲用尽全力张开右手。

老大的手枪击中了莲的右手腕。

咔嗒一下，敲中骨头的可怕声音响起。莲的右手被打得大幅度偏向外侧。

系统认定这一击造成了相当于骨折的伤害，莲的手腕处亮起中弹特效，生命值也猛地下滑，还剩下一成。

匕首被打飞了！

这么想的老大却又看到了。

那把匕首正浮在自己和莲之间的空中。

而莲的左手正在伸向它，接着就握住了刀柄。

原来如此，是在被击打之前主动扔出了匕首吗？

老大甚至赞赏起对方来。

"哈哈！"

她自然地发出了笑声。

莲紧紧地反手握住匕首，原地轻轻跳起。

对方脸上带着笑，她向顶着那颗脑袋的粗壮脖子，从左往右——

"哈！"

横向划过去。

在莲落地的同时，对面的高壮身体向后倒下，上方显示出闪亮的"Dead"标志。

"那个浑蛋！"

托玛再也没有理由犹豫了。

她在岩石上半部分抬起身，手指碰到德拉贡诺夫的扳机，让着弹预测圆出现在眼前，罩住了那个小矮子的身体。

"去死吧。"

她扣下了扳机。

"趴下！"

左耳里传入一声叫喊，莲的身体比思维先一步动了起来。

她飞快地趴在岩石上，而德拉贡诺夫的子弹就在离她身体上方仅仅十厘米的空中呼啸而过。

"呀！"

莲发出了惨叫。

在听到德拉贡诺夫枪声的下一刻——

"看这边！敌人小姐！"

莲又听到了这道声音，和砰砰砰三下连发的响亮枪声。她转脸看向枪声响起的方向。

"M、M？"

一百五十米外的高高岩石上，M正大光明地站在那里。虽然从莲这里看过去只能看到很小的人影，但那魁梧高大的身材和那身迷彩服，可以确定就是M。

"喂，M！快躲起来！你要是出事了，现实里不是也会发生同样的不幸吗？"

听到这话的M却没有回答。

"好胆量！"

托玛站起身。

她向现身挑衅自己的魁梧男人露出虎牙，把德拉贡诺夫的枪口指过去，将着弹预测圆对准对方面积大的腹部。

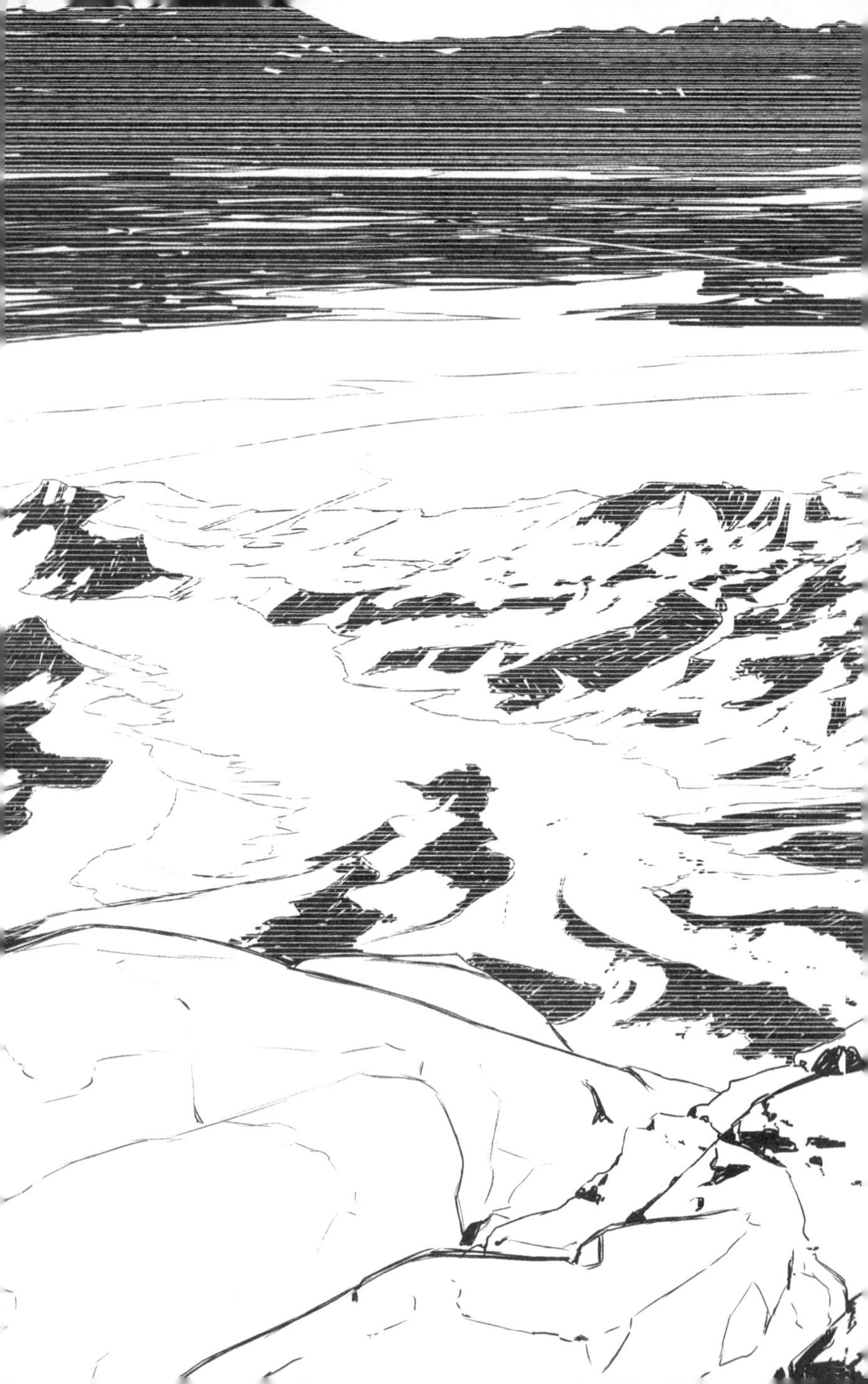

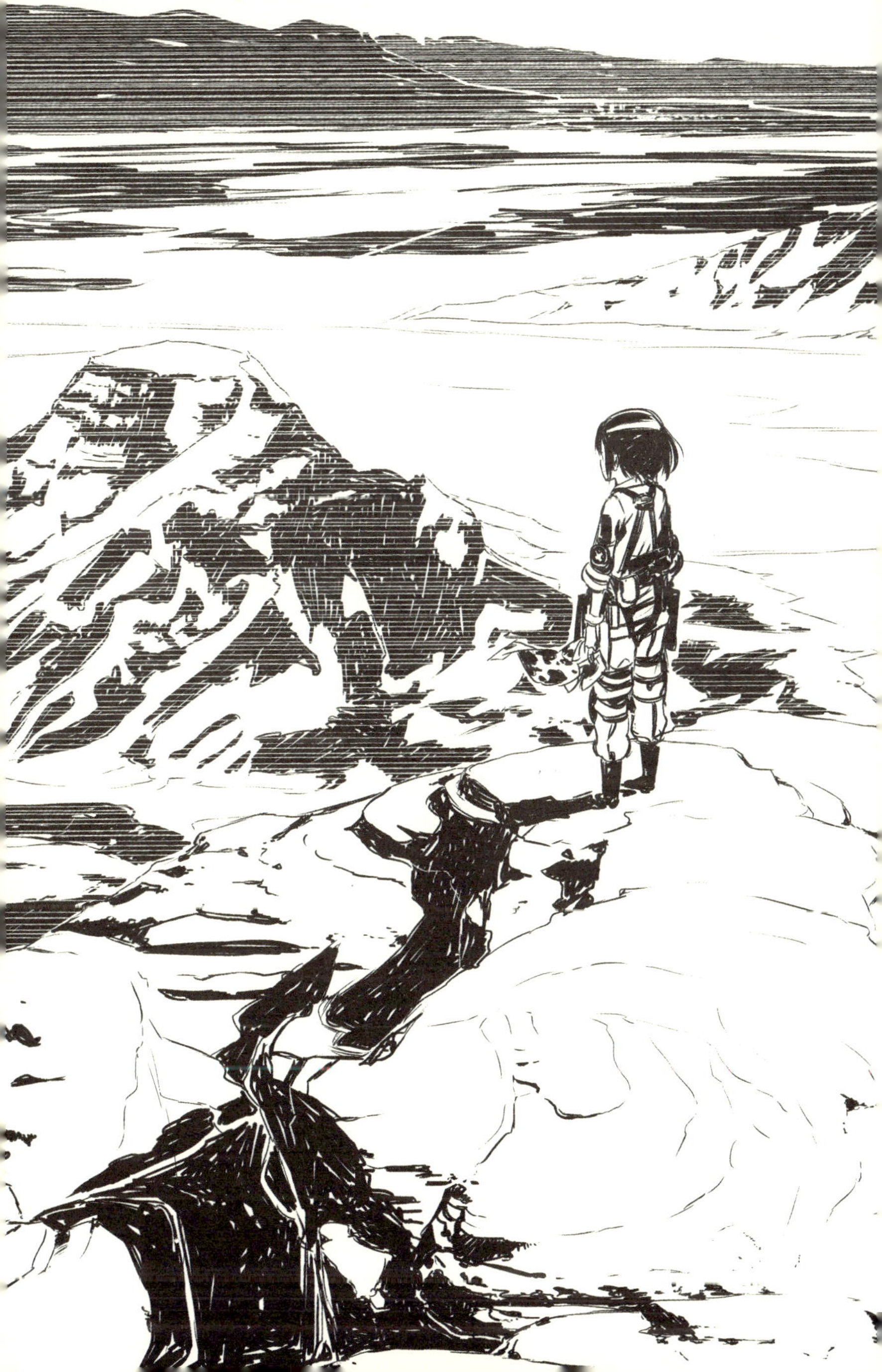

两名狙击手。

在只隔着两百米的近距离下对峙。

他们各自举着枪,然后同时开枪。

子弹中在空中急速接近,然后交错而过——

最终命中了彼此的腹部。

两具身体都从岩石上滚落下去。

莲清晰地看着高大的那一个掉了下去。

"CONGRATULATIONS!! WINNER LM!"

莲听着这嘹亮的广播,奔跑在闪烁着这行巨大文字的天空下。

她正向着M被击落的那片地方冲去。

"啊!"

莲看到了趴在地上的魁梧身躯。

"M……啊——"

看到M的头反转了一百八十度,莲发出了尖声大叫。

M的脸竟然转到了背包这一侧。

而他还睁开了眼,目光锐利地看向莲。

"呀——"

莲觉得自己要被吓得生命值清零,死过去了。

"别叫这么大声。到底怎么了?"

"哇!说话了!妖怪啊——"

"谁?"

"M变妖怪了!"

"你在说什么?"

M向着后背这边翻身站了起来。

"呀——咦?"

惨叫中途，莲终于发现了，M的脸和手脚方向没什么不对劲的。

不对劲的是背包的方向。M没将背包背在背后，而是保护住了腹部，现在中央还有一个小小的中弹孔。

"什、什么啊……你是拿这个来防御了……"

在响亮的广播声中，莲无力地说道。

"因为……我真的不想死。"

M一脸严肃地小声说。

比赛历时一小时二十八分。

第一届Squad Jam结束。

冠军队"LM"。

大赛总开枪数，四万九千八百一十发。

第十四章 之后的事 SECT.14

第十四章 之后的事

莲和M被光包裹着传送回了最初的准备区。

狭小的空间里有"冠军"的字样在发光，旁边还排列着比赛结果——小队全灭或投降的时间。

最上方的当然是他们的队名"LM"。

接着是"SHINC"。SHINC？莲不知道是什么意思，不过，的确是可怕的对手。

再往下，莲没有继续看下去，而是看了看自己的样子。

刚才还沾满了沙尘的战斗服干净得发亮，之前丢失的针织帽就在她脚下。

"小P……"

爱枪被判定为全部损坏，哪里都没有它的身影，大概是连还能用的零件都没有了吧，连碎片都没出现在这里。

"拜拜……"

莲小声说着。

"唉……"

在她右边，魁梧大汉一屁股坐了下来，嘴里还叹着气。莲感觉地面仿佛摇晃了一下，但实际上并不会那样。

"辛苦了，M。你活下来了。"

"嗯、嗯……"

M脱下宽檐丛林帽，抬起了头。

初识那会儿，莲觉得他那副粗犷的模样就像一头熊，现在再看，却成了大熊布偶。

M用左手打开游戏窗口，一口气卸下了大部分装备。杀过好几个人的M14·EBR，防过好多次敌人子弹的背包，向莲开过枪的HK45，都一个接一个地消失了。

最后，他就成了只穿着战斗服裤子和T恤的肌肉男。

莲也跟着操作起来，先将长袍实体化，再将长袍下的所有装备卸下，服装收起，换上绿色的服装。

眼前的空间中还有个在倒数的巨大数字，正从110、109、108递减下去。下面是一排文字：

"Squad Jam已结束。请选择退出游戏或返回酒馆。若不进行任何操作，则自动返回酒馆。"

如果回酒馆，莲现在是冠军，看了转播的观众们肯定会对她大加赞扬，还会围着她问东问西。

"我……大闹了这一场，已经很累了。"

莲选择了退出游戏，之后只要再按下"Yes"的按钮就行了。

"我也……累了……而且我不太会应付鼓掌和喝采，今天就先下线吧。"

M这么说后，莲问：

"你在现实里说话也没那么强硬嘛，M。"

"嗯？嗯……老实说，在这个世界里用的说话方式让我觉得很累……还是原本的样子更好。"

"总之，不管怎么说，你也活下来了。"

"嗯……那个，嗯……就是……"

莲看到M一脸歉意地抬头看看自己，就捉弄般地问：

"最后你为什么要帮我？"

M回答：

"因为我自己很安全。"

听到这么句直截了当的大实话,莲不由得苦笑起来。

"现实里那个可怕的Pito也能接受这个结果吧!结局好就一切都好!"

莲先发制人地这么说,还嘻嘻一笑。

"能、能那样就好了……"

他们两人之间到底是什么关系,还有那张"在现实里杀掉你"的便笺又认真到什么程度,这些莲都不知道。

虽然不知道,但现在她和M都活下来了,Pitohui应该也没什么好埋怨的。算是个大收获吧。

说到收获——

"说起来,我们拿了冠军……会有什么奖品吧?"

莲回想起SJ规则里写的内容。

得到前三的队伍会有奖品。不过她不知道是什么。

SJ毕竟不是像BoB那样的盛会,又是个人赞助的,奖品估计也不是什么值得期待的东西,加上莲没想过自己能杀入前三,当时也就没有在意。

"嗯?啊……奖品吗……"

M也没有兴趣,只是随意地回答着。

"都活下来了……有没有都无所谓。"

莲低头看着像是真那么想的M,说:

"也是,没有比这更好的奖品了。"

"大概……会像BoB那样,之后会发奖品目录过来吧。"

"像婚礼上回赠给客人的纪念品那样啊。这么说起来,Pito现在是不是拿到什么了?"

"可能吧。"

"那个目录里,会有P90吗……"

莲知道答案，却还是这样说。

"不会有的吧。不管是游戏还是现实。"

M坦率地回答。

"也是……"

对话到这里就结束了。安静了好几秒钟后，莲又说：

"那我下线了。下次再开检讨会吧。"

"嗯、嗯。"

"帮我向Pito问好！"

莲按下了"Yes"的按钮。

* * *

香莲透过AmuSphere的透明部件看向天花板，随后，最先感知到的是一股子汗味。

接着是自己躺在床上的重量，和被汗水浸湿的睡衣。

"呜……"

香莲发出没有意义的声音，翻身坐起，并摘下了AmuSphere。

她看了看没有其他人在的房间。

黄昏时分的东京天空，就像GGO里那样红吧，光芒从窗帘的缝隙中透进昏暗的房间里。

香莲缓缓站起身，走了几步后，就看到了挂在起居室一角的黑色P90。

她将P90拿在手里，放到自己小腹前，看向镜子。

黑色P90没能盖住自己的腹部，旁边和上方都露出了浅黄色的睡衣。

香莲举起P90。

她沉默地将P90抵到肩膀上。

然后瞄准了镜子里面那个黑色长发的大个子女人。

再深吸口气——

"砰!"

随着爆破音吐出气息。

右手拿着P90,香莲转身走到床边,蹲下来拿起放在充电座上的智能手机,立刻开启。

随后,她选择了通信录里的一个号码,当即拨出电话。

对方接了。

"你好,我是小比类卷。"

香莲毫不犹豫地询问对方。

"可以预约明天吗?"

*　*　*

"可是,到底是哪里不行呢?"

"嗯,到底是哪里不行呢?"

"别说同样的话。不过,到底是哪里不行呢?"

"你们是笨蛋吗?说点有用的话啊。算了,事实就是输了,就承认吧。"

"嗯。但话说回来,开枪开得好过瘾。"

"嗯,开得好过瘾。那样尽情地用机关枪射击,就是最棒的了。"

"要是还有下次SJ,还参加吗?"

"参加!"

"当然啊!"

"当然会参加。下次希望能再撑久一点,再多开一会儿枪。"

第十四章 之后的事

"同感。"

"同意。"

"好！为了那个，在下次大赛前要好好修行！"

"修行啊……没办法，来吧。"

"噢？要做什么？"

"还用问吗，当然是所有人提升力量值。"

"为什么？"

"提升到极限，就能双手各拿一把机关枪了！不是双枪，而是双机关枪！一口气让火力翻倍！翻倍！"

＊　＊　＊

2026年2月2日，星期一，9点多。

茨城县，百里航空自卫队基地。有两个男人在当中的某个房间里见了面。

其中一个四十多岁的男人表情悠闲，身上穿着航空自卫队的制服，制服上是三佐（相当于少校）肩章。

他坐在椅子里，将手肘撑在桌上。

"今天能报告的内容，大致就是这样。"

站在他面前的男人这么说。

"包含全员感想在内的报告，会在后天之前上交。"

这是个二尉肩章、神情干练的航空自卫官，年龄是二十多岁。

三佐沉吟着点了几次头后，问道：

"我都明白了，期待你的报告。那么，先让我听听你的感想吧。你觉得如何？"

一尉干脆地回答：

"是。直截了当地说——优点和缺点都在于这是个游戏。"

"嚯。那么,说说不好的地方吧。"

"是。许多敌人和敌人的行动,都是因为在游戏里才会出现,所以无法反馈到实战中。尤其是在射击上,射击很容易打中,有可能会让人养成不好的射击习惯。"

"原来如此。那优点呢?"

"是。虽说因为我判断失误而损失了四名重要的队员,但……现在所有人都还在笑。"

二尉抓着制服帽子走出房间后,三佐拿起了桌上的电话。

向接电话的对方报上名字后,他说:

"你好。按照预定,我们这儿的年轻人去参加了。"

随后,他将刚才从二尉那里听来的内容简单地说了一下。

最后,他加上了这么一句:

"有参考价值吗。菊冈先生?"

2月3日,星期二,16点前。

都内某所女子大学校园内。

"啊!"

从眼前走过来的一名女高中生,看到香莲后就高声叫了起来。

虽然不知道名字,但香莲记得她们,就是她经常遇到的那六个小个子的可爱女高中生,拿着运动包,其中一个是外国人。

那个人喊了一声后,其他五人也紧接着一个接一个地发出类似的尖叫声。

"嗯?"

香莲微微吃了一惊,不解地歪过头。

她们是被什么吓到了才尖叫吗?在香莲找到答案之前——

六人中的一人,大概是最矮的一个,将黑发绑成辫子的女高中生小跑着过来了。

"你、你好!抱歉打扰了……"

她抬头看着香莲问:

"你、你是总和我们擦身而过的那位姐姐吧?"

香莲不知道她为什么会来找自己搭话,只好说:

"嗯、嗯,是我……"

"你剪头发了吗?"

"啊……"

香莲明白原因了。

她微微歪着重量变轻了的头,和莲同样发型的黑色短发轻轻摇晃起来。

"嗯。昨天决定剪的。"

其他五名女高中生也围了过来,最初那人猛地叫了一声:

"很棒啊!非常帅!"

"这、这样啊……"

高大的香莲被娇小的女高中生的气势吓了一跳,这么回答后,对方又说:

"之前我们走过你旁边的时候都会说,那个人个子好高,像模特一样,好酷啊!大家都好羡慕你,觉得你不管穿什么都会合适!因为我们都是小个子……虽说之前的长发也很好,不过,姐姐你绝对还是更适合现在的样子!"

"谢……谢谢……"

"我好希望能再长高一点啊!但已经不长个了!"

"是这样啊。我……一直很讨厌自己长这么高,不过,从前天起，就觉得无所谓了。"

"那、那你是怎么彻底抛开那个烦恼的？"

"这个嘛……是因为前天我好几次都拼上性命去做了一些事吧？之后就觉得，只要不放弃，人总能撑过去的。"

"好……好厉害！"

在后面听着她们两人对话的女高中生里，有人拍了拍小辫子女孩的后背。

"太好了啊，老大，说上话了！"

"老大？"

面对香莲惊讶地问，小辫子女孩有些腼腆地回答：

"很古怪的绰号吧？因为我是队长。"

然后，她低下头行了个礼。

"我叫新渡户咲！是附属高中的高二学生！新体操社的队长，大家都是新体操社的成员，高二生两名，高一生三名。那边那个是俄罗斯人，叫米拉娜·西多罗娃。"

其他五人也异口同声地打了个很有体育系社团风格的招呼，香莲同样微微低头行礼。

"你们好，我是大一的小比类卷香莲。"

"是香莲小姐啊，很棒的名字。"

"谢谢。请多关照啊，小咲。"

"非常感谢！那个，我们得去练习了，下次再见面时，还能和你说话吗？"

"当然可以，我们常常会遇到的嘛。"

"谢谢你。那么，我们先走一步了！"

所有人再次行了个体育系社团的礼，而且不愧是新体操部的，动作优美又整齐。

第十四章 之后的事

"再见。"

香莲轻轻挥挥手。

那六人就高兴地从她身边跑了过去。

"应该不会吧……"

香莲说道。

之后,她重新转向前方。挂在包上的钥匙扣,那个被涂成粉红色的P90迷你模型,轻轻弹跳了下。

香莲摇晃着短发向前走了大约十步后——

"那个……香莲小姐。"

听到追着自己来的轻微脚步声和这句话,香莲又转回了身。

她回过身低头看去,只见新渡户咲独自站在自己跟前。

咲笔直地看着香莲。

"最后,可以握个手吗?"

"咦?当然可以。"

咲向上伸出右手,香莲伸手握住。

这一瞬间,那只小小的手猛地加大力气。

"恭喜你获胜。不过,下次我们会赢的,小矮子。"

听到咲的这句话,看到她高兴地瞪着自己的样子,香莲知道自己刚才的推测是对的,就微笑着回答:

"随时可以放马过来,壮女人。"

随后,松开手的两人,啪地一声击了下掌。

东京冬天的天空下,响起了清脆的声音。

同一天,22点后。

都内某处。

一片黑暗的房间里，窗外是东京闪耀的夜景。

这时，一个年轻的女声炸开。

"啊！好无聊好无聊！不能去参加SJ激烈地厮杀，太无聊了！"

随后，年轻的男声安慰道：

"用不着这么生气吧，又不是GGO没了……"

"亲爱的，你能那么愉快地战斗，而且还活到了最后，为什么我却无法参加！为什么为什么为什么为什么为什么？"

女人说话的间隙里还混杂有拍打的声音，每当这时，就会同时响起男人的小声惨叫。

"那也没办法吧……"

"为什么？"

又一次的拍打声……

"咳！"

和男人激烈的咳嗽声重合在一起。

"不过话说回来，小不点还挺厉害的嘛……"

女人的声音里带着些陶醉。

"第一次见面时，我就从她那没有丝毫摇晃的躯干看出来了，但是，真没想到她竟然能拼到那一步……这种人，正是天生就有VR游戏的才能。真让人羡慕。"

男人什么都没说，只是听着女人的独白。

"而且，她的战斗才能都被开发出来了。那女孩，果然很强。现实里的体格不知道如何？是个什么样的女孩呢？让人在意，真让人在意。"

"……"

没有回答的男人又被揍了几下。

"咳咳，咳，咳。"

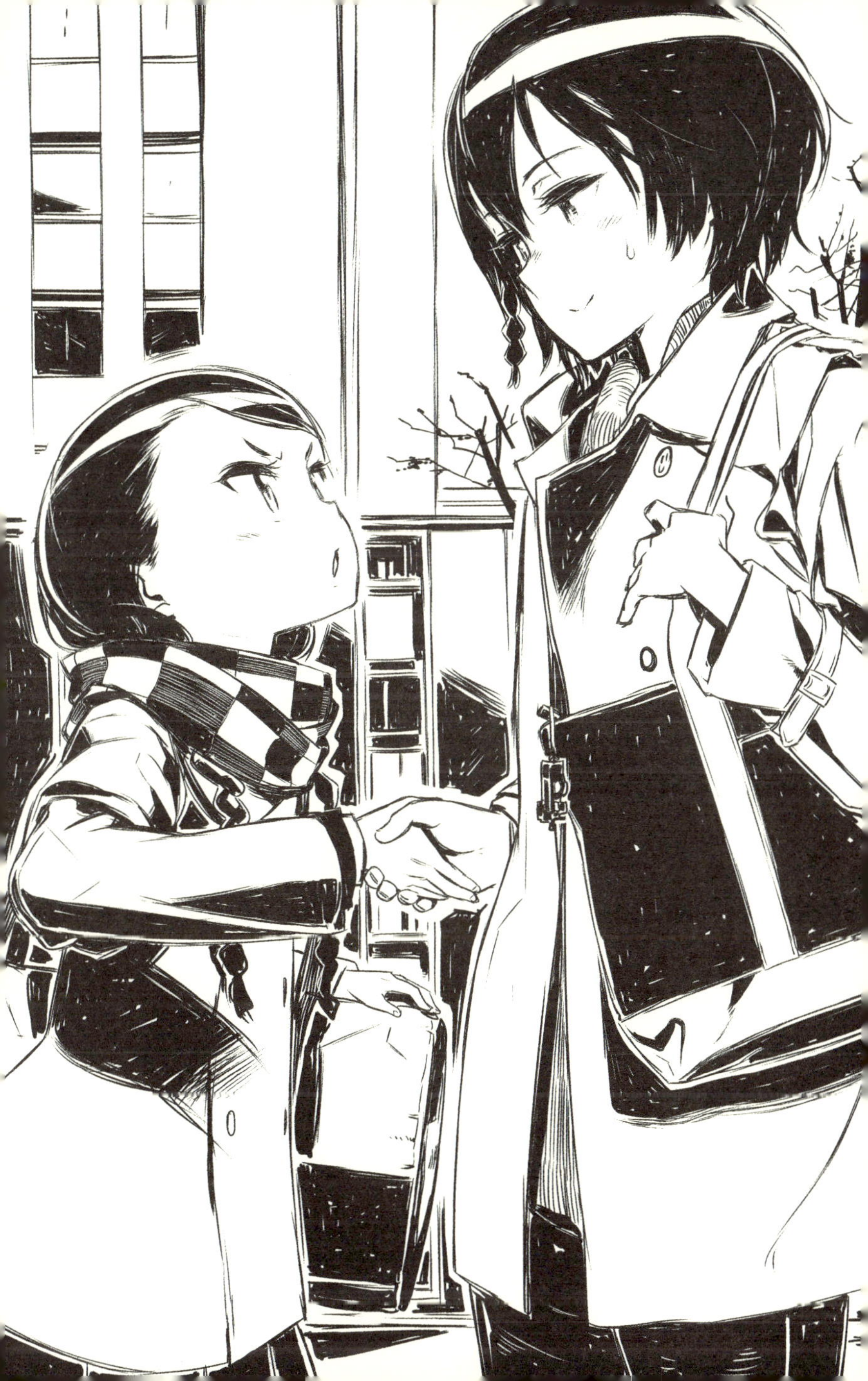

"啊，好无聊！好无聊好无聊！对了，下一次！再开一次不就好了！第二届Squad Jam大赛！毕竟托你们的福，这次还弄得挺声势浩大的！那个疯子作家的身价肯定也被抬高了吧！会再召开第二次也不奇怪！"

"也、也许吧……"

"那样的话……"

拍打声。

"咳！"

"不管碰到什么事，我都要推开，一定要参加！亲爱的，你也要参加！这可是董事长的命令！到时我们就在游戏里大肆地战斗战斗战斗战斗战斗战斗战斗战斗——"

"你想……做什么？"

"那还用问吗？当然是——'赴死'啊！"

(待续)

后 记

全国九亿读者，大家好！我是作者时雨泽惠一。

咦？现在的日本没有这么多人？是不是统计错了？

话说在前面，我可是文科生。

好了，本书的书名是——

《刀剑神域外传 暴风之铳1 特攻强袭》。

非常感谢大家购买。

虽说它名字的长度比不上我的新系列——

《男高生中兼当红轻小说作家，被比自己年纪小的同班同学兼声优的女孩勒脖子 Time to Play》(**注：书名暂译**)。

本书的书名也挺长的，而且官方简称到现在都还没有定下来。

你们可以叫它《刀剑神域外传 暴风之铳1 SJ》。

或是《SAOA GGO1 SJ》。

或是《竿颚矶次》。

或是《鱿鱼酱》。

或是《充满时雨泽兴趣的新作》，总之爱怎么叫都可以。

然后，从这里开始，就是这本书的后记了。

众所周知，在时雨泽家的家训下，这里不会有正篇的剧透，请大家放心看吧。

时雨泽家中，我是初代，也是末代。

言归正传，本作正如书名所示，是《刀剑神域》(SAO)的外传（注：衍生作品）。

SAO是现在电击文库好评发售中的高人气系列作品。

故事的时代背景是近未来，人类已经实现了能通过五感来享受虚拟游戏的技术，讲述了主角桐人和女主角亚丝娜以及许多有魅力的角色在那个世界和游戏当中的活跃表现。

作者是川原砾老师，插画是abec老师。

详情可以查看官方网站：

http://www.swordart-online.net/

我要是写这些内容，似乎有些不太对劲，感觉之后会被说"是在'水'后记"。

说回本作。本作使用了那部SAO系列的世界设定及游戏设定，重新构建了时雨泽原创的角色和故事。

也就是说，桐人和其他SAO系列里的角色不会在这个故事里登场。这一点很重要。即使剧透了，我也会向大家事先说明，就写在后记里了。

好了。本作的舞台，是在SAO文库第五集至第六集的《幽灵子弹篇》中登场的虚拟网络游戏Gun Gale Online（GGO）。这不是剑与魔法的游戏，而是充满了枪械的SF角色扮演游戏。

我是个枪械迷，在2010年8月看完《幽灵子弹篇》时，真是懊悔得浑身都在扭动。

"呜哇，好有趣啊！然后……为什么我没想到这种设定呢！在这种设定下，不就可以写许许多多不死人的枪战戏了嘛！主角还能设定为现实世界中的日本人！"

我懊悔得全力翻滚之后，突然想到了——

"我想以SAO世界和GGO为舞台来写二次创作的小说！是真的想写！写完之后还想发表出来！虽说出同人也可以，但我还是想取得老师们的许可，加上黑星红白老师的插画，在电击文库出版！"

想法虽好，但这种事能不能实现我也不知道，毕竟没有过先例。

"老实说，不可能的吧？"

若是在动手之前就放弃，会有人责备我吗？不，没有。

可是，既然想到了，就先试着说一下吧。所以在不久之后，我就委婉地向责编提出了这个出版衍生小说的点子。

结果真是吓了我一跳，那边的回答是：只要能取得川原老师、abec老师等相关者的许可，就可以进行。

"好，我之后一定会写！"

我下定了决心，实际上却没动笔，时间就在我忙于写其他系列时飞快流逝了。

就在我以为这个计划要就此取消时，推动我实现了这个野心的，正是SAO的动画第二季。

动画第二季正是GGO篇，负责的制作人是大泽先生。我在某次活动会场偶遇了他，他向我询问第二季枪械取材的相关事宜，说："我想让动画的工作人员用真枪射击一下，有没有合适的地方。"（其实大泽先生也是2003年播放的动画版《奇诺之旅》的制作人，没想到动画《奇诺之旅》竟会埋下这样的伏笔。）

就这样，我向他推荐了关岛的某处射击场，之后也和他一同去实地采访。在那期间，他就提到了"既然如此，要不要正式接受工作拿报酬"。

于是我就成了SAO动画第二季的枪械监修。要说到具体工作的话，这次我就是负责构思在动画里登场的枪械和场面，回答问题和做出提案，以及将有可能用于作画资料的模型枪全带到工作室借给他们。

在脚本、分镜、动画完成之后也要进行检查，同时在除了有意图地表现枪械之外的演出中查找有没有出现大的错误。

那真是一份愉快的工作。除了原作者的身份之外，这是我人生第一次以这样的方式列名于动画片尾的字幕。

因此，在做监修工作的时候，我就激动地向责编、川原老师和川原老师的责编提出了这个请求。

"之前我就有过写GGO衍生作品的想法，我现在和SAO有了如此深的交集，不是正好嘛！打铁要趁热！我会认真写的，请让我的作品出版吧！"

于是，现在大家就看到了这个后记！

这些就是本书在出版之前的宏大历史剧。哎呀，回过头一看，还真是经历了不少事。

以电击文库的作品为原作，并在电击文库出版——本作大概是第一次尝试这种形式的作品吧。

我在此，对允许我创作本作并进行监修的原作者川原砾老师，表示由衷的谢意。

真的非常感谢您！

再说说本作。

宣传之后，经常有人在推特上问我"没看过SAO的话，是不是会看不懂"。在此，我也认真地回答一下。

从结论来说，即使没有看过SAO系列，也没有看过动画，都不会影响到对本作的理解。

但是！如果看过SAO原作小说前六集的内容，动画则是第一季全篇到第二季的第十四话，就能更深刻地理解本作！SAO很有趣，推荐大家都去看呀！

本作就是在充满了枪械迷时雨泽想法的虚拟游戏里展开的枪战小说。

负责插画的是长年和我合作的黑星红白老师，这次的主角也画得非常可爱！真的非常感谢您！

这大概是史上第一本"电击文库衍生的电击文库作品"，希望大家能喜欢！

以上就是本次的后记了。

2014年 12月10日 时雨泽惠一

大家好！我是黑星红白。
为了不被大家说"明明
时雨泽老师当了TV动画
《Sword Art Online 刀剑神域
II》的枪械监修，黑星红白
却不画枪械"，我会好
好努力的。
比如尽量用人物
身体来遮挡……

图书在版编目(CIP)数据

刀剑神域外传: 暴风之铳.1, 特攻强袭 / (日) 时雨泽惠一著; (日) 黑星红白绘; (日) 川原砾监修; 清和月译. -- 天津: 百花文艺出版社, 2022.4
ISBN 978-7-5306-8255-5

Ⅰ.①刀… Ⅱ.①时… ②黑… ③川… ④清… Ⅲ.①长篇小说-日本-现代 Ⅳ.①I313.45

中国版本图书馆CIP数据核字(2022)第021293号

原著名:《ソードアート・オンライン　オルタナティブ　ガンゲイル・オンライン Ⅰ
－スクワッド・ジャム－》
著者: 時雨沢恵一, 绘者: 黒星紅白, 监修: 川原礫
SWORD ART ONLINE Alternative Gun Gale Online Vol. Ⅰ SQUAD JAM
©Keiichi Sigsawa/Reki Kawahara 2014
Edited by 电击文库
First published in Japan in 2014 by KADOKAWA CORPORATION, Tokyo.
Simplified Chinese translation rights arranged with KADOKAWA CORPORATION, Tokyo.
Translation copyright ©2022 by Guangzhou Tianwen Kadokawa Animation & Comics Co., Ltd.
未经出版者预先书面许可, 不得以任何方式复制或抄袭本书的任何部分。
著作版权合同登记号: 02-2021-246

本书为引进版图书, 为最大限度保留原作特色, 尊重作者写作习惯, 酌情保留了部分外来词汇。
特此说明。

刀剑神域外传 暴风之铳1 特攻强袭

DAOJIAN SHENYU WAIZHUAN BAOFENG ZHI CHONG 1 TEGONG QIANGXI

［日］时雨泽惠一 著；［日］黑星红白 绘；［日］川原砾 监修；清和月 译

出 版 人: 薛印胜
责任编辑: 胡晓童
出版发行: 百花文艺出版社
地址: 天津市和平区西康路35号　　邮编: 300051
电话传真: +86-22-23332651 (发行部)
　　　　　+86-22-23332656 (总编室)
　　　　　+86-22-23332478 (邮购部)
网址: http://www.baihuawenyi.com
印刷: 凸版艺彩(东莞)印刷有限公司
开本: 787毫米×1092毫米　1/32
字数: 130千
印张: 10.125
版次: 2022年4月第1版
印次: 2022年4月第1次印刷
定价: 42.00元

本书如有印装质量问题, 请与广州天闻角川动漫有限公司联系调换。
联系地址: 中国广州市黄埔大道中309号 羊城创意产业园3-07C
电话: (020) 38031253　传真: (020) 38031252
官方网址: http://www.gztwkadokawa.com/
广州天闻角川动漫有限公司常年法律顾问: 北京市盈科(广州)律师事务所
版权所有 侵权必究